美丽的托斯卡纳

Bella Tuscany

〔美〕弗朗西丝·梅斯 著　邱艺鸿 译

南海出版公司

新经典文化股份有限公司
www.readinglife.com
出　品

目录

序言

走进面包坊，新出炉面包的浓浓香味顿时迎面扑来。一位托斯卡纳当地妇女笑吟吟地向我招呼："欢迎回来。"我昨晚刚到。或许是从加州来此整整二十小时的飞行令我看起来还有些恍惚，她又问了句："对于倒时差，你有什么好办法吗？"

"过两天自然就好了。我来这里心情总是很好，时差问题不算严重，就是头几天会在凌晨四点醒来。你呢？"

"我会凝视落日，让身体感受自然的节奏。"

我笑了笑，在心里向她竖起大拇指。世界越来越小，身处全球化经济体系的大熔炉中，我们日渐趋同。但在意大利乡村，生活依旧踏着千年前的脚步。随手切下一小片，都能品尝到纯正的意大利风味。

我们不在意大利的时候，巴玛苏罗的园子由贝皮打理。他对我们说："La luna è dura."（月亮太霸道了。）要我们今天就把洋葱收了。听了他的话，我才想起在这里月亮主宰一切农事。他又说："要种莴苣，得等 quando la luna è tenera（月亮温柔下来）。"

步行到镇上喝咖啡的途中，我看见一个服务生端出一碗水给客人的小狗解渴。就在这时，头顶上方传来招呼声："Buon giorno, una bella giornata!"（早上好，多么美好的一天！）是一位老人将头探出二楼的窗户向路人挥手高喊。人们纷纷热情地回应。镇上的店铺多已开着门，但尚未营业，店主们要先用喷水壶在店门口洒些水，再钻进酒吧喝几口咖啡。我悠闲地喝着卡布奇诺，看了半小时小说，起身付钱时却被告知西蒙妮塔已经付过了。西蒙妮塔？就是那个安静的香水店女老板，我有时会上她那儿买些香皂和乳液。在托斯卡纳，这样的温情时时可遇。

在马里奥的果蔬店，我看见一篮刚上市、还裹着绒毛的榛子。正是夏秋之交，再过些日子，甘美的桃和夏日甜椒便将退出市场，取而代之的是柑橘、花菜这类全然不同的秋季果蔬。"瞧瞧，青胡桃。"马里奥说着敲开一颗，小心地剥去壳，将一粒光滑的象牙色胡桃仁递给我。"这种胡桃只能存放三到四天，久了就会干涩。"青胡桃的味道对我而言并不陌生。小时候，每当长了癣或皮疹，厨娘薇莉·贝拉就会榨出青胡桃的汁液涂到我手上。新鲜的胡桃像金色的小球，摸着有点潮湿。"低血压时吃这个最好，"接着他又补充道，"但也不能吃太多，容易上火。"

山城托斯卡纳的一天就这样开始了。我抱着冒险的心情来到意大利，没想到收获的却是甜蜜的日常生活，即意大利人口中的 la dolce vita。

《托斯卡纳艳阳下》是我的第一部回忆录，其中详细记述了我发现巴玛苏罗，也就是那栋坐落在公元前八世纪的伊特鲁里亚石壁下的荒废古宅的全过程。我逐日体味着山城科尔托纳的魅力，异国厨艺的新奇，在乱石荆棘中整修房屋、拯救一大片山地的艰辛，以及当地居民的热情。与这种种乐趣相伴而生的是一种更深的喜悦：在这里，我学会了如何享受不同于以往的新生活。就连那栋房子的名字也深深吸引着我：Bramasole（巴玛苏罗），渴望阳光。没错，我渴望阳光。

*我从每一扇窗口走过，匆匆瞥过每一间屋子。*这是《托斯卡纳艳阳下》一书的尾句，如今我将它用作《美丽的托斯卡纳》的开头。我知道，无论是就内心还是外在而言，我的意大利之旅刚刚开始。这里的景色千姿百态，不一而足。从我家楼上的窗口望去，亚平宁山脉逦逦绵延。自葱翠的山坡到山谷，橄榄林成片，一栋栋石墙鳞瓦、朴实悦目的农舍散落其间。在这样的景色中，找不到时间的入口，只除了远处山脚下的那枚“绿松石邮票”，那是朋友家的游泳池。极目远眺，尽览独特的意大利风光。东，西，南，北，无不充满意大利的诱惑。历经几个季节的游历，我对托斯卡纳的了解日益增多。到过“意大利长靴”的鞋跟处，走访了西西里和威尼托这些最具意大利风情的所在，也爱上了维罗纳、巴西利卡塔和马尔凯区，还有贝拉奇奥、阿索洛和布隆纳，对特拉西梅诺湖周边城堡小镇的感情更是一日胜似一日。我常站在门前的山地上，远眺湖边的风景。

我们的旅行总以巴玛苏罗为圆心向四周辐射。这些旅行让我更深地体味了意大利的多姿多彩和无尽韵味，但最终我仍会回到这栋有着杏黄色外墙、玫瑰红壁画、面朝山谷的房屋。对我而言，这里俨然天堂，而我也力求使它臻于完美。我喜欢植花种草，对待它们一度颇为任性。我感兴趣的与其说是园艺，倒不如说是花草满园的效果，比如花圃里的花能否在预定时间开放。我也关注庭院的设计布局，包括花盆的摆放、站在窗口时映入眼帘的色彩等。我曾买过一屋子含苞欲放的鲜花，然后将它们通通移植到自家园子里。但现在我成了一个不折不扣的花匠，一呼一吸都融入花园自身的生长节奏中。我用咖啡渣和土豆皮堆肥，还学会了翻土施肥。

我和埃迪种了许多香草和蔬菜，这也得益于贝皮和弗兰西斯科的指导，他们两位对土地无所不知。为了长远的将来我们栽种了栗树、柏树和其他一些需要若干春秋方能长成的常青树，但也没有忽略石榴、樱桃、梨树这类更讨人喜爱、生长迅速的树种。每次光顾苗圃，我们都要带回新的玫瑰品种。新雨过后，园子里总飘散着一种独特的气味——微酸、潮湿的羊粪味。这是一个精明的牧羊人送过来的，就堆在第二层梯田里，正对着起居室的上方。因为我们搬不动那些羊粪袋子，每遇雨天，就得挪到房子的另一端休息。

购买一处离家七千英里的房子，这举动曾被视为无异于一场豪赌，如今我们却已生活在其中。此间的幸福该如何量化？任何一栋你为之付出心血的漂亮房子都是自我的延伸。许多人告诉我，他们一到意大利就会产生一种奇特的感觉：到家了。我第一次走进巴玛苏罗的时候也同样如此。如今，这种感觉越发强烈。面对心爱的巴玛苏罗，我不无惶恐，我已舍它不下。而它只是兀自站着，静看光影流转与气候变迁。

一九九八年九月一日

于科尔托纳

初春的新绿

真是幸运，虽有炎炎烈日，但道路两旁柏树成荫。真是幸运，回到科尔托纳的第一天，就看见一个扛着木板的木匠，肩头立着一只灰色斑纹的小猫正竖直尾巴，像冲浪手一样保持平衡。木匠把木板扔到锯木架上吱吱地锯起来。小猫探身躬背，应和着木匠的节奏，仿佛也在锯木头。我看了一会儿，默默在心中说了声“谢谢”，便步行去镇上喝咖啡了。真是幸运，黄澄澄的连翘点亮了山野。我和埃迪在这块层层梯田的土地上忙碌了七个夏季，每当钥匙插入前门锁孔，幸福便汹涌而至。山头浑圆的亚平宁山脉，沐浴在阳光下的神奇屋子，还有托斯卡纳山城里独特的生活节奏，无不令我心醉神迷。埃迪比我更爱这片土地，他甚至对每一株橄榄树的生长态势都了如指掌。

真是幸运，否则我们进门十分钟后就可能在大门上挂一块“吉屋出售”的牌子，因为两个水泵全部罢工了——旧井的水泵嘎嘎直叫，新井的则嗡嗡作响。我和埃迪看了一眼蓄水池——还能撑上几天。

六年前水泵装进新井的时候，我根本没想过还会与它重逢。此刻，我们刚到家的第一个早上，三个管道工就已将脑袋伸进井口，用力拽着绳子要把它拉上来。可它仿佛一头巨兽，纹丝不动。后来，吉尔科莫站在井沿上，另外两个站在他旁边，三人喊着号子同时发力，依然没有成功。他们气喘吁吁地笑骂着脱掉上衣，光着膀子，使出了全身力气。终于将那东西拖出来时，吉尔科莫差点失去平衡仰倒在地。他们把水泵抬上货车运走了。

旧井的水泵去年刚换，没费什么力气就拽出来了。泵身缠绕着无花果根须，工人只看了一眼便宣告机器彻底坏了。可原因是什么呢？他们开始挖电线。到中午时分，步道已被挖得四分五裂，整块草坪沟坎遍布，但终于找到了问题的症结。原来是老鼠吃掉了包裹电线的绝缘体。这里榛子和杏仁多的是，老鼠为什么要吃塑料呢？害得我家水泵短路。

新井水泵也没法用了，虽然还能发出声响，但已经报废。到家的第三天，我们有了新水泵、用硅酮包好的新电线（原来的电工疏忽了，埋线时原本就该裹上硅酮）、充沛的用水、打了补丁的步道以及缩了水的银行账户。但既然老鼠会吃塑料，又怎么能保证它们不吃硅酮呢？

真是幸运，晚上我们去山上一家本地餐馆用餐时享受到了山鸡烤土豆。三月初的夜空，千万颗繁星流光溢彩。要不是因为这样的美景，埃迪列出的计划清单肯定会把我吓坏：种植新草坪、修剪果树、搭工具棚、改造两个旧浴室、修建新化粪池、油漆百叶窗、买书桌和挂衣橱、种树，还有扩建花园。

石匠普里莫·比安基是巴玛苏罗整修工程的大功臣，来我家商量新的工程计划。他七月份可以动工。“我一月时上过你家屋顶，”他告诉我们，“你们的朋友唐娜蒂拉说房子漏雨。”我们已经看到书房黄色墙壁上浸水的痕迹。“都是风惹的祸，刮走了好几块瓦片。那天下午我干活时，又起风了，还吹倒了梯子。”

“哦，天哪！”

普里莫笑了，两根食指同时指向地面，意思是这样的事情不能再发生在同一个地方。这里的冬季天黑得很早，我仿佛看到普里莫背靠烟囱坐在冰冷的瓦片上，眯起浅蓝色的眼睛望着下面的道路，寒风吹着他的头发根根竖起。“我等了又等，没一个人经过。后来来了一辆车，但司机听不见我的声音。大概两个小时后有个女人经过，我向她呼救。这栋房子空了这么多年，她看见屋顶上的我时还以为撞见鬼了，吓得一声尖叫。建议你们考虑尽快换个新屋顶。”

他走开去测量新排水系统的管道长度了。那系统复杂得跟挖战壕差不多。“要想在七月之前把一切搞定，就得赶快备齐浴室建材。”

真是幸运，房子大体已经修缮过：有了中央供暖设施、新门、新厨房、可爱的浴室、重新上漆的横梁、重建的石墙，还整修了放橄榄油和葡萄酒的储藏室。否则下面的新计划恐怕也和再来一次房屋修缮差不多了。“别以为旧房整修可以一步到位，”普里莫告诉我们，“杂七杂八的事简直没完没了。”

单单是呼吸这柔和的春日气息就足以让人心旷神怡了。潺潺的溪水灌溉着梯田。我脱下鞋子，双脚浸泡在冰凉冰凉的水中。岩石遍布的山坡上长出了光滑翠绿的蕨类植物。一只初生的蜥蜴从我的脚趾上跑过，我甚至能感觉到它细细的爪子。

初春的新绿，湿草闪闪发光。这是我第一次亲眼看到欧洲的春天。

以前，我只在普鲁斯特的书中欣赏过栗树开花的美景，在纳博科夫的文中见识过沿路长满椴树的深街古巷，还从科莱特的作品中认识了大红紫罗兰。但从来没有人告诉我榅桲花会像粉色的火焰般在一夕之间开遍石墙。没有人告诉我，春风竟然暗藏杀机。也没有人说起过紫丁香的与众不同。虽然在意大利待过好几个夏天，我却从未注意到它那心形的叶子。如今，我看到托斯卡纳漫山遍野都点缀着一丛丛白色或淡紫色的丁香。在我家附近，一排丁香花篱一直延伸到一间废弃的农舍前。我冒雨割下一大把花，插入家中的瓶瓶罐罐。丁香那富有魔力的香气比世间任何花香都更能勾起回忆，将我带回在弗吉尼亚读大学的时光。那时我第一次闻到丁香的气味，我的家乡佐治亚州气候温暖，不适宜丁香生长。还记得我当时的想法：竟然不知有这样的芳香，这十八年不是白活了吗？我那时疯狂地迷恋上我的哲学教授，他是个有妇之夫，家里有三个孩子。相思之时，我一遍遍地播放哈里·贝拉方迪的歌曲：莹莹绿地上丁香挂满了露珠。站在宿舍窗口，隔着一簇灌木，我能看见詹姆士河，春天来了，可你却不在身旁。教授身上的衬衫没有熨平，我粗鲁地归咎于他妻子的失职，却对他蓬乱的头发视而不见。

一到春天便按捺不住竞相开放的紫罗兰，香味甜腻，令人窒息。野生双瓣黄水仙（意大利人称之为tromboni）沿着梯田边缘成群结队地怒放，煞是热闹。娇嫩的小山楂（意大利语是biancospino，指的是白刺，而当地人称为topospino，即鼠刺）东一株西一株地散落在上方的梯田里，下面梯田则遍布努力朝着天空生长的果树。我们没有割草——茂盛的草地如今已是黄春菊和雏菊的天下。

这浪涛般阵阵涌来的幸福究竟是什么？时光吧，应当是时光慷慨的馈赠。自由流淌的时光，意大利人从不缺乏。身为美国南方人，我已经习惯了人们谈论南北战争的语气，似乎那件事只发生在十年之前。在我的家乡，离世多年的人仍会被人们提起。有时我甚至觉得，奶奶梅斯随时会走进门来，带着一身薰衣草的香味，紫色衣裙下的身躯依旧是那么柔软。在托斯卡纳，人们用同样语气谈论的却是汉尼拔。公元前二一七年，汉尼拔率军经过此地，与罗马统帅弗拉米尼乌斯展开血战。山城的各种纪念活动名目众多，包括比武、竞技、婚礼和战争，全都是发生在几百年前之事。拥有这么悠久的历史，也许是令意大利人拥有不同时间观的原因。我在意大利也深受这种观念影响，坠入漫漫的时间之流，但一回到加州又得和时间大动干戈。我的备忘录里塞满了便条纸和名片，通常都随身携带，每天都要写下若干约会安排。有时，我知道自己只能硬着头皮面对接下去的一周，整天忙得手脚不停，连喘息的机会都没有。每次制定周计划，我就知道得把一小时当两小时用才能完成任务。我没空见朋友，就算抽空见了，也只想长话短说好赶回去工作。我读过一篇文章，有个美国医生只能利用每天上班路上这点时间来挤奶，只有这样才能既保证母乳喂养，又不至于耽误工作。《华尔街时报》刊登了这样一则广告，没空上街的情侣们可以电话购买订婚戒指。我难道也忙到了如此地步？

学术休假，多么人性的想法。各行各业都应该设这样的假期。今年我和埃迪都获得了这难得的休假机会，加上暑假，可以在意大利待上足足六个月。我教了二十年书，这是第一次享受这种待遇，一分一秒都得好好珍惜。一觉醒来，可以漫无目的地漫步田间看花开花落，岂不美若天堂？再过几日，野鸢尾就要开花了，它们青紫色的尖头仿佛就在我的眼前寸寸拔高。水仙也花期将至，绿叶繁茂，可以看到小小花苞中的那抹鲜黄。

每一天，总有些新事物让我惊喜万分。原本以为过了这么多个夏与冬，我已经足够了解这栋房子与这片山地，没想到惊喜仍然接踵而至。三月十五日，我们在佛罗伦萨走下飞机时地面温度是二十一摄氏度。之后，气温就一直维持在这个数字上下，只是间或会刮几场风。如今梨花正飘谢，细叶满树。看着白色花瓣落下，我蓦然想起孩提时听过的一个词“桃击”（peach-blow）——意指嫩芽奋力抽出。我家的老无花果树和新栽的石榴树就正在蓄势待发，随时准备抽出叶芽。

什么是幸福？幸福的颜色一定就是春天的绿色。我一直觉得它难以描述，直到看到一只刚出生的蜥蜴宝宝趴在石头上晒太阳。那种色彩就是蜥蜴宝宝闪闪发亮的绿皮肤，是每一片初绽的树叶。“一股力量通过绿色的引线驱使着花儿……”狄兰·托马斯曾这样写道。写得多好啊，自然那复苏万物的力量在每根野草、每株小花、每条树梢上爆发了。在春日暖阳下干活的我，似乎也感觉到自己体内绿色的引线被引燃了。涌动的能量从树叶间倾泻下来，如万花筒般的阳光和拂面的微风让我脱口说出“和风”——这些无心的简单反应，总可以被称为幸福吧。

今年的巴玛苏罗焕然一新。“能找个人帮忙看房子吗？”去年夏末时我问马提尼先生。当时我们要回美国，却还没找到合适人选帮忙遏制花园里狂野的自然力量。弗兰西斯科和贝皮替我照料了好几年土地，但他们只对果树、葡萄树和橄榄树感兴趣。有一次我们请贝皮割草，他开着除草机，像清理荆棘一般毫不留情地将整个园子修理得像片风沙侵蚀区。他和弗兰西斯科看到埃迪买的割草机后连退几步说：“不，不，教授，谢谢。”他们与土地打了一辈子交道，无法忍受自己推着嗡嗡作响的割草机在草坪上走来走去的样子。

马提尼先生是我们这栋房子的房产中介，他好像什么人都认识。没准他的哪个朋友愿意找份兼职干干。

马提尼先生把椅子往后挪了挪，指着自己的胸口说："我。我来打理花园。"他从书桌上方取下一个小相框，吹去上面的灰尘，向我们展示他的农学文凭。相框的角上别了一张他二十岁时的小照片，照片里的他一只手放在一头母牛的屁股上。他在农场里长大，现在仍然想念小时候的生活。二战后他卖掉家里的猪，来到镇上做房屋中介。现在到了拿养老金的年龄，他打算年底关了公司，搬去一处大宅子负责看管房产。在意大利，许多人十几岁就开始工作，因此还不算太老时就能拿到养老金。马提尼先生打算来一个中年转业。

我们通常五月底才到意大利，那时种蔬菜已经太晚了。等我们翻好地、买回种子，播种的时间早就过了，只能眼巴巴地看着邻居家院子里的长刀豆藤攀爬上用竹子搭建的圆锥帐篷。偶尔有几株番茄不顾季节已晚和我们的笨拙，活了下来。但离开此地的那个早上，我们只能愣愣地看着那些绿色的迷你小球摇摇头，知道梦想已经破灭，没法品尝亲手栽种、又大又甜的番茄了。

后来马提尼先生果然变身为一名园丁。现在他每周都会过来工作几天，有时还会带上弟媳做帮手。

我们每天都去一趟花圃——方圆二十英亩的花圃都被我们走遍了——要不然就在田里和院子里溜达，看看能否再开辟出地方来植花种草。冬雨让土地柔软了不少，走在上面时感觉地面会略微下陷。这一次我们来得正是时候，我打算大干一番，缔造全佛罗伦萨最绚烂多姿、生机勃勃、欣欣向荣的花园。我希望托斯卡纳的每只鸟儿、蝴蝶和蜜蜂都会被我家的百合、茉莉、玫瑰、忍冬、薰衣草、银莲花和其他几百种花草的芬芳吸引过来。尽管仍有可能降温，但我克制不住自己种花的冲动。在花圃的温室里，空气湿润，芳香醉人，艳丽的天竺葵、绣球、矮牵牛、秋海棠和数十种粉色或橘红的玫瑰，诱惑得我一盆盆地搬上车运回家。

埃迪赶紧劝阻 ："咳，悠着点！咱们只应该买当季的植物，像薰衣草、迷迭香和鼠尾草。"话倒不错，买这几样正好可以补上去年被寒流冻死的花草的缺。去年冬天下了一场破坏性极大的暴风雪，下雪，化雪，再结冻，就发生在一天之内。"当务之急是多种些树。其他不急，有的是时间。"

有的是时间。听着多么悦耳。

花圃送来了五棵柏树、两棵梨树、一棵樱桃树、一棵桃树和两棵杏树，它们被整整齐齐地排放在车道边，等着贝皮和弗兰西斯科过来栽种。关于哪棵树应该种在哪里日照才恰到好处，他们先前就唇枪舌剑过一番。他们刚为冻伤的橄榄树剪过枝，去年那场强降雪让我家的橄榄树也遭了灾。他们搬来梯子，毫不留情地砍掉所有冻伤的树枝，然后领着我们视察灾情。我们站在第一层梯田中一棵奄奄一息的橄榄树前，贝皮和弗兰西斯科忧伤地摇了摇头，仿佛眼前是某个好友的遗体。埃迪也非常伤心，死伤的树木就像他才满三岁的孩子们。即使是幸免于难的小树，原本绿油油的树叶也变得干巴巴，毫无光泽。严寒所造成的最坏的结果是令树皮裂开，裂伤越靠近根部表示伤得越重。每当看到根部裂开的树，他们就会摇着头低声说 ："Buttare via."（挖掉它吧。）至少有十棵树得挖掉，其他若干伤情严重的暂时还生死未卜。但凡还残留几片树叶或根部抽出了细芽的树木，我们就不放弃，希望它能起死回生。在小镇下方的山坡上和山谷里，许多果林都死气沉沉，面色铁青的男人们狠狠锯着粗大的枝干。尽管损失严重，但根据一九八五年那场百年不遇的雪灾的经验，只要把死枝去除，假以时日，树木就能重焕生机。

所有树木中，没有什么比橄榄树的地位更尊贵的了。弗兰西斯科看着橄榄林中的两棵橡树摇了摇头说："应该砍掉当柴烧，它们会挡掉橄榄树的阳光。"埃迪尽量不反驳他们，但还是强调因为我的缘故，橡树不能砍。我在其中一棵橡树下放了张长木凳，我很喜欢坐在那儿看书。要不是埃迪特意指出这一点，没准弗兰西斯科会理所当然地认为我们同意，说不定哪天我们回家时会发现橡树已经殒命。他们常常抱怨我让他们分心为花园除草，或是妨碍了橄榄树和葡萄树不言自明的权利。如果他们知道埃迪会将长在拖拉机道上的野花移走重栽，那埃迪在他们心目中的分量肯定会大打折扣。男人们一早上都忙着修剪树木和施肥。贝皮和弗兰西斯科把每棵新到的柏树都固定在一根大桩子上，他们还在桩子和树干间塞一把草，免得磨伤小柏树幼嫩的树干。

去年十二月的那场寒流使我家的香草和垂在蓄水池边的蓝茉莉非死即伤，幸好芬芳迷人的早春作出了补偿。然而，埃迪不喜欢却也不忍心挖掉的月桂树倒是躲过了灾祸，长得无比茂盛。整个早上，我们不停地又砍又挖，清除枯死的植物。我的脖子和手臂开始变红，是被这徐徐清风吹的吗？抑或是我的肌肤敏锐地感觉到这微风带来的是阿尔卑斯山的料峭寒气？

目前最大的损失是前门的两棵棕榈树死了一棵。一棵看上去好得不能再好，另一棵却只剩树干，一片焦黄的扇叶孤独地垂着脑袋挂在上面。站在三楼书房的窗口还看得见树上残留一片绿色树叶，可惜只有巴掌大小，说明不了什么问题。

我们已经直呼马提尼先生的名字安塞莫了。他来的时候还穿着西装，开着阿尔法汽车，拿着部手机高声说话，从农舍出来后却已俨然一副农夫打扮——脚蹬高筒橡胶靴、身穿法兰绒衬衫、头戴一顶贝雷帽。我没料到他会接管得如此彻底。“别碰！碰了带露珠的叶子，这株植物就活不成了。”他的口气非常严厉，吓了我一跳。

“为什么？”

但他只是重复了一遍。没有理由。这样的说法通常有一定根据，或许会让某些真菌传播得更快，又或许是其他什么理由。

“那是什么？”我指着第三层梯田问道。那里有一大片齐膝高的蔬菜，长势特别好。“密密麻麻一大片。”我目测一下，共有八排，每排十棵，一共八十棵。他事先都没和我商量就扩大了菜园。原先我们在这块地里种的是土豆、莴苣和罗勒。

“巴色利（baccelli），配新鲜的佩科里诺干酪吃。”他回答。

“巴色利是什么？”

他一反常态地沉默了半晌才说：“Baccelli sono baccelli.”（巴色利就是巴色利。）他耸耸肩，继续割草。

我查了一下字典，上面只说巴色利属于“豆荚类”，于是我打电话给唐娜蒂拉。她说：“噢，巴色利呀，他种的是 fava（蚕豆），可是本地话‘fava’的意思是阴茎，他肯定说不出口。”

巴色利的花像一对娇嫩的翅膀，双层花瓣，缀有黑紫小点。我曾仔细打量它的叶子，寻找呈现“θ”这个形状的叶脉。古希腊人因为这个图形认为蚕豆不吉利。希腊文中死亡（thanatos）一词的发音正好也是以 θ 开头的。但我没找到这个图案，只看到绿意与生机。

我们不在时安塞莫种了许多蔬菜，够好几个家庭吃。他把两块梯田变成一个巨大的菜园，从当地一个牧羊人那里买了十五大袋羊粪和进土里。我算了算，除了那八十株蚕豆，还有四十株土豆、二十棵洋蓟、四列甜菜、一小片胡萝卜、一大片洋葱、足够做科尔托纳所有番茄肉酱用的大蒜，还有一大片莴苣。他嘱咐我们现在不要摘芦笋的嫩芽，因为芦笋要长两年才好吃。农舍里的夏南瓜、甜瓜和茄子苗已经发芽了，为番茄搭架的尖竹枝也已准备妥当，全都堆在花园一头，等天气稳定后再派上用场。看来，我可以在周六市场上摆个小摊专卖夏南瓜花了。因为是按小时为马提尼先生付费，一想到他耗在这里的时间，我们就心惊胆战。

他还修剪了玫瑰，砍掉了通往花园路上我钟爱的三棵野李树，正沿着梯田边缘种植一排李树树墙——李树看上去饱受折磨。看见我在打量它们，他对我摇了摇手指，好像我是个成天想上街玩耍的淘气小孩。“都是些野李树。”他不屑地说。我真想知道这到底是谁家的地啊。他同贝皮和弗兰西斯科一样，认定凡是出现在自己领地上的异类都是可恶的，他也和他们一样无所不晓，让我们只能唯命是从。

“这些可是最好的黄李树……”我得多个心眼看住它们，否则哪天早上睁开眼睛就会发现弗兰西斯科让它们和他一心想对付的橡树一起躺在柴火堆里。

令我惊诧的还有春夜。乡村的宁静却是被我以“有声”的方式感受到的。猫头鹰撕破寂静的尖叫声，我至今仍不大适应。我们原来的世界里，夜晚不是零食加一场电影，就是叫中餐外卖，或者就得听电话机里的十七条留言。凌晨三四点醒来后，我走过一间间屋子，眺望着窗外的风景。明月高悬的寂静夜空，一颗流星划过书房的窗口向着黝黑的山谷疾驰而去，这究竟是怎样的夜晚？不知为何我的脑海里总是萦绕着一个学生的诗句：流星，仿佛巨大Q字的尾巴，扫过苍穹。一只夜莺以它自己的曲调在练嗓，每个音符都千回百转，却好像形单影只，唱了许久都没有同伴应和。

埃迪每天傍晚都要在橄榄林里流连。晚上，我们端着盘子坐在炉火前进餐。“我们回来了。”埃迪对着炉火举起酒杯说，也许是对着某位谦卑的灶神。幸福，一个神圣又平凡的词，千变万化，难以捉摸，不时调整它的边界，有时令你觉得得到它是如此轻而易举。我拿了条毛毯裹在身上，想着那些意大利的习语打起瞌睡来。起风了。什么风呢？是 tramontana，从阿尔卑斯山吹来的寒风，还是 ponente，一种携雨而来的风，又或者是 levante，那又强又疾的东风？如水月光下，柏树树影婆娑。我肯定这风不是 libeccio，温暖干燥的南风，也不是夏日才有的 grecale 或 maestrale。烟囱里的风正呼呼作响，让我知道虽然时至三月，春天还只是种期待。

春天的苦野菜

今天早晨，我兴奋地早早醒来。这是我回到意大利的第一个集市日。穿衣服的时候，我瞥了一眼房间的后窗，好像看到最上面的梯田里有什么在移动。是狐狸吗？不对，是个人在弯腰拔什么。透过浓雾，我依稀觉得那是个女人，浑圆的身躯，戴着深色围巾。之后她就离开了，隐入野玫瑰丛中。“可能是采蘑菇的吧。”埃迪猜测。后来开车外出时，我又看见道路上方的山楂树林中似乎有人影在动。

三辆车门紧闭的货车从南部的普里亚和巴斯利卡塔驶来，已经抵达卡姆基亚的周四集市。现在货车的三面都敞开着，露出车厢里的洋蓟，花头还连着梗。司机扒拉出一大堆，边上立着一块价目牌，标明八千里拉二十五棵，约十八美分一棵。女人们围了上来，每人都买了一大堆。最受欢迎的是紫色条纹小洋蓟。这种洋蓟除外面几片叶子全都能吃，就连剥了皮的梗都又脆又嫩，籽小，不噎人。洋蓟是连着一寸左右长的梗一起出售的，捆扎得相当随意，却沉甸甸的，令我这趟采购之旅不得不就此结束。回家的路上，我一直在想该拿怀里抱着的这二十五棵洋蓟怎么办。当我努力把它们搬进厨房时却发现灶台上已经放了一大捆小紫洋蓟。“哦，不！这是你从哪里弄来的？”

埃迪接过我手里的袋子说：“我在图伦尼喝咖啡时有辆装洋蓟的卡车停到酒吧门口，大家都冲出去买，我也买了一些。”五十个洋蓟！两个人！

每家餐馆的菜单上都有煎洋蓟这道菜。但人们在家里都拌着调过味的橄榄油生吃，或是和土豆、洋葱、柠檬汁及西芹一起烹制。这几种材质和风味搭在一起口感很好，微蒸一下，洒几滴橄榄油，清爽的味道最适合春季。

冬油菜快要下市了，我们见到一个农夫在用本地话高声叫卖。我在自家的院子里见过这花，一度以为那是芥菜，因为此时加州乡下的芥菜黄花正开得热热闹闹。所以等到冬油菜开花，我已经见多不怪了。这种菜应该趁早摘下来，掐去梗，把菜花和叶子蒸熟后用大蒜拌一拌，味道和西兰花颇为相似，只是更苦、更独特。冬油菜应当是富含铁和氮，对人体很好。每次吃过它，离开餐桌时我都觉得自己强壮了不少。

意大利人嗜好苦味。他们的开胃酒和餐后饮料都以 amari（苦）闻名。这种口味肯定是后天养成的。埃迪观察后得出的结论是：“意大利人后天养成的口味远多于大多数其他地方人的。”记得第一次喝 Cynar（菊芋酒）时，那浓郁的洋蓟口味让我想起小时候喝咳嗽糖浆时妈妈追着我满屋跑的情景。在意大利，橙味苏打水都特地注明“味苦”。小吃店主包方饺时常用软酪、琉璃苣和紫甘蓝做馅。方饺的馅花样百出，紫甘蓝甘美多汁，加上琉璃苣，小小的方饺能让味蕾活跃无比。蒲公英、萝卜和甜菜叶都是春季的佳肴，甚至包括让人又恼又恨的荨麻。虽然整个夏天我们都在和它恶战，但是如果能在荨麻叶刚展开时就摘下，用沸水烫过后掺入焗饭或面食中，再撒些烤松仁的话，吃在嘴里真是爽口美味。

Agretti（野草菜）我第一次见到，它们的样子有些古怪。美国的什么地方肯定也生长有这东西，只是我没见过而已。用根水草把它们绑成一捆，看起来和喂马的野草一样，扔进沸水中烫一会儿，再用盐、油和胡椒翻炒片刻即可食用。我初次见到 agretti 时就认定这是意大利人又一种后天培养出来的嗜好。煮这种菜时你会闻到一股泥土味儿，和炒甜菜时一样，别有一番绿色蔬菜的清香。有个意大利朋友建议我放点柠檬汁，可我闻过放了柠檬汁的 agretti 后决定还是吃原汁原味的好。后来，我尝试过把这种“草”和面食及帕米吉诺干酪搅拌在一起食用，味道非常接近富含矿物质的菠菜，但比菠菜更鲜美，充满春天的气息。

充满传奇色彩的野芦笋竟然也是极苦的，这着实让我吃了一惊。邻居琪安拉在自家田里拔了一小把芦笋尖给我。她拨开荆棘才找到这些野芦笋，样子看起来有点像文竹，但是更粗糙也更小一些。一谈到用切碎的野芦笋煎的蛋饼，琪安拉就口若悬河起来。这里所说的口若悬河，其实完全表现为肢体语言的丰富。她飞快地在嘴前做了个拉拉链的动作,意思是那东西美味绝伦。如果她用拇指按住脸颊，拳头不停地转来转去，我们自然就知道她是指某个东西好吃得不得了，完全无法形容。

那天早上在我们地里采东西的女人肯定是在采野芦笋。现在连我们的水仙花也被人劫掠了。早上我俩外出看重修浴室所需的瓷砖和卫浴材料，回家却发现山边二百多株水仙花荡然无存，只留下几株垂头丧气、过了花期的给我们。

每天傍晚，整条路上都是拿着棍子和塑料袋采摘野芦笋和其他野菜的女人。大部分野菜都是苦的，可用来做晚餐的沙拉。我也在学着采野菜。她们采的野菜各种各样，包括长得像蒲公英的 tarassaco、菊苣、琉璃苣，还有 barbe dei frati（修道士的胡子）等。

女人们鼓鼓囊囊的袋子里究竟还有什么其他东西呢？为什么她们会突然停下来盯着某块地方并用棍子指指戳戳地翻检？她们弯下腰，用小刀挖出根茎、蘑菇或摘下几片叶子，然后继续前行。我们甚至看见一些衣着光鲜的人把车停在路边，手脚并用地爬上山，下山时手里举着两三枝烤肉用的薄荷或茴香，或是某种药材，根部还在啪嗒啪嗒往下掉土。

我也会出去找野芦笋。埃迪为我削了一根至少我们认为极其完美的木棍，简直像是能用来占卜的魔棍。好奇怪，明明是从没看见的东西，一旦别人指给你后，便发现它们随处可见。我家上面的梯田里就长了许多带刺的野芦笋，它们似乎很喜欢长在树下或山边。我喜欢寻找它们隐秘的藏身处，尽管有时它们也会从空旷之处探出毛茸茸的身子。我常扒开野草寻找钻出地面的笋尖，黑黑的，这儿一根那儿一根。芦笋肯定很早就是人们食物链上的品种之一。人工栽种的芦笋虽然拥有众多精致的烹调方法，但外形仍然相当原始，而野芦笋的样子就更原始了。一些芦笋梗细得像纱线一样，颜色从褐到紫都有。它身上的刺像细针般尖利，得小心翼翼才不会伤手。虽然是慢活儿，但令人兴味盎然。

我把采来的三十根野芦笋和烤鸡放在一起烹调，可我们都不喜欢那种苦涩的、药一般的味道。后来我在集市上看到一个很奇怪的女人，身高只有一米二左右。她用报纸包了满满一捆野芦笋，就像刚刚从童话故事里走出来、好像要对我说“孩子们，快到林子里去”的人物。不过她吆喝的却是：“Genuino，genuino.”（真货，真货。）价钱不贵，大约九美元，我觉得以后在集市里也很难看到，便递过钱去，并在她消失前向她讨教怎么煮才好吃。和我的邻居一样，原来她也是把芦笋切碎了掺在蛋卷里煎。

埃迪试过一次煎蛋卷，他放了不少大蒜，芦笋味儿几乎荡然无存，只有咬到小细梗时发出的细碎声响提醒我们这里面放有野芦笋。

之后我在阿伦佐的街上又见到一个来自森林的女人。一看到她，我脑海中顿时闪过 strega（女巫）这个词儿，或是灵媒，南方智慧的古老源泉。像这样的人兜售的东西谁能抗拒？我从她的篮子里又买了些芦笋。篮子下面放了把弯刀，刀锋磨得又薄又利。她的牙齿几乎掉光了，身上裹着好几件毛衣，毛线上还粘着小草根。“你从哪儿找到这么多？”我问她。但她伸出一根手指放到嘴边，只字未提便一瘸一拐地走开了。这时我才发现她穿着一双雪白的跑鞋。等她吃力地爬上市场的拱楼，附近那些喝咖啡的精明商人马上蜂拥而上将她的芦笋抢购一空。

我吃芦笋时通常用烤箱烘焙——把它们放在烤盘上，淋上油，撒些许盐和胡椒后再放进烤箱，这样烹制出的芦笋最美味。不用水煮，就连水蒸气都没有，因此芦笋肥美的肉质和纤维不会遭到破坏，更不会变得软塌塌的。但野芦笋烘烤之后会变老，口感很差，所以我摸索出另一种煮法：把它们蒸一小会儿后在橄榄油里滚一下。橄榄油的品质至关重要，找不到最好的橄榄油，我宁可用黄油代替。每咬一口，我的眼前都会晃动着那个老妇四处寻找野芦笋的身影，她在某个葡萄园上方的神秘山间，多年如一日，手握弯刀娴熟地割着野芦笋。

我把山上那片野芦笋地指给葡萄修剪大师贝皮看，他乐坏了，要立即动手割掉那些干枯的弯枝。“像这样，尽量贴着地面割，明年就会发得更多。”他解释道。等他弯腰示范时，却发现已经有人先他一步割好了。旧笋枝只能用刀整整齐齐地斜割过去而不能拿手掐。这是之前那个不知名的偷采芦笋者所为吧。要不就是哪个百年前居住者的魂灵于今春故地重游？或是集市上某个卖花和芦笋的精明小贩？要不就是那个带着弯刀的妇人？贝皮取了一根生芦笋嚼了起来，还递给我一根。真是练牙口的好东西，我开始喜欢上这件春天的礼物了。

冬日到意大利时，看到食物与我熟悉的夏日美味迥然不同，我曾大吃一惊。而如今的每一个春日，我都能尝到新鲜的口味。我在马里奥的果蔬店里看见一篮从没见过的东西。是野生的小个猕猴桃，还是发霉的胡桃？结果都不是，那是 mandorline（杏），马里奥告诉我那是基亚纳山谷，就是科尔托纳镇下那片辽阔谷地的特产。马里奥咬了一个，又把篮子递给我。哎呀，又苦又酸，和我以前品尝的味道全然不同。我马上知道自己会喜欢上这个新东西。马里奥把整个果子连皮带肉全部吞进肚里，一副回味无穷的样子。杏的表皮是鼠尾草那种灰绿，剥开则是鲜绿，内里又是一层黄绿，果仁和一般杏仁一样，清香、柔软。

回家后我去了长着野杏树的自家山地，但似乎找不到和 mandorline 相同的品种。这里的杏外壳很坚硬。我用石头砸开一颗尝了尝果仁：既像玫瑰，又似桃子，吞下后舌尖还余杏仁特有的氢氰酸味。成熟以后，这些杏香味依旧，但渐渐变酸为苦。

对我而言，这片土地就如同一个谜。拥有它七年之后，我自以为已对它了如指掌，蓦然发现其实不然。我才开始认识四季对土地的馈赠。田边逶迤的鸢尾花正含苞待放。与我们分享这美景的有那个偷采野芦笋的人，还有以植物根茎为食的豪猪。鸢尾是佛罗伦萨的象征，一度在托斯卡纳被广泛种植。它的根茎晒干后可以制作带着醇厚紫葡萄味的香水。多么不可思议的野花。在旧金山，我买过五枝一束的鸢尾花，细长的花苞很少能绽放，而这里如此多鸢尾争相怒放，竟无人问津。

采野芦笋回家的途中，贝皮拔了一株叶片光滑厚实的植物。“把这个拿去煮着吃，非常护肝。”

“叫什么名字？”

“这会儿我想不起来了。看！”贝皮又指着一株长着小扇形叶子的蕨类植物，“Morroncello.”我不知道它的名字，字典里也查不到，但我会试尝。又一种春季苦野菜。

一大早我就听见房子外面的路上有人说话，于是望了望窗外。三个采野菜的女人，正对着我家田地指指点点。我猜她们肯定发现了什么新野菜。她们站了很长时间都没有上山，迟疑半晌还是离开了。

穿衣服时我听见汽车刹车声，接着喇叭响了两下，探头张望时只见一辆蓝色菲亚特呼啸而过。我们今天打算去一趟佩特罗埃罗——手工陶罐的产地。汽车驶上车道时我隐约觉得出了什么事。驶近才发觉路上到处都是大石头。抬头一看，原来是花园阴凉处的石墙昨夜塌方了，留下一个十五英尺见方的大缺口，比缺了门牙还丑陋。我们把石头推到路边，去墙边细察。原来是山上的泉水浸满梯田后摧毁了墙基。收拾烂摊子的时候到了。六年前我们雇来修石墙的马大哈没有预留足够的排水孔。石墙坍塌处，那张黄色长餐桌摇摇欲坠。

我们给信得过的普里莫打了电话，他立刻赶到现场。“妈呀，墙倒了。”他耸了耸肩，然后走进屋子打电话叫他的伙计们过来。

我们也不知道还能做什么，干脆照原计划到锡耶纳的佩特罗埃罗买些种花的大陶罐，摆到那些还没塌方的石墙上。到了山顶的中世纪小镇，我们想先找点喝的，可所有商店都门户紧闭。街道窄小得前所未见，汽车几乎无法行驶。镇外有好几间制陶作坊，里面堆着大大小小几百个陶罐。其中一个大得像加州那种多人用的洗澡盆。我们选择了一家手工作坊，尽管以前买的一些批量生产的陶罐也挺漂亮的。一个面色红润得和赤陶一般的男人走了出来，一脸困惑。我们问他能否看看货品，但他说只做批发。好在一谈到陶艺他便兴致高涨，把我们带进土窑上方的一间作坊参观，热得我们俩汗如雨下。内部上了釉的橄榄油瓶规格齐全，花盆、花园饰柱、日晷、古瓮、双耳瓶等琳琅满目。形形色色的花瓶，说得出名字的和说不出名字的排列得整整齐齐。手工花瓶的边角是圆的，淡淡的蜜色显得温暖又富有生机，偶尔还能看到一个拇指印。他还给我们看瓶底上工匠的姓名首字母或标记。

店主弯腰搬花瓶时眼镜从口袋里滑出来落在了地上，一只镜片跌出了镜框，但没有摔破。我们一起跪在细细的陶土上找固定镜框的小螺丝。忙乎了一阵子，我和眼镜主人都泄气了，但埃迪坚持不懈，终于在一个阴暗处找到了它。店主用指甲旋紧螺丝，修好了眼镜。我们则谢过他，准备离开。

“等等，你们想要多少个？”他问。

“噢，几个就行了，种我们自家的花。”

“不是拿去倒卖吧？”

“不是，我们只要三四个。”

“瞧，这里不准零售，但卖三四个有什么关系？”他把价目表递给我们，说给我们百分之四十的折扣。我们选了个瓮配石墙上已有的那三个，又挑了三个饰有花环和彩带的大花瓶。可付钱时才发现没带够现金。店主说镇上有台自动提款机，于是我们再次返回曲折的街道。这次可学乖了，把车泊在镇外步行进镇。佩特罗埃罗在意大利语中指“大别墅”，而它其实比一座巨大城堡大不了多少，而且里面没一个人影。我们走遍整个小镇都没看到一家银行。这里最古老的教堂——圣乔治教堂也门户紧闭。后来我们终于看见一个遛狗的男人，他带我们到一处完全不可能找到的门边，旁边一个小口里藏了一台取款机，而周围没有任何标示。要不是他带路，我们绝对找不到。

回到商店，店主帮我们包好货物搬上车。驶离小镇后，我从座位下取出地图。“我们离阿伯迪亚修道院不远，过去那里是朝圣者去圣地时的歇脚处。修道院的墙上还嵌着马耳他十字架和圣殿骑士团的徽章……”

“不管那石墙啦？”埃迪打断我的话头。那还用说。

回到家里，普里莫的工人们正往阿普车上装石头（“阿普”的意思是蜜蜂，是一种非常好用的小型货车，像个带篷的小轮摩托车，后面还拖着个小车斗）。坍塌的石头整齐地堆放在缺口边，旁边还摆着一袋袋水泥。新的墙基已经砌好，石块之间也留好了排水洞。我们还发现工人们已经在山坡上方和梯田边挖好了排水沟，安上了排水管。我两个食指向下。“这样的事儿不准再发生在此处。”真是个有用的手势。

终于有渠道分流山上的溪流了，梯田边如今多了好几道瀑布。水淹到我们的脚踝，普里莫说：“Tutto bagnato.”（到处湿漉漉的。）路过的人都停下来看热闹。一个妇女告诉我，多年前有个孩子掉进这儿的水井淹死了，每到夜深人静时，这座房子里就能听到她的哭声。

这个消息令我忐忑不安。“就是因为这件事，这房子空了三十年。我小时候晚上都不敢从这里走过。”

“我们从没听到什么哭声。”埃迪告诉她。我宁愿她不曾说过这故事，今后我一个人在家时肯定会听到。

等她走后普里莫说：“所有的老房子都闹鬼。”他耸耸肩，摊开双手，“鬼怪什么坏事都不会做，倒是得想办法治治水。”

半夜我醒来时万籁俱静，唯一的声响是外面的小尼亚加拉瀑布落入水沟的声音。

散装美酒

Gita 是我最喜欢的意大利词之一，意为短途旅行。这天早晨，埃迪正在看他吃早餐时常看的《意大利葡萄酒地图》，我以为他随后会一如往常地扛着锄头去橄榄林梯田，没想到他抬头对我说："咱们今天去一趟蒙泰普尔恰诺吧，家里的酒不多了。"

"行。我想去花市买几株琉璃茉莉栽到榛树下，我们还可以顺便到农场买些新鲜干酪。"

这些不就是我们奔意大利来的目的吗？在整修房屋的漫长日子里，我觉得自己不远万里来到意大利似乎就是为了清理墙上的藤蔓和抛光地板。如今，主要工程已大功告成，虽然还不算万事停当，但至少像个家了。

我们要多买些 sfuso（散装酒）。许多葡萄园都生产自酿酒，专为亲朋好友和当地居民酿制。大多数托斯卡纳人平时不喝瓶装酒，要么自酿，要么就到熟悉的人家购买。为了装酒，埃迪洗净了一个巨大的绿色玻璃小颈坛和一个闪闪发亮、带红色龙头的不锈钢酒罐。我们打算用这种酒桶逐渐替换绿色小颈坛。

为了防止小颈坛漏气，我们学了一招：先往酒上面滴几滴橄榄油，形成一道自然封口后再塞一个拳头大的软木塞。我们新买的不锈钢酒罐内有一个扁平的盖子能浮在酒面上，只要在盖子和酒罐边壁的缝隙间滴上橄榄油，就能完全与空气隔绝。拧开罐底的红色龙头倒酒时，盖子和橄榄油都会随之降低位置，保证其封闭性。

一般家庭若有七到八坛酒，就得将它们放进一个特别阴凉的房间，即藏酒室。需要时拔出塞子倒在瓶子里。瓶内的酒喝完后，我们会把大酒坛搬到桌上，用漏斗将酒倒入瓶中，再在二十多瓶酒中全都滴上橄榄油加封。我们已经练就一手好功夫，只要启瓶倒酒时先微微一倾，橄榄油就不会随酒倒出来，不过跑出来两三滴仍在所难免。我把两个酒坛放在房间角落当摆设，又在可回收垃圾箱里捡了三只被人丢弃的酒缸。他们怎么连酒缸都扔？我一直很喜欢它们圆鼓鼓的样子，还有绿玻璃里泛着的酒沫子。我们用专用酒刷把它们清洗干净，再配上新塞子。“难道真的还要用小颈坛来装酒吗？”我问埃迪。

“你说得对，我们该换不锈钢罐。但别和那几个人说。”埃迪说的那几个人自然是马提尼先生、贝皮和弗兰西斯科。这几位老兄对橄榄油和葡萄酒都毫不含糊，任何小变动都会被他们嗤之以鼻。为了携带方便，我们放了两个二十升的塑料桶在车上，准备用来装散装酒。但是一回到家就得赶紧把酒倒入酒坛，否则塑料味会迅速渗入酒中。

能出去旅游真是幸福。包里装着旅行指南和相机，车里放瓶水，地图摊在膝头——何其惬意！

我最喜欢科尔多纳通往蒙泰普尔恰诺的这条路。两边的层层橄榄林错落有致。夏天时，连绵的山丘上麦浪滚滚，一片金黄。而现在是春天，郁郁葱葱的小麦和青草欣然生长。我仿佛看见七月的田野上巨大向日葵遍地开放的绚烂，听到庄稼们齐声歌唱丰收的喜悦。这个时节小羊羔都出来了。初生的羊羔走起路来还摇摇晃晃，稍大一点的已经能跳跃着去吮妈妈的乳头。这样的乡村景色是我所见过最美妙的。若不是偶尔飘来的猪粪臭味，我肯定以为这里就是天堂。山边阴凉处有一大群白鹅依偎而眠。再往前走，被农夫们精心照料的麦田、果园和橄榄树就逐渐被蒙泰普尔恰诺的诺必利葡萄酒庄园取代了。

奇扬第、布鲁内罗和诺必利是托斯卡纳的三大名酒，三种酒的葡萄味都非常醇厚，极其纯正。托斯卡纳人说起葡萄酒的细微差别，一宿也说不完。诺必利酒最初酿制于十四世纪，因此人们有足够的时间将口味做到尽善尽美。托斯卡纳出产的葡萄被意大利人称为“Sangiovese”。通过词源学考证，该词来源于拉丁语“sanguis”（血）和“Jove”（古罗马主神朱庇特），意思是朱庇特的血。可见托斯卡纳酿酒的历史有多么悠久。当地人称Sangiovese为“prugnolo Gentile”（可爱的小李子）。

我们拐进一条白石子林荫道，道路两侧的柏树高高矗立。阳光透过树叶洒了一地淡绿色的光影。我想起墨西哥作家奥克塔维奥·帕斯的一句诗：“时光想起了自己，光明倏忽而至。”这话就某个层面讲真是令我心有戚戚。阿维诺尼斯葡萄园中央是一组宏伟的建筑，看到这里的大宅、家庭小教堂和富丽堂皇的附属建筑，让人特别想走进古老的时光过另一种人生。我仿佛看到一七八〇年的自己，身穿一袭厚重的亚麻裙，拿着白色水壶，手执一串铁钥匙，仪态万千地走过庭院。我不知道自己是这座庄园的女主人还是女仆，但好像听到多年前自己的脚步声，还看到落在石板之上的身影。

阿维诺尼斯酒庄的酿酒师保罗·特拉波里尼长得十分英俊，就像拉斐尔肖像画中的人物。他告诉我们他正在葡萄园中进行的试验。“我在托斯卡纳到处寻找濒临绝迹的葡萄根茎，保存下那些古老的品种。”我们走进葡萄园看他用古老方法栽种的葡萄。一种是拉丁式种植法，意大利人叫“settonce”，就是把一株葡萄藤种在由其他植物构成的六边形图案中央。另一种是螺旋式种植法，“la vigna tonda”，意思是圆形葡萄园。“我想通过调整葡萄种植的密度，看酒的质量和产量会发生什么变化。”他还领我们看了熟化室，其中几间放着厚模具。还有一间维圣多酒酿制室，弥漫着夹杂浓重烟味和木头味的迷人香气。

阿维诺尼斯出产许多美酒，在庄园里或蒙泰普尔恰诺镇中央的阿维诺尼斯酒展中心都可以品尝到。埃迪对维圣多甜葡萄酒最感兴趣，这种口感滑润的酒适合晚饭后配上点心喝。去别人家拜访时，不论什么时节都有人请我们喝这种酒，不喝都不行。家家户户的橱柜里都随时备着，因为是家酿酒，主人请你喝时不能拒绝。阿维诺尼斯酿制的维圣多酒与众不同，是意大利最好的佳酿之一。因为是限量销售，我们只买到了一瓶。以前有人送过我两瓶珍贵的里卡索里陈年维圣多酒，一瓶一九五三年产，一瓶一九六二年产，是当初在纽约买的，如今兜兜转转又被我们带回了出产地。马提尼先生也送了一瓶自己的藏品给我们。现在又买到这瓶珍贵的阿维诺尼斯，我们大可以呼朋唤友，在夏日大快朵颐后品尝这琼浆玉露了。

下一站是特努塔·特拉洛斯葡萄园。这个葡萄园的葡萄大部分以常规方法栽种，成排种植，每株绑一根木桩。只有一片面积很大的，采用的是伊特鲁里亚人的传统栽种方法，将葡萄藤搭在一个低矮的棚架上。葡萄园的办公室是一栋现代楼房，掩映于古宅后的柏树林中。

一个小伙子见到访客，一脸惊异，赶忙把价目表递给我们，然后领我们到会议室看样酒。埃迪来之前查阅过最近一期的《意大利名酒》（最受他信任的年度指南），他挑了一箱夏敦埃白葡萄酒，又买了一箱混杂不同品种的红葡萄酒。我们跟着小伙子走到外面的一条步道上，那儿看得见下面作坊中的不锈钢桶、橡木桶和一箱箱葡萄酒。他叫了一声，一个女人就从箱子后走了出来。她像只姿态优雅的山猫灵巧地跨过一个个箱子，挑选出我们要的酒。

一个个不起眼的黄色路牌指示出通往各个著名葡萄园的道路。因为喝过不少它们出产的名酒，这些葡萄园的名字对我们而言并不陌生。现在我们要前往波利兹阿诺葡萄园购买散装酒。埃迪朝站在田里的一个人招招手，那人便进到作坊里招待我们。“十年来最好的散装酒。”他边说边在酒箱上放了两只酒杯。尽管已是上午十一点，但鲜红的酒色、淡淡的草莓味和类似含羞草的清香都让我们心花怒放。我们找到中意的散装酒了。那人旋开一个巨大的阀门，用一根软管将酒注入我们的塑料桶中。根据法律，他必须为酒壶封口并在电脑里记下买家的名字。录入埃迪的名字时，他发现我们是老客户，便问道：“美国人很喜欢我们的酒，对吧？”而我们则代表所有的美国人痛快地回答说“是”。埃迪把酒桶硬塞到座位后面，希望汽车颠簸在凹凸不平的泥路上时酒不会洒出来。

蒙泰普尔恰诺镇看上去似乎是依河而建，九曲十八弯，但其实它却是沿着一条长长的山脊建成的。当年亨利·詹姆斯从拱廊间眺望远方，似乎看到“一艘破败不堪、伤痕累累又超载的大船正行驶于紫罗兰色的海洋之上”。托斯卡纳的山地小镇，总是让人联想到航行在平原上的巨轮。

十七世纪时，有个铁匠拿着铁锤在圣奥古斯丁教堂广场对面建筑的屋顶上钉了一口大钟。自此以后，这口大钟忠实地记录着小镇的每时每刻。我们停下车到一家商店买蜡烛。在花盆架、钥匙扣、垫子和启瓶器之间，竟然发现了通往一座伊特鲁里亚古墓的幽暗门洞！店主打开照明灯，说："是，很多店主装修店铺时都有类似的惊喜。"他又领我们走到店门口一个罩有玻璃的开口处指了指，我们向下一看，发现一个深凿的石头蓄水槽。店主耸了耸肩："屋顶的水会排到这里，因此里面总是有水。"

"什么时候的东西？"埃迪问道。

店主点了根烟，将烟吹向窗口。"中世纪，可能还要更早。"每次我们看到意大利人与历史遗迹共生共存却漫不经心的态度时，都不由惊讶万分。

通往小镇历史遗迹中心的街道远离商业主街，避开了购物人潮的喧嚣。那座大教堂尚未完工的大门使得那一带越发显得冷冷清清。台阶上的一只牧羊犬算得上整座广场最警觉的活物了。这次我们没进教堂，只是从旁经过，里面的著名壁画《玛利亚之死》我还历历在目——第一幅是奄奄一息的玛利亚，接着是升天的玛利亚，四周围绕着可爱天使，信徒们在地上哀哀恸哭。广场一角，几张白色塑料椅紧靠着咖啡桌。这座气势宏大的广场此时只有我和埃迪两个人。广场上有口古井，两只石狮和两头狮身鹰首兽守护，我们低头朝着深不见底的井下张望。肩扛水瓮到井边，汲上清澈的井水，与路遇的友朋相呼想必是件开心的事。

许多葡萄园都在这座富丽的广场上设有品酒室。波利兹阿诺葡萄园的品酒室内挂着一幅文艺复兴时期诗人波利兹阿诺的肖像画，这个著名的葡萄园就是以他的名字命名的。女工作人员向我们推荐了两种自留酒，果然是绝品。这里有三种以波利兹阿诺的诗歌命名的葡萄酒：Le Stanze、Ambrae 和 Elegia。我们知道第一和第三个词分别是指“咏诗”和“挽歌”，但中间白葡萄酒的名字“Ambrae”是什么意思就不得而知了。对于我们的疑问，女工作人员先是摇摇头，停顿了片刻，挥挥手笑眯眯地说：“Ambrae 就是 ambrae。”她边说边朝四周指了指，我猜她说的是这里的氛围。我们买了几瓶自留酒和以诗命名的酒。

作为诗人，波利兹阿诺在蒙泰普尔恰诺大名鼎鼎。主街上就有一家以他的名字命名的酒吧，但里面的装修风格与诗人所属的时代毫无关系，完全是十九世纪格调。圆弧形大理石吧台后面是两间铺着深色木地板的屋子，贴有威廉·莫里斯风格的墙纸，摆着风格协调的软垫坐椅和小圆桌，十足意大利风的维多利亚时代茶室。两间房子都能观赏风景，外面是摆满鲜花的铁栏围起的阳台。我们吃了个三明治，喝完咖啡，赶紧奔向汽车。时间过得就这么快！我们又在一间教堂逗留了一会儿，走马观花地转了转。我记起这间教堂的穹顶采用了一种有错觉效果的设计，仿佛有一个环形楼梯绕着另一个穹顶回旋而上，但只有站在前面入口中央观看时才能发现这种效果，从其他角度看好像穹顶摇摇欲坠。

这里的花圃以圣毕安乔大教堂命名。因为要赶在花圃关门前买到琉璃茉莉，我们只来得及绕大教堂走了一圈。圣毕安乔教堂是我最喜欢的建筑之一，它坐落在一条柏树夹道的道路尽头，金黄色的石墙在午后的阳光下熠熠生辉，给驻足观看这朴实雄伟建筑的行人脸上蒙上一层柔和的红晕。靠着教堂外墙坐下，阳光笼罩全身，就连墙上的反射光线也似乎在慢慢向你的后背渗透。绕教堂一周，走在环绕它的温暖光晕下，我浑身舒畅。当我们沿着环形下坡路离去时，恰好将教堂从各个角度尽收眼底。

我们买了一株杏色的三角梅填补去年冬天被冻死那棵梅树的缺，还买了两棵打算种在树下的蓝雪丹，上面蓝色的花骨朵已隐约可见。另有一棵叫皮埃尔·德·龙沙的玫瑰，是一种能顺着石墙攀缘而上的新品种。就这样，一位法国诗人与波利兹阿诺在我们的车里碰面了。

“哦，糟糕。”埃迪挥拳砸了一下方向盘。

“怎么啦？”

“忘了买新鲜干酪。”幸好出售干酪的农场就在皮恩扎，往南开几英里就到。

车厢里飘荡着酒香和植物的香气。驶回科尔托纳的路上下起了淅淅沥沥的春雨，青草散发的清香飘进了车厢。

我们到烧烤店买了一些香喷喷的粗麦汤团当晚餐，我另做了份沙拉。埃迪取出在蒙泰普尔恰诺买的 Ambrae 举到灯下细瞧。我的字典里找不到这个词。肯定是拉丁文，可能是指琥珀。我呷了一小口——酒名或许的确意指氛围，尝起来如同酒在百合和橡树叶上的甘露。美酒是被水凝固的光。我要是能说出这样的妙语该多好，可惜这话是伽利略说的。

追春：西西里的棕榈树

从巴勒莫机场下飞机不到五分钟，我手里就拿了份西西里的招牌食品准备解馋。埃迪去租车公司租车了，我去机场中央的酒吧等他，然后就看见那好东西了——一排形状和大小都和橘子相当、摆放整齐的炸丸子。“里面是什么？”我问。

卖炸丸子的男人长着一双典型的西西里人的眼睛，黝黑且深邃似井，他指着圆球说：“夫人，里面是番茄肉酱。那种椭圆形的包着白汁酱和生腌火腿。”他的眼睛和这名吃一样吸引我。我发现机场中举目可见这种拜占庭式内敛又古典的眼睛。我坐在酒吧里，一边品尝带着奶油香味、又酥又脆的炸丸子，一边看着来来往往的纯正意大利人。女人的黑色鬈发宛如瀑布，随风飘动。男人身量匀称，步态轻盈。小姑娘也长着同样的黑色鬈发。老年男人因为长年劳作腰有些弯，手里拿着帽子。这时从罗马到巴勒莫的飞机到了，接机的人们蜂拥而上（从罗马飞到此地只需一小时），人们一边挥手一边问候刚下飞机的西西里人。看那些人拎的手提行李，估计离家不过两三天而已。埃迪拿着车钥匙回来了。他也立刻叫了份炸丸子，还要了一杯浓咖啡。咖啡端上来后他大吃一惊：整杯咖啡不过一汤匙的分量，还有很多泡沫。但只喝一口就令人折服。

埃迪惊讶的表情没逃过侍者的眼睛，他身高约一百六十厘米，仰视着比他高一个头的埃迪说：“先生，越往南走咖啡分量越少，但味道越浓。”

埃迪哈哈大笑：“真奇妙。”我们把行李车推到他租的绿色菲亚特上，车嗡嗡地驶出车库。

驶在巴勒莫的海滨大道上，我们看见了大海和建在岩石地貌上北非风格的方形房屋。但一进入巴勒莫城区，便深陷狂野的车流中。所有的车开得飞快，快得我们都来不及搞清楚这是开到哪儿了。车窗外的巷子转眼即逝，大道的名字不停变化，我们在单行道的迷宫里拐来拐去。“那个侍者应该告诉我们越往南走‘更少更浓更快’才对。”埃迪吼道。在红绿灯路口，他打开窗户冲着一个骑在摩托上等绿灯的男人绝望地喊：“请问，去埃吉尔别墅酒店怎么走？”

“跟我来。”他也大喊道，紧接着就冲了出去，在车流中左突右冲，不时回头看我们跟上没有。幸好我们勉强能跟上！埃迪反正跟定他了。车子在城市里开出了在高速路上的速度，并驾齐驱，你上我下。我们的小车前后左右也都是些小车子，间距只有五厘米。若是有人急刹车，准会有上百辆车连环追尾。幸好没人那么做！到一个岔口后，摩托车主指了指左边，冲我们挥挥手，自己则朝右边一个急拐弯，耳朵都差点碰到地面了。我们拐弯继续向前冲，忽然就到了一条静悄悄的街道，要找的酒店赫然立在面前。我们缓缓驶入停车场。

“到走之前也别再开车了，这里的交通实在是糟糕透顶。”

“和我想到一块了。”埃迪说，他的手仍然握着方向盘。“我们去哪儿都乘出租吧，在这里开车和奔牛一样。”我们拎起行李，锁好菲亚特，在离开酒店前再也没看过它一眼。

据经理说，我们的客房是“巴勒莫最漂亮的房间”，既然如此，我俩更有理由在浴缸里放好水，洗个泡泡浴，再从小冰箱里取些冷饮喝，好好地休息一番。因为最近托斯卡纳的天气辜负了我们，所以我们才打算到南方追寻春天的脚步。原本惬意舒适的早春三月突然间就变了脸，寒风四起，冻雨敲窗。普里莫本来打算固定住我家那摇摇欲坠的石墙，现在不得不把人手撤去做镇上的室内装修活儿，得等地上干了才能回来继续。那天我们坐在壁炉前喝酒，埃迪说：“我敢肯定，西西里一定已经很暖和了。咱们明天就去那儿，怎么样？”

“明天？”我抬起头来，不再看书。

“其实很近。开车到佛罗伦萨，再坐飞机过去——全程不过三个小时。和从旧金山到西雅图差不多远。”

“我从没去过西雅图。”

“那不是重点，我们以后可以去。关键是天气预报说这里接下来的一周都是雨天，而西西里阳光明媚。”他把报纸上的天气预报递给我看，意大利中部布满灰色斜线，而西西里到处都是黄色笑脸。

“但我有恐巴勒莫症。万一碰到黑手党在葬礼上火拼，咱们丢了性命还上了晚报怎么办？”

“我们不会参加任何葬礼。另外我们在西西里一个熟人都没有，黑手党对我们没有兴趣。”

“那好吧。”我停顿了十五秒，“咱们打包吧。”

隔天，我们已经身处这间一角有四扇大门通向阳台的房间里。

芳香的空气、棕榈树，还有碧蓝碧蓝的海水。六米高的顶高配上豪华的拿破仑时期的大型家具，再加上瓷砖地板、雪橇床——真是美轮美奂，与他们一开始安排给我们的房间截然不同。那个房间在酒店另一侧，里面黑漆漆的，铺着一块我都不想踩脚的地毯。服务生拉开百叶窗，只见一面高墙赫然矗立眼前。“没有棕榈。”我说。

“这里看不见棕榈。”他应道。

我平时不喜欢抱怨，埃迪更是如此。可一小时后我俩还是下楼去找经理：“我们的房间不漂亮，你们这么美的酒店，我想应该有更……还有空房吗？我们想看棕榈树。”

他查了我们的房号后做了个鬼脸。“跟我来吧。”然后领着我们走过长长的大理石走廊，来到现在这个房间。他拉开帷幕，推开通往阳台的门，明亮的光线立刻涌入室内。“看，夫人，棕榈树！”他又领我们看了看八角形的小客厅，里面放着镀金高背椅，好像我们应该请四人室内乐队演奏来伴我们入眠似的。

“现在我满意了。”我告诉他。

出租车来得很快，我们立刻驶入碰碰车的洪流之中。司机告诉我们，这里的交通状况一向如此，但事故并不多。为什么？他耸了耸肩，大家已经习惯了呗。坐在汽车后座上，我们很快发现司机说的是实情，这里的行车速度比别处要快上一倍，司机们一个个警觉异常，像在参加需要注意力高度集中的比赛一样。司机把我们载到一个交通主干道附近的海滨空地。离开喧嚣的街道，迎面飘来一阵花香，小贩兜售着五颜六色的小苍兰，紫的、黄的、白的，非常漂亮。我们在旧金山买的花束都很小，但这里却都是大把大把的，每一把都包着粉红的锡箔纸，还系着长长的丝带。

因为不想浪费时间吃午餐，我们只点了份比萨果腹，就是那种表面撒了大面包丁的比萨，然后边吃边逛。举目可见棕榈树、人满为患的户外餐桌、卖奢侈品鞋包的小店，还有高举着放了糕点和咖啡托盘的服务生。

糕点！每家糕点店陈列的款式都多得惊人。我们习惯了托斯卡纳较干的糕点，而这里的糕点上堆满了奶油。一个女人在她店铺的橱窗里装点着造型逼真的各种杏仁软糖，包括菠萝、香蕉、仙人果、柠檬、樱桃等形状，还有特意为复活节准备的一身卷毛的羊羔造型软糖。糕点店的食品柜里放满了杏仁蛋糕、野草莓馅饼、意大利脆饼和坎诺利（奶油甜馅煎饼卷）。各种大小的坎诺利，小至拇指，大到羊腿，一应俱全。两个点心师傅正抬着什么小心翼翼地走出厨房，在门口停顿了片刻，所有客人立刻后退让路。原来他们抬的是一棵用小坎诺利制成的近一米高的树，这个坚硬的金字塔很像法国圣诞节吃的泡芙塔。橱窗里还有油炸饼，各种馅的：干酪、肉桂、橙子蜜饯或草莓。这些是为了纪念圣朱塞普制作的，他的命名日是三月十九日，这一天也是意大利的父亲节。

冰柜中放着各种口味的 sorbetti（冰糕）——开心果、柠檬、西瓜、肉桂、茉莉花、杏仁。大多数孩子更喜欢 gelato（意式冰激凌），不用杯子或圆筒装，而是塞到奶油蛋卷里吃。其实，光是看着杏仁蛋糕就已经是一种享受了，但我们还是分吃了一个包满巧克力和奶油干酪的坎诺利。有什么关系呢，反正我们打算走一下午的路。

到新地方的第一天，最好就是到处溜达一番，感受当地的色彩、质地和味道，看看当地的居民，体验下这里的生活节奏，然后再充当游客，走访名胜古迹。飞机、咖啡和初到巴勒莫的喜悦让我们恍若梦中。我们专挑那些别有风情的街道，只要看到乏善可陈的地方就掉头而去。这里到处种着棕榈树。我多想带一棵回巴玛苏罗，代替去年十二月被冻得半死不活的那一棵。我喜欢棕榈树，不仅仅因为它的热带风味，还因为我喜欢华莱士·史蒂文斯所描述的意象："心灵尽头的棕榈树"。想到心灵尽头不是一面高墙、死胡同或者深渊，而是一棵高大摇曳生姿的棕榈树，我就觉得很幸福。

我们信步走进一个植物园。里面空荡荡、灰扑扑的，只有仙人掌、角豆树、桑树、龙舌兰和一些阔叶小灌木丛。棕榈树看起来像是土生土长，但其实是九世纪时阿拉伯人带来的，他们还一同带来了喷泉、辣椒、阿拉伯花纹、冰激凌、马赛克与穹顶。棕榈树和穹顶——金黄、石榴红、水蓝、铜绿的穹顶——是巴勒莫的主要特色。把圣约翰大教堂的五个穹顶漆成火红，这想法何其大胆！教堂院子里的柑橘花与茉莉花香沁人心脾，在喧嚣尘世之外让心灵得到了片刻宁静。

从地图上看，诺曼宫就在附近，于是我们决定造访其中声名最赫的帕拉蒂纳宫。旅游指南上说那里面的镶嵌画主要围绕"圣灵"和"上帝之光"两个主题。我特别好奇，因为在我的印象里这两个概念是一回事。

帕拉蒂纳宫最初由九世纪的阿拉伯人建造，十二世纪的诺曼人将其扩建成王宫，之后的国王和贵族又进一步将其完善，最终成为各种建筑风格的集大成者，一座独一无二的建筑物。十二世纪时，拜占庭的希腊人开始使用马赛克做建筑装饰材料。通过一小块一小块彩石的拼接，我听过的每个圣经故事便这样在宫殿的墙上熠熠生辉。地板也是用马赛克或是大理石铺成，呈现东方地毯式的风格。

“圣灵”和“上帝之光”本身只是一种铺设拼接，里面还蕴含着诸多深意,就像巴勒莫这个城市,每一寸都生机盎然。我喜欢“tesserae (彩石)”这个词，词语本身就流光溢彩。在这里能看到亚当夏娃的全部故事，有雅各与天使摔跤图，还有穹顶和半圆壁龛的基督，全都以马赛克铺成。穹顶的耶稣四周是按透视法缩小而成的天使，衣服细腻精致。而半圆壁龛的耶稣正在为人施福。两幅画里的基督手指都很长。我长时间地用望远镜仔细打量他的右手，整座教堂所有的基督形象中只有这个举着右手，拇指捏着无名指，手势优雅，着色精细。傍晚时分，微弱的光线照在墙上，但基督身边的金晕依旧反射出琥珀色的光芒。

诺曼宫的其他部分没有对外开放。我们走回巴勒莫市中心时经过二战期间遭轰炸后仍未修复的废墟。我们看了看街面上的店铺，里面是一大堆乱七八糟的商品。人行道上尽是卖鹰嘴豆油炸饼的摊子，我们干脆不在上面走。正忙于购买晚餐食物的人们，神情自若、沉默无语、一脸疲倦，但只要遇见熟人就立即容光焕发起来。在回酒店的出租车上，几乎看不到一个无精打采的路人。

埃迪挑的两家餐馆都被酒店的前台服务员否决了。他抬手做了个抹脖子的动作，说那些地方太危险，然后拿起圆珠笔，在我们的地图上把危险区域全部划出来。“这家怎么样？”埃迪指着意大利饭店指南上受到极力推荐但很难拼读的 N’grasciata 餐厅问，“这个词什么意思？”

“在本地话里是指‘肮脏’，但别害怕，只是一种说法。”

是关于什么的说法呢？我想。脏不就是脏吗。“你觉得这家最好？”

"是的，货真价实，这家餐厅自己有渔船，也没有游客。我可以打电话给餐厅为你们预定位子。"

出租车司机把我们载到一个很不起眼的地方，里面就更不起眼了。没有桌布，没有装饰，没有菜单，只有一台电视，灯光刺眼，虫子嗡嗡地撞着灭蝇器。侍者开始上菜，帕内里（panelli）、鹰嘴豆油炸饼和煎洋蓟让我着迷。接着是浓番茄酱和小章鱼拌意大利面，对于这道菜我有点拿不准，嚼了好久才吞下去。等这道菜又传过来时，埃迪又拿了些。接下去我们又吃了道面食，沙丁鱼、葡萄干和茴香煮空心粉。接着是盘烤金头鲷鱼，鲷鱼四周堆着其他品种的煎鱼。我已经有点吃不下了。我喜欢吃鱼，但吃不了太多。埃迪对任何海里的东西都感兴趣，他倒是一直吃得津津有味，侍者见状便在我们桌边逡巡不走，拼命推销每一道菜。他为埃迪斟了满满一杯酒。此人目光忧郁，颇似那王宫穹顶画中的耶稣。修长的手指上长着一小撮一小撮卷卷的黑色汗毛，衬衫领口也露出一撮胸毛，四英寸宽的长脸看着像报纸上刊登的劫机者头像。

我吃了点辣茄子后胃口又回来了一点。这道菜带点阿拉伯风味，把肉桂、松仁和茄子煮在一起。不过后来一看到新端上来的填馅墨鱼和海鲷香肠，胃口就又倒了。侍者是不是把厨房里所有的菜都端上来了？接着又来了煎土豆。侍者不相信我已经吃不下了，他拉了张椅子坐下来说："夫人，这道菜你一定得尝尝。"

我笑着摇了摇头，真的吃不下了。看到侍者抬起忧郁的眼睛看着天花板，我突然想开个玩笑，便指着墨鱼说："我害怕这东西。"他信以为真，马上咬了一小块证明没什么可怕的。可我还是摇头说"不"。他居然拿起我的叉子，轻轻叉起一块送到我嘴边。我惊讶得只好张嘴吃下，真的很讨厌这玩意儿的口感，像在吃软橡皮擦一样。

侍者退下去取了一道香草奶油小牛肉，可就连埃迪都放下刀叉了，他向侍者道谢："这是我在巴勒莫吃过的味道最好的鱼。"

"你怎么知道？"走出餐厅时我问他。侍者在笑,露出了牙齿。不，他现在不像耶稣了，这副样子更像一头狼。

"肯定是的，这可是间地道的本地餐馆。"

我们一大早就离开酒店到巴勒莫的乌西里亚市场去了，这个市场大得惊人。我曾经去过法国、西班牙、秘鲁、旧金山和意大利很多地方的市场，但只有眼前这个才像真正的市场，千奇百怪、人声鼎沸、摊主死缠烂打。这个周末是棕榈主日，市场更是格外热闹。一排排被开膛破肚的羊羔鼓着眼球倒挂在摊位之上。它们那小小的蹄子和尾巴让我很是不忍，只有一点点大的内脏更令我悚然。市场里，冰块上亮闪闪的鱼儿泛着虹彩，成堆的小虾摇晃着触须。这里有整车的柠檬和晶莹的水果蜜饯，有的车上堆放着成箱的橄榄、坚果和果仁，而这些手推车的主人们嬉笑怒骂，对客人是连说带唱、连哄带骗、软硬兼施，声音又粗又响。有消息说黑手党也在这里贩卖毒品，是真的吗？一个摊贩提了一篮鳗鱼，篮中仿佛是有生命的白银。他学鳗鱼扭着臀部，表明它们有多新鲜。我已经习惯了彬彬有礼的托斯卡纳市场，眼前这个更像一次热闹的嘉年华。我很想买些肥美的茄子和新鲜的绿色蔬菜操刀下厨，我的肚子响得像有一匹小马在嘶鸣。在这里下厨简直美如天堂，但我再也不会吃小羊肉了。

埃迪不愿去展有八千具干尸的卡普希尼墓穴参观。我只好买了张明信片，上面的红衣小女孩已经在玻璃棺柩里躺了几十年了，小鼻孔里塞着棉花，头发上系有丝带。我们曾在墨西哥的瓜纳华托参观过类似的地方，我看得兴致盎然，埃迪却愁眉苦脸。最后我们决定去国家考古博物馆，一直待到闭馆才出来。这是我走访过的最好的博物馆之一，由一家旧修道院改建而成，众多收藏都令我着迷。院子里陈列着从大海中打捞出的腓尼基人的铁锚和双耳瓶。有从马尔萨拉古墓挖掘出的神秘希腊石柱，柱子上刻有不同头像。有伊特鲁里亚人的文物，有些物品上的色彩依稀可见——这些从托斯卡纳附近的丘西古墓中挖掘出来的文物不知怎么兜来转去跑到了西西里。我们还看了公元前六世纪到前五世纪的庙宇匾额，是从西西里岛最著名的遗址塞利农特的希腊原址移过来的。这些匾额上绘有农林女神德墨忒尔、克里特公牛、珀尔修斯、赫拉克勒斯的形象，还记录下了雅典娜的每一次胜利。看到赫拉宙斯的结婚庆典和阿克泰翁被变成牡牛这些耳熟能详的神话故事被刻于他们所属时代的庙宇匾额上，我感觉遥远的传奇故事和想象中的距离贴近了许多。这些形象一度在人们眼中是活生生的，不是神话和历史长卷中的某个虚构人物，与人们并非遥不可及。光凭这宏大的历史背景，我们就能想象得出塞利农特遗址是多么恢弘巨大!

这里还有从塞利农特移来的一万两千个还愿神像，我们无法悉数看完，但已竭尽所能了。我们不得不错过许多展示有罗马雕塑、希腊花瓶和其他不少好东西的展厅。我们慢慢向前挪动，细看公元前三世纪繁荣古城庞贝的彩陶残片、同一时期的青铜公羊、一段由图案模糊的马赛克铺成的路面。当我们走出博物馆来到风格朴实的步道之上时，已经头昏脑涨、神情恍惚了。

巴勒莫的一切都是一场盛宴。在这样的城市旅游实属不易，挑战重重。你的脑子得不停转动，否则根本不可能消极应战。这样的地方一旦邂逅便终身难忘。我们在巴勒莫逗留了三天，感受着风俗民情，流连于街头巷尾，观赏西西里风格的巴洛克式建筑——那可是巴洛克中的经典。因为不停抬头观看各色穹顶，后来连脖子都僵硬了。母腹中的胎儿能感觉到光亮吗，是否就像捂住眼睛时透过指缝看到强烈的阳光那样？倘若能够，或许胎儿经过产道最后回眸时看到的模糊景象就会像我在那栋砖建的圣卡塔教堂内部看到的一样，是同心圆式向外辐射的微光。

令人称奇的是，在巴勒莫还可以体会到西西里人对于“新艺术”的崇尚。在坎帝（即巴勒莫中心地带一个十字路口）四方建筑的周围建有不少金属报亭，与巴黎地铁标志性建筑物所产生的美感不相上下。我们住的那家酒店里挂了埃内斯托·巴西莱的许多画作。正是他主持完成了马西莫剧院的装修工作，这座由他父亲设计的剧院，陆陆续续修复了近二十年，最近才刚对外开放。多么了不起的父子啊！另外，镇上还有不少拜占庭式、摩尔式和希腊式建筑，可以了解他们新艺术的源头，去看看应该也是一大乐事。扫兴的是许多展馆都处于关闭状态。没有告示，只是门户紧闭。

插在房间里的小苍兰开始枯萎了，我们决定明天去做环岛游。站在阳台上喝着血橙汁，传入耳中的唯有微风吹拂棕榈树的沙沙声和海湾中帆船上的铃铛声。“你想再回来吗？”我问。

“想。还有地方没走完呢。”

“我对这地方的感觉一言难尽，太复杂、太原始、太丰富了——真的令人敬畏。”

“我的感觉是，在喧闹之中，人人都有自己的生存之道。”

“我无法在这里生活。除了害怕黑手党，也不敢开车。”就是叫我在东岸高速路上驾车，我都没那个胆。

“那你就买辆二手小车，一天撞上几个小坑也没关系。”

“要是我的脑袋被撞出了坑呢？”这地方真是混乱啊。我突然想起认识的一个女人讲的故事，主人公是她的一个熟人，于是我把这事转述给埃迪听。“二战时，有个来自美国中西部的士兵在巴勒莫港的一艘舰艇上服役，军舰被德军在撤退中投出的炸弹击中，只有他一个人幸免于难。他游到岸上累得动弹不得，我想那时候德军已经撤走了。有天晚上，他走进一家歌剧院——他以前从未听过歌剧，但最后他感动得哭了，所有曾经历过的恐怖汹涌而至。听众鼓掌时他先愣愣地站在那里，接着便失声痛哭起来。散场后大家都朝剧院门口走时他还在哭，一个男人看到了，停下来摸了摸他的额头，像在赐福似的。此后，每个经过他身边的人都停下来摸摸他的额头。”

“这是我听过的最动人的故事，这就是巴勒莫。”埃迪感慨道。

西西里的每个征服者——希腊人、罗马人、阿拉伯人、诺曼人以及其他所有君王，想必都带了不少野花种子到西西里。普里玛维拉的乡野四处鲜花盛开。山石四周的野花，如同黄色与紫色的小河般四下流淌。道路两旁满是蓝色小花，而杏树林里的长草遇到茂盛的白雏菊时也只能甘拜下风。我们很快出了城，只用了半小时。虽然埃迪头痛于巴勒莫的交通，但一上大路我就发现他正在使用从当地的士司机那儿学来的新技术——想象这里的路其实不存在，通往目的地的前方是一马平川，路中央的白线不过是想象的产物，只在需要时才派上用场。

沿着海滨向内陆蜿蜒前进，窗口一边是呈七种不同蓝色的蒂勒尼安海，一边则是野花烂漫的山景。不难理解为什么历代统治者都渴望占领这座岛屿。这里的景色层次丰富，变化多端。橘树和柠檬树的清香时时飘入车中，令人无比陶醉。

没多久我们就走到通向塞杰斯塔神庙的岔路口，这是我们打算在西西里参观的第一座希腊神庙——这里希腊神庙的数量足以匹敌希腊本土。公元前五世纪以来，这座陶立克柱式神庙就巍然矗立在高速公路附近的青山上，仿佛亘古不变。上山的小径两侧长了许多高大的茴香树，有三米多高。我从前一直困惑于普罗米修斯怎能用一根小小的茴香枝把火种盗回希腊，现在才知道茴香树可以这么高大，不仅能取回火，燃烧之后说不定还能留下不少木炭。没准就是普罗米修斯在取火的过程中发明了烤茴香这道菜。

旅游指南中这样描述塞杰斯塔神庙："神庙呈矩形，六根立柱构成门廊。共有三十六根笔直的石柱（高十米，底座宽两米）围建于长五十八米、宽二十三米的基坛之上。山形墙和高处的楣檐完好无损。固定基坛的支柱依然存在，仍可见楣檐和壁柱上精雕细刻的装饰。"说得没错，真是漂亮极了。

离这儿不远有一座历史同样悠久的剧院，建筑风格也一样。希腊是我以前最想造访的国家。想看希腊源于我高中时对拜伦的崇拜。上大学以后，我和好友雷娜不约而同地选修了希腊戏剧课。我们给希腊航运公司写信要来旅行手册，还决定逃出去看世界。我们打算乘坐海伦命运号去希腊，却遭到父母的强烈反对，直到现在也没去成。几年前，当我在意大利南部的帕埃斯图姆看到一座雄伟壮观的神庙时，希腊之梦又被唤醒了。"青山看着马拉松，马拉松望着大海，独自沉思了一小时，在我的梦里，希腊依旧自由。"眼前的风景完全与这些诗行合拍。

和帕埃斯图姆一样，塞杰斯塔沉默而沧桑，苍穹下唯有纯净的神庙骨架。四周没一个人影，只有我们两人与历史相对，还有从巢里向外俯冲的燕子。

我们找了一家乡村旅店，床单有些潮湿，我们蜷缩着睡了个午觉。初春太阳的热度尚且无力穿透高墙。旅店漂亮的院子中鼠尾草和迷迭香郁郁葱葱，房间里铺着鲜艳的手工地毯，摆放着铁床，窗外有海景，但这些加起来都不能将功补过。外面冷飕飕的。射入室内的阳光还未落到地板上就已热力衰竭。床头台灯灯泡的瓦数和装点圣诞树的小灯泡没什么两样。下午四点时我们又回到车里向埃里塞进发。埃里塞是一座建在峭壁之上的中世纪古镇，早期名为“埃莱克斯”。但镇上的人都上哪儿去了？我们又成了孤零零的两个人，和在塞杰斯塔一样。就连那家远近闻名的点心店里都没有客人，只有一个无精打采的员工正专心致志地抽他的烟。杏仁蛋糕和撒着烤杏仁的厚柠檬派为西西里糕点名扬海内外立下汗马功劳，我很想把店里的柠檬派席卷一空。这种撒着本地杏仁的派，比我祖母用美国南部配方烘焙的还要好吃得多。尽管埃里塞是个弹丸之地，却很容易迷路。我们逛了几家商店，沿着城周走了一圈。教堂大门紧掩。我们早已知道不该仅凭一次旅游便对意大利的小镇妄下断论。换个日子换个时间，小镇很可能就会变得人气旺盛、生机勃勃。每个地方都有自己奇特的休息时刻和只属于自己的生活节奏。

餐馆终于开门了。这个时间，还是只有我和埃迪两个人。哎呀，又是鹰嘴豆油炸饼。我们点了一份特拉帕尼口味的鱼汤蒸库斯库斯（一种源于北非的粗粒小麦粉），侍者又向我们推荐了一道椒盐海鲈鱼，这东西我有时也会在家里做。他一只胳膊下夹着瓶马尔萨拉产的红酒，一手端着个托盘，托盘里放着一碟用茴香叶垫好的鱼。

吃完晚饭走出饭店时，已经想不起来把车停在哪里了，只好在镇里穿过去穿过来，不想进入了一个黑漆漆的公园，下坡又上坡。月光下的街道如同上过光的白镴般银光闪闪，大街小巷不见一个人影。现在连先前吃饭的地方也找不到了。好诡异的小镇。

回到旅店，被单还是冷冰冰的。我打开笔记本记下：埃里塞——无线电塔，非同寻常的石街。倒头便睡着了。

我们终于离开了那间潮湿的小旅店，展开了次日的全希腊风格建筑之旅。塞林农特从宽阔的山顶绵延至海滨，比塞杰斯塔有更多残垣断壁。埃迪念道：塞林农特源自希腊文，意为野芹菜。这一带有几百根雄伟的断裂石柱。这些支离破碎的石柱坍塌在地，愈显巨大。我们沿着小径下山去看海滨地带的废墟，这条路线可以清晰地看出公元前六世纪时这座神庙的轮廓。金灿灿的廊柱矗立在蔚蓝的海边，我们坐在一块礁石上，吹着温柔的海风，凝神看世间最赏心悦目的美景之一。这里的庙宇遗址被命名为神庙C、神庙G和神庙E，甚是可笑。这一次又只有我们两个人。我们在巴勒莫见过檐壁的装饰，看到神庙高处的檐饰时也就不以为怪，但仍无法想象古希腊人是怎样把它们镶嵌进高处的。

这里的春日美如仙境，但好景不长，没过多久，车窗外的风光忽然变成一片煞风景的塑料大棚。用塑料大棚种菜自然是延长了植物的生长季节，能促进农业经济的发展，却大大破坏了景色。蔬菜都在塑料的庇护下长大，其中要数大棚番茄最可怜，瞧着漂亮却口味不佳。只有受到阳光直接照射的番茄才鲜美多汁，大多数西西里大厨都是等到夏天才动手制作番茄酱的。

我们路过的许多小镇都面目可憎，真应该颁布一道五十年禁用水泥的法令。战后的钢筋建筑赫然立于古迹中央，大都是公寓楼房，而且没过多久就成了贫民窟。炼油厂和化工厂于景观而言当然破坏更甚。我们途经的大部分海滨地区都一塌糊涂——到处是半途而废的在建楼房。楼盘动工时肯定耗费了不少资金，但不知为何起个头就没有下文了，难道是资金周转不灵吗？

很可能是恐惧令许多人不作为，宁愿沉默与等待。虽然到这里才短短几天，我们已经感觉到了人们对黑手党无言的愤怒。他们怎么能在邪恶势力的阴影下生活，我无法想象。我从没听人提起“黑手党”一词，作为一个游客，听不到是理所当然的。即使是提出重大问题也会设法绕开，免得答案非牵涉到他们不可。如今这个时代，连火星石都有办法取来检验，婴儿都能在玻璃试管里孕育，我不明白，为什么黑手党就消灭不了。

想想没有黑手党的西西里吧，想想那时人们该会多么振奋……

我很庆幸不用参加一场有关阿格里真托的历史考试。美国人习惯相对简单直白的历史，而整个意大利的过去却盘根错节，希腊废墟上的传说故事更使得原本复杂的历史越发复杂。阿格里真托自公元前六世纪由古希腊人建城以来，先后被迦太基人、罗马人、德国施瓦本人、阿拉伯人、波旁人和西班牙人统治。墨索里尼在位时期，疯狂下令一切外来名称本土化，该城的名字于是由阿卡拉喀斯改为阿格里真托。关于易名这一狂热举动，我在罗马约翰·济慈故居的门牌上就已领教过。济慈当年远离至爱，身患肺结核丧命于此，他的门牌竟被改为乔万尼·济慈，而这个名字显得他更加不堪一击。

阿卡拉喀斯或者说阿格里真托，是诺贝尔文学奖获得者路易吉·皮兰德娄的出生地。西西里是他的戏剧与小说中那个荒诞不经的世界的原形。如果我也生活在这个古希腊废墟和现代废墟并存、黑手党势力无处不在的地方，笔下的人物和城镇没准也会这么乖张。皮兰德娄写道：这里的太阳能将石头融化。即使早春三月，我们也能在去神庙之谷的路上感受到头顶阳光的强度。

神庙之谷杏树苍郁、野花遍地，一排排古代城市的遗存物杂乱堆陈，从神庙到排污管道一应俱全，在这里待上几天也不可能把所有东西都看完。与其他景点不同，这里游人如织。协和神庙是我见过保存最为完整的神殿。据说只要封上神殿顶，人们就可与双子座卡斯托尔和波吕克斯两兄弟交流——这座神殿也许就是为他们建的。

五天前我对这些遗址几乎还一无所知。如今，古老的尘土落满我穿着凉鞋的双足，我亲眼见到这些经过漫长的历史长河洗涤却仍不可思议地幸存于世的古建筑。神庙，卖棕榈叶编织的棕树主日纪念品的小贩，在立柱间捉迷藏的小学生，还有和我们一样手拿意式冰激凌、一脸敬畏的游客，一起立于西西里澄净的天空下。我被震撼了。就在我发愣的当口，埃迪说道：“这真是一辈子难得体验的震撼。”

不过，才到晚饭时，那些神殿就在我们脑中混淆起来了，可能是今天一口气看了太多的缘故吧。

回到旅店，我突然患上了被称为“旅游抑郁症”的病。每到一个新的国家，我都会有几个小时情绪低落，不知自己身在何处，作为游客的快乐蓦地被客居异国的焦虑取代。这时的我会异常安静。我忍不住想到，大多我深爱的人现在都不知我身在何处，我的不在场也丝毫不会影响他们的生活，这想法令我变得格外想家。我仿佛看见自己床边桌上堆满的书——可能是旅游书，看见午后的阳光丝丝缕缕透过弧窗，还看到小猫“小妹”跃上床铺，用爪子抓挠黄色毛毯。为什么要到这个与我毫不相干的地方来？这个陌生的地方是哪里？我忽然有种很奇怪的感觉，好像自己正处在生后的世界，像个风中的幽灵。我怀疑这种体验也许出自潜意识中对于死亡的恐惧。你已经什么都不是了，又如何能知道自己是谁，又身在何处呢。

酒店楼下的院子里正在举办婚宴。嘈杂的说话声、祝酒声和云鬓微乱的新娘都加剧了我的焦虑。平时我很喜欢做个隐匿于窗后的观察者，而今天却对这个角色兴味索然。他们属于这里，而我只是局外人。乐队奏响了音乐，两个身穿有点傻乎乎的蓬蓬裙的小姑娘开始翩翩起舞。即使我在地球上别的什么地方，或者根本不在这个星球上，她们也不会停下自己的舞步。不管有没有我，月亮都会将它古老的光华洒在神殿之谷的每一根立柱上，过去如此，将来亦如此。

翌日早晨，我们继续前行，看见了一些丑陋至极的景象，“石油化工”可真是一个令人作呕的词。可怜的杰拉镇也有几处颇有意思的遗址，但这些丑陋还是让我们驾车绝尘而去。埃迪记得古希腊悲剧大师埃斯库罗斯就死于此处，一只老鹰飞过头顶时往他头上扔了只乌龟，令他当场毙命。正如预言所示，他难逃命运。真是个像神话一般的故事。我相信，这个故事肯定对小皮兰德娄产生了很大的影响。

我们打算在拉古萨过夜。这座山城就像我想象中的西西里——

繁华又不失特色。与周边几个城镇一样，一六九三年大地震后重建的拉古萨也是巴洛克风格。拉古萨里面还有一个更古老的小镇埃布拉。现在我们做好了迷路的准备，而事实也果真如此。我们似乎是赶上了埃布拉的某个庆典时刻。街道窄到几乎只有一臂宽，却仍旧挤满了车子，这场面真有喜感！我们像蜗牛似的一寸寸前行，转了十几个弯，怎么都出不去。途中还瞥见那座比婚礼蛋糕还要梦幻美丽的圣乔治教堂，那儿仿佛是小镇所有事件的中心——棕榈主日前的周六难道是个特别的日子吗？我们终于逃出埃布拉，找到了通往上城区那家漂亮酒店的路。酒店相对于镇上其他建筑虽然算新的，但对我们而言还是很古老。天空下起蒙蒙细雨，我们坐进酒吧，一边喝咖啡一边看书和地图。在这个地方，美国人可是陌生面孔。两个穿西装的男人走过来与我们搭讪，听说我们来自旧金山时顿生好奇，一个劲儿地问我们喜欢西西里吗，喜欢拉古萨吗。“Sì.”（喜欢。）我俩异口同声地回答。他们坚持替我们付了咖啡的钱。

我们走在雨中，欣赏街上那些精致的铁阳台，看冒雨冲进教堂做周六弥撒的本地人。教堂雕饰精美的大门外，许多男孩在卖用棕榈叶编织的精美的手工艺品。看见大家都买，我们也买了一个，后来埃迪把它插在房间的镜子后面。因为今天是我的生日，我们特地挑了一家十英里以外的饭馆庆祝。但车子开出没多久，就迷失在没有路标的街道上，那家饭店仿佛水中月般难以触及。我们悻悻而返，在一个用荧光灯照明、摆着橘黄塑料椅子的比萨店将就着解决了晚餐。

随意乱逛中，我们来到莫迪卡附近一家柏树苍翠的墓园。豪华气派的坟墓上精巧地雕刻着微缩的房屋与街景，算是莫迪卡巴洛克艺术的微观展示。穿过墓园的格栅或者说大门便可进入小礼拜堂，里面的祭坛上铺着亚麻布，上面放着逝者的相框，还有盆栽或花瓶。教堂门口，几只小猫趴在温暖的大理石上晒太阳，一个女人在卖力地清洗门廊，好像这是她自家的地方。在不起眼的地方，有个姑娘正在拔除一座新坟上的草。有人虽已久离人世，却不至于人走茶凉：在一座有五十年历史的坟前，花瓶里仍插着鲜花。

科尔托纳的墓园也是小镇的一面镜子，但没有莫迪卡的气派。四面高墙的死者之城就坐落在生者之城的下方。晚上，每座坟墓的许愿灯都会亮起，墓园里灯火闪烁。从主教大教堂俯瞰时难免会有这样的联想，仿佛逝去的人也会像他们活着的亲人一样起身，四处走动走动，彼此串门。没准他们也想多些剧场娱乐呢。

我们的下一站是阿沃拉。阿沃拉是个颇有风情的地方。街道两侧，仅一间房宽度的巴洛克式房屋比肩而立。那些身穿白罩衫的孩子多么可爱，可以让我带十来个回家吗？拐角处有些男人弯着腰，用手秤舀起堆放在人行道上的蛤蜊。卖蔬菜的货车吸引了一群群手挽篮子的妇女。我们想去山脚的海边，可是在下山小道上转来转去都找不到想见的海滩——梦幻般波光粼粼的海水和一尘不染的沙滩。映入眼帘的只有荒凉的海边浴场，因为是旅游淡季，到处冷冷清清，无精打采。

真正打动心的是锡拉库萨。我迷恋希腊的大学时光里选修过希腊罗马史、希腊罗马戏剧和希腊词源学。当时，资助我上大学的爷爷抛了句话给我："我供你上大学可不是要你成天做些不切实际的事儿。你得拿到教师资格，将来好有个依靠。"言下之意就是，如果我丈夫——非得是在大学里找来的，但绝不能是北方佬——死了或跑了，我还有谋生的一技之长。尽管如此，当时的我仍迷上了古希腊的埃斯库罗斯，喜欢古希腊人不计后果的激情和探索精神，酷爱牛奶般纯白的大理石雕像。因此来到锡拉库萨，我难掩心中的激动。神奇的锡拉库萨是古镇中的古镇，是古典文明中仅次于雅典的瑰宝。我们在邻岛的奥提伽古镇预定了一间顶级豪华酒店，房间四面都看得到海，却突然哪儿也不想去了，不是觉得累，而是心满意足了。我们在大床上躺了一下午，叫了杯咖啡，拉开窗帘看渔船小心翼翼地驶入海港。这里海水的蓝色不就是一种希腊的蓝吗？

午睡起来后，我们发现整个奥提伽古镇都在为复活节做准备。酒吧里摆放着六十厘米高的巧克力彩蛋，外面包了紫色锡箔纸，扎着彩带。有些彩蛋会剥开一半包装纸，为的是让顾客看到里面用软糖捏的十字架上的基督。还有些彩蛋各有惊喜。我很想买些用软糖做的鸽子、篮子装着的羊羔和巧克力母鸡。那些小羊像填充玩具似的，个子很大，从鼻子到尾巴都用软糖做了漂亮的卷毛。莫迪卡的安提卡·多尔西里亚巧克力厂的制造商挖空心思做出了五花八门的软糖：满载各种动物的诺亚方舟、希腊神庙、橄榄和铅笔，无所不包。软糖在意大利语中是 pasta reale，软糖工艺在西西里是一种严肃的民间艺术形式。我只要吃上三口这种软糖就腻味了，或许只有土生土长的西西里人才能吃下更多。

我陶醉于奥提伽的美。之前在西西里时胸口那种隐隐的压迫感，到了这里全都消失了。莫非这里不是黑手党的势力范围？我发现这里的人们神态轻松，走起路来昂首阔步，和意大利西西里地区之外其他城市的人们一样，目光坦然，相互注视对方。傍晚散步时，我们在一个十字路口附近发现了一处静卧在一片野草中的古希腊遗址。台阶上刻了几个字：阿波罗神庙。海边一条小径两侧的赤杨茂盛，树上栖息了无数鸟儿高唱着夜晚的赞美诗。隔水望去，看得见对岸的巴洛克式铁栏杆阳台、威尼斯风格的哥特式窗户、圆形大广场和复杂的中世纪风格的街道——不同的建筑与不同的时空层层叠叠地交织于此。街道在大教堂广场附近开始变宽，相互交错。只看教堂那巴洛克式的正面和入口，你绝对想不到里面是什么样子。教堂的一面墙边有十二根公元前五世纪的大立柱，这里原来是雅典娜神庙。黄昏时分，许多人在广场上的露天餐吧吃东西，夕阳的余晖洒在广场上，照得他们的脸熠熠发光。

我不像荷马笔下的食莲者（lotophagi），享用过美味的枣莲就忘记了自己的祖国。我还没吃到过哪样东西可以令我忘却故土，就连世界上最好的西西里番茄酱都无此神效。不过，我们在这里吃的食物可都是人间美味。咖啡独步天下，喜好海鲜的人吃过西西里的海鲜后恐怕终身难忘。我们每去一个地方旅游，埃迪都要把当地的餐馆了解清楚，不让每个宝贵的夜晚虚度。不过今夜我们去的是一家小吃店，因为这家店的店面看上去像某个西西里大妈家的饭厅，有彩色橱柜、旧花边桌布，墙上还挂着亲人照片。我们被招呼到仅余的一张桌边。没有菜单，桌上放着玻璃瓶装的家酿葡萄酒。一个女人和她女儿正在厨房里高声说话，丈夫则在外面忙碌。他拿着一杯酒走过一张张桌子，趁顾客点菜的当口喝上几口。很快，我们点的拼盘上来了，有小墨鱼、蔬菜馅饼和橄榄。我们一扫而光后等下一道菜，但好久也不见上菜。埃迪举起桌上的小酒瓶。要添酒？老板一阵慌张，因为酒还没送过来，于是他小跑到别的桌边，拿来剩下的酒倒进埃迪的酒瓶，客人们都一脸惊讶。“酒很快就会送来。”他向我们保证。突然来了三个身穿黑色西装的男人，店主急忙躬身相迎。他们走进厨房，那里的两个女人紧张地站起来。我们坐的位置可以看到她们不停用围裙擦手，还不安地抬头看天花板。不速之客是黑手党吗？来收保护费？只见那几个男人打开碗柜，弯腰查看地板，又探头看了看灶台。一个拿出一个本子和另外两个人商量了几句，他们好像有争议，其中有个男人面色阴沉。店主的妻子往盘子里放了些什么递给他们。他们吃东西时，大家鸦雀无声，之后他们和店主握了握手并且递给他一张纸，又朝女人们点了点头，便离开了小店。小吃店里静悄悄的，店主目送他们转过街角消失不见，才长出一口气。一个一米二左右的驼背送了一坛酒进来。店主又吁了口气，赶紧打开瓶塞，把桌上的酒壶全都添满。他举起自己的酒杯，母女俩也笑嘻嘻地走出厨房。原来刚才是食品安全检查员搞突然袭击，但检查结果全部达标。大家一起举杯祝贺他们，又倒了不少酒。之后的服务一塌糊涂，配菜上来足足十分钟还不见主食，还把别人的烤鱼端给了我们。但没人介意，大家都吃得很开心。

第二天一大早，我独自外出散步。忽然有辆车在我身边停下，昨晚那家店的老板娘跳了出来。她握着我的手说很高兴又看见我，让我们一定要再光顾。她戴了条长长的围巾，手腕上挂满珠宝首饰。我一定会再去她家的小店。

我们做好了站一整天的准备。奥提伽博物馆有一幅卡拉瓦乔的名画《圣露西的葬礼》。圣露西是当地的童贞殉道士，死于公元三〇四年，因一个爱慕者仰慕她的美目，她便剜掉了双眼。我们偶然听到博物馆保安的解说，其水平绝不亚于专业导游。你们从哪儿来？啊，我表弟也在加州，等你们回加州后可一定要去见见他哟。埃迪喜欢看天使报喜图，特别是达·梅西纳的那幅经典名画更令他心悦诚服。我一向中意地方的小博物馆，因为多数离藏品源头近，更能加深游客对当地的了解。

我们走过连接奥提伽和锡拉库萨的桥，经过一个公园，然后穿过蜂窝式的大街小巷来到城中央的考古博物馆。这家博物馆可真算得上世界一流，藏品安排合理，本地区各时期的艺术品和手工艺都有展示。我们从史前的展示开始，漫步于一间间令人叹为观止的展室，追溯当地的时代变迁。展品有手工艺品、雕塑，有来自奥提伽神庙遗址的狮面、希腊献祭品，还有一匹令人屏息的青铜马——真是不胜枚举。

锡拉库萨露天剧场的选址绝妙，所在山头的外圈山石就地削平成天然座椅。舞台三百度的大圆弧设计保证了观众更好地看到舞台。剧场还设有角斗士进出的甬道。直到现在，每年夏季仍有希腊剧目在此上演。要是能扮演其中一个角色该是多么有趣啊。我们参观的都是岛上的重要遗址，还有几百座精美的神殿、台基、浴场和石碑，分布在岛屿的各个角落。这些遗址如今人迹罕至，能让你更深刻地感受它昔日的繁华。于我，这种探索与发现的感觉正是旅游的意义所在。

夜晚，我们朦朦胧胧地听见暴风雨的声响，但因为白天太累，一直没有完全醒来。直到凌晨三点，房间四周的玻璃在窗框里咣当作响，床晃得像有人在下死劲摇晃床头一样。地震了！我们一跃而起，望向窗外的海港。那里，静静的小船仿佛只是在随着海浪起伏。因为在加州有过夜间地震的经验，我们只是静候着下一个地震波。迄今为止，我们经历过大大小小许多地震，都能凭感觉估计出震级了。不过一九八九年十月那场七点五级的大地震来得迅雷不及掩耳，让我们根本没时间弄清楚到底发生了什么事儿。我突然想起一九六三年西西里的大地震，几乎摧毁了整个西西里群岛，而那之前的西西里该有多少人间瑰宝啊。今晚的地震只是摇晃了一下地表，可能只有三或四级。这是地球在提醒我们，它也有自己的韵律，不为人左右。

我们在巴洛克式小镇诺托遇到了令我心惊胆战的黑手党丧礼。也或许死者只是某个德高望重的当地人，但我们还是躲进了角落。送葬人个个穿金戴银，还有两辆奔驰轿车助阵。一口棺材被抬进教堂，抬棺的每个男人都可以在《教父》中饰演一个角色。三个戴着面纱的女人在伤心饮泣。我一把抓住埃迪的手臂，转身迅速离开。

去小镇诺托，不仅是为了欣赏意大利不一样的乡村风光，也为了尝尝那里的冰激凌。我们看到一本意大利美食指南，说西西里最好吃的冰激凌就在这座小镇的一条后街上。我吃了柑橘、甜瓜和茉莉花冰糕，埃迪则选了意式杏仁、咖啡和开心果冰激凌。在意大利，一杯冰激凌通常可以选好几种不同口味。美食指南没有骗人，味道让人信服。下雨了，斜斜的雨丝凉飕飕的，我们从车中取出雨衣和雨伞继续散步。被淋成落汤鸡又怎么样——天知道我们何时才会重返这个小镇。

去卡塔尼亚机场的途中，我们短暂地迷了路，所幸不久就找到了，之后飞离了西西里。飞机越飞越高，我从舷窗向下看到滨海的土地越来越宽阔，也看到西西里岛东部海岸的轮廓。“你在写什么？”我看见埃迪在列清单。

“再回西西里的理由——我们有很多地方没看，比如亚美里纳广场和切法卢的阿拉伯浴场。真不敢相信我们连陶米纳都没去。一周时间实在太短了。下次我们要去风神诸岛，不为别的，就冲这个名字。

还有潘泰莱里亚，那里有马斯喀特甜酒。还有什么呢？”

一阵柠檬清香从座位下我的包里飘了出来。我在包里放了柠檬香皂、绘有柠檬和柠檬叶的瓷盘，以及一小袋真正的柠檬。“我还想多看看海边的果林。”我回想起巴洛克式小镇外的群山，上面精美的石头墙界纵横交错。“我还想多看看西西里的内陆。我们甚至没有乘便看一下浴室瓷砖。而且必须再来一次锡拉库萨，地图上标了四十八处景点，我们连一半都没看完。”最后看了一眼雄伟的埃特纳火山，飞机便冲入云霄，西西里的水光山色登时消失得无影无踪。

一份西西里菜单

从西西里回来，我们开始在饮食中加入西西里风味。一天晚上，我们煮了一桌西西里口味的菜肴，请了三位科尔多纳朋友过来品尝。对于这份西西里大餐的态度，我们从马西莫，也就是其中一个客人的一番言语中即可窥见。我们两家装修房子时请的是同一个管道工，埃迪问他："你认识替卡罗工作的那个伙计吗？就是长得很瘦，说话速度很快的那个，他是西西里人吗？"

"不，不是。"马西莫应道，"他是意大利人。"

埃迪带回来好几瓶西西里名酒，还有些让人难以抗拒的刺山柑、杏仁和水果形状的软糖。我们端了一碟这类土特产当作晚餐甜点。虽然大家都极度推崇这些逼真的水果形状软糖，最后还是毫无保留地吃光了令人垂涎欲滴的桃、梨和李子。

我们煮的西西里菜肴得益于万达和乔万尼·托尔纳贝合著的《西西里厨房》一书，这本书是用英语写的，而且还把所需原料改成了美国能买得到的品种。

～菜单～

茄子什锦酱

这道菜我已经做了好几年了，但西西里风味比我自创的口感更好。原因何在？问题全在于番茄酱。只有西西里才有浓番茄面酱，也就是用干番茄、随便什么调料和腌鳀鱼制成的面酱。只要在面包或饼干上抹上点就能变成一碟上佳的待客点心。午餐时，放几汤匙到火腿或番茄三明治上也能让味道立刻改善。这也是最棒的面食酱料——在通心意大利面中拌一拌就可食用。

把两根中等大小的茄子用锡箔纸包好放入烤箱，以三百五十度的温度烘烤半小时。去核青橄榄和黑橄榄各半杯，粗剁后放一旁备用。把一个切碎的大洋葱和三四瓣碾碎的蒜头放入锅中，过火。烤熟的茄子之后切成小方块，倒入锅中与洋葱一起翻炒。如果没有西西里干番茄酱，就往半杯番茄面酱和一杯番茄酱中加五六个切碎的干番茄，再将其倒入锅中。切三四条鳀鱼干，连同两个刺山柑、一把切碎的香芹和剁碎的橄榄一同入锅，以牛至粉、盐和胡椒调味。与许多以番茄为主料的美食一样，这道菜要提前一天煮好，隔日再吃会更入味。做好后可在冰箱中保存一周。上述材料大致可做出五杯量的什锦酱，具体情况视茄子大小而定。

辣橄榄

把一红一绿两个辣椒切碎，与一个切碎的洋葱一同过火。再加入两杯大绿橄榄，洒少许橄榄油和柠檬汁。可放入冰箱过夜后食用。

柠檬意面

如果问我什么是厨房必备的原料，我肯定会说柠檬。因为柠檬味足又提鲜，仿佛洒入食物中的液体阳光。马提尼先生为我们买了两盆柠檬树。柠檬树是意大利花园中不可或缺之物，地位十分尊贵。因此许多老房子都建有玻璃柠檬屋，好让盆栽柠檬树平安过冬。我家的柠檬屋成了堆放割草机和各种工具的工具室，不过去年冬天终于物归原主，让那两盆柠檬在里面过了冬。到了春天，我们又把它们搬到房子前面靠近厨房门的位置——每当做这道好吃又省事的柠檬意面时我就伸手摘上一个。我在加州煮这道美食时一般会加半磅蟹肉，虽然单单是柠檬面的味道就够好了。要是再配一份蔬菜沙拉，那就是一顿清淡的晚餐，为你的一天画下完美的句点。

沸水煮熟六人份细面条或意式干面。挤半杯鲜柠檬汁备用。意大利面沥水，放入调料后加入半杯切碎的香芹、柠檬汁和磨碎的帕尔马干酪搅拌入味。喜欢的话，还可以把一磅蟹肉和两块黄油或橄榄油一起煮熟，再淋上白酒。在柠檬面中倒入蟹肉一起翻炒，起锅便可食用。

盐焗海鲈鱼

盐焗不会让你做出一条咸鱼——因为盐做成的外壳可以锁住鱼肉的水分，不至于太咸。在加州，我一般去克莱门街的鱼市买海鲈鱼。摊主用网把鱼捞出来，拿大头锤往脑袋上一敲，鲈鱼登时毙命。实际上我很不愿意看到这么血腥的一幕。但在这里，我们离地中海或亚得里亚海都有两小时车程，鱼贩子每周四到卡姆基亚集市时，躺在冰块上的鱼早就死透了。

买条三磅半到四磅重的海鲈鱼，请鱼贩子清理干净。吸干鱼身上的水分，往鱼肚里填上柠檬片、迷迭香和百里香的嫩枝。将两只柠檬的汁加入六茶匙橄榄油中搅拌，然后涂抹鱼的全身，加胡椒和百里香调味。在剩下的柠檬橄榄油中放入切碎的百里香和香芹备用。准备大约五磅粗盐，具体用量依鱼的大小而定。在烤盘中铺一层约二点五厘米厚的粗盐，将鱼放在盐上，再把剩下的盐堆在鱼身上，把鱼全部盖住后将盐拍实。取四分之三杯面粉，用水和稀后抹在盐堆表面。将鱼放入预热好的烤箱中，以四百度温度烤四十分钟，或烤至盐巴看起来焦黄即可。去掉盐壳，取鱼装盘。将备用的柠檬橄榄油加热后浇至鱼身。六人食用，绰绰有余。

薄荷夏南瓜

把八个夏南瓜切成薄片或碾碎。碾碎的夏南瓜必须吸干水分。和蒜泥一起入锅稍微翻炒，加入切碎的香芹和薄荷，用盐和胡椒调味。热食为宜，或室温保存。

烤杏仁柠檬派

我永远忘不了埃里塞那无比美味的柠檬派。薄薄的蛋白酥皮和柠檬奶油冻配上松脆的杏仁后更加让人回味无穷。西西里的杏仁有股清香，很有余味。坚果的新鲜非常重要，所以每年秋天我都会从南部订购核桃，保存在冰箱里。虽然两三个月后就会感觉到它们的口感变了，但还是放进冰箱保存更好些。在旧金山，我们可以在周六农产品集市上买到加州果园的新鲜胡桃和杏仁。下面是我祖母的柠檬派配方，只是我又加进了西西里的杏仁，再配上名酒莫斯卡托，味道不知有多美。其实这是我祖母的妹妹贝斯塔的配方，贝斯塔自酿的黑莓酒也很有名，但我父亲担心喝了这种会冒烟的酒会双目失明，总是拒绝饮用。

四个柠檬挤汁，加入一杯半的糖，搅匀。将二茶匙融化好的黄油、四茶匙面粉、四分之一茶匙盐放在一起搅匀。打四个鸡蛋，将蛋黄倒入已做好的黄油和面粉中，再加入柠檬糖汁，搅匀后慢慢倒入两杯热水，同时不停搅拌，放到中火上煮。把乳蛋羹煮至浓稠，其间仍须不停搅拌，同时调整火候不让蛋羹煮沸，在其变浓稠后加入二茶匙奶油。稍微冷却。蛋清打至固体状态，最后加入二匙盐搅拌均匀。把一杯剖半的杏仁放入烤箱，温度调至三百五十度，烘烤五到七分钟，中途取出一两次抖一抖，因为坚果一不小心就会被烤焦。在烤好的杏仁上撒些糖。把柠檬馅倒入你最心爱的烤派模具中，上面铺上杏仁，再一圈圈地淋上蛋白，最后放入烤箱用三百五十度温度烘焙至蛋白酥脆即可取出食用。

复活节盛典

正在挖土的贝皮停下来抬起头。“听，”他说，“布谷鸟的叫声。”他脱下羊毛帽，伸手摸了摸灰白的鬈发。“它们是回来过复活节的，这次非常准时。”他这么说时，柔和的、双音节的“布谷”之声正不绝于耳。

贝皮不情不愿地在能欣赏到湖景的步道上种薰衣草，他和弗兰西斯科早些时候已经在这里种了五棵柏树。种树他毫不含糊，但种花就提不上劲了。在他家，他和妻子分管田地和院子——花草可是女人的活儿。他非常利索，使用铁锹时角度精妙，只要三四铲就能挖好一个坑。我把花从塑料盆中拔出来放进坑里，他则飞快地挥动铁锹，几个来回便大功告成。我挖坑时好像全身都得使劲，可是他却只动肩膀，下半身纹丝不动，和拉丁舞者跳舞时上身不动下身动的方式正好相反。他挥起铁锹，使劲插进土里，铲起重重的泥土时绝不会左右摇晃或前后踉跄。他铲一铲土，就像我舀一勺蛋糕面糊一样轻松。他哐的一声铲进土里，接着又是一铲。

贝皮出生在科尔托纳东部一个偏僻的山村，他带我们去过他儿时的住处。建在山高处的村落已经没人居住，村子很小，有几栋几乎没有窗户的石头小屋。贝皮与土地打了六十多年交道，干活的风格和弗兰西斯科的大不相同。后者八十高龄，骨头还非常硬朗，干起活来像和仇人打架似的。我很喜欢看贝皮干活，他身板直挺精瘦，灯芯绒裤子和毛衣穿在身上松松垮垮的，好像整个人只是个衣架。干起活来不慌不忙，没有多余的动作。我最喜欢看他挥舞镰刀割草的模样，节奏如同钟摆，根本不像割草，倒像在反复诵读祈祷书似的。

上午十点，他停下手上的活儿，到绿色的新阿普车上取下一个麻袋。点心时间到了。他又拿出一个柳编网兜，里面装着水壶，拧开塞子，咕嘟咕嘟喝了一大口，然后像平时一样赞叹了一句："Acqua buona！"（真好喝！）

他歇气时，我去提水浇刚种下的二十五株薰衣草。"Un bel secchio d' acqua, signora."他冲我喊道。意思应该是这么多水刚好，但我宁可照字面直译为"提桶漂亮的水"，这倒让拎水的工作变得有趣，不费力了。我在心里对薰衣草说：这可是漂亮的水哟，舒展根须，不要紧张，你们算是安顿下来了。

我们的汽车里放了五加仑重的雏菊，准备种在玫瑰园中。我已不打算麻烦贝皮去种小花床上的花草和盆中的天竺葵了。我在院子里撒了不少大波斯菊和蜀葵种子，他对此不闻不问。他不会拒绝帮我的忙，但心里会很不高兴。我从车上搬了两棵雏菊下来说："帮我把这两个大家伙种好行吗？"

出乎意料，他笑吟吟地说："噢，是圣玛格丽特啊。"圣玛格丽特是科尔托纳的圣人与保护者，至今依然安卧于山顶那座教堂的玻璃棺中。我们把这些含苞待放的白雏菊点缀在薰衣草和玫瑰之间，让正在抽枝吐叶的带刺玫瑰不那么突兀刺眼，也能遮掩一下它那瘦骨嶙峋的枝干。一般玫瑰园都只种玫瑰，可我打算在玫瑰间种上别的花草，看看效果如何。“本周五晚有个大游行，从圣灵教堂开始一直到圣玛格丽特教堂。”贝皮告诉我，“游行队伍会很长。”

今天是周四濯足节，镇上的商铺里都摆放着活鸡大小的巧克力母鸡，用鲜亮的锡箔纸包着的巨大鸡蛋中放有奖品。不过和西西里的复活蛋展览相比，这只能算小场面。“你们复活节吃什么？”我向他打听，但脑子却一直在想“濯足”是怎么回事儿。

“圆形肉水饺、大块羊肩肉、土豆、菠菜、沙拉，还喝一点酒。”贝皮说完就去橄榄林帮埃迪的忙了，不用再种花，我知道他肯定如释重负。我又去提了一桶“漂亮的水”灌溉圣玛格丽特之花，然后打开车厢，搬出半边莲、藿香、金鱼草、大丽花，还有一种谁也不知道名字的紫灰色的花。我买了一袋向日葵种子，几小包百里香、金莲花和喇叭花种子，明天埃迪会帮忙搞定。主墙（也称波兰墙，因该墙由波兰工人修复）边除了一棵藤本黄玫瑰外还有一丛质感如天鹅绒、形如精致小钱包开着粉红花朵的植物，十分好看。

死亡再次降临那个被钉在十字架上的躯体。奇怪的是，我一直认为这个节目很重要，不管我信不信“第三日基督复活”之说。太阳正穿过赤道，带回我至爱的季节——漫长的夏季，我觉得自己已经热血沸腾。手捧植物苍白的根球，指甲缝里都是泥土，不管信不信耶稣，心里都特别满足。

创造出神，这或许是人类的聪明之举。除非是运用一个关于诞生的比喻，还有什么更好的方法可以解释每年大地从最黑暗的时刻走向光明的行程？除非相信耶稣那神奇的复活，否则又怎能面对春天那不可思议的万物复苏？我对着粉红色无名小花低垂的叶子，吟咏起自己写的诗行：

> 如果真有上帝，能在地球上画一条线，
> 让太阳去跨越，自然很好。
> 纵使没有，又有何惧。
> 我们远比自己所知的强大。
> 我能在心里同时握着银莲花和十字架之钉。
> 我渴望真理，
> 如今发现是肉体的渴求让我们拥有了语言。

我挖坑种了一株灰绿锦杉菊，这种花在中世纪时经常被人们扔到教堂地板上吸汗除臭。

我在它的根部洒了点水，命令道："复活吧。"

冰雹肆无忌惮地砸在我新种的娇嫩花朵上，打在石墙上时像爆米花一样噼啪作响。圣周五的天气竟然如此恶劣——明媚的早春哪儿去了？冰雹过后又起了风，斜雨敲打房屋，飘进书房的窗口，淋湿了我关于西西里历史的笔记。漾开的蓝色墨水犹如潮水过后的水洼，哪里还是什么诺曼史料。几片百叶窗板被吹过椴树林，啪地甩在石墙上。透过寝室窗户，我看得到雨柱走过山谷，直奔我们而来。太阳一出来，我们就拿着小铲子冲出家门，赶紧种花。暴雨再来时就退回前门，在阳台下擦干身上的雨水。

傍晚时天放晴了。我们差点被大雨逼疯，于是迫不及待地到镇上喝杯咖啡，放松一下。街上人潮涌动——远近的居民倾巢出动，赶来参加十字架之路游行。我们找了四家小店，全都人满为患，最后终于在温馨的奥斯特里亚找到一张空桌。小屋里正播放意大利咏叹调，我要了一份奶油坚果酱汁意大利面。服务员辛西娅似乎从来都是笑眯眯的，总是不停地做手势，她弯腰用一个大打火机帮我们点燃蜡烛。店老板沉静地四处穿梭。记得我问过辛西娅是不是本地人，她说不是，说自己是五英里外的奥伦蒂诺堡人。埃迪打算叫一瓶红酒，辛西娅却伸出根手指放在唇上，相当夸张地耸耸肩，用另一只手指着一瓶便宜近半的奇扬第。对于埃迪原先看中的那瓶一九九四年的酒，辛西娅只是朝埃迪摇头，打了个响指。埃迪点了本店的招牌菜红酒牛肉，我俩又合吃了一份巧克力奶油布丁。我特别想念这家店夏天制作的鲜桃奶油布丁。

我们下山去圣灵教堂，我从没见它开过门。此刻教堂大门已被彩灯装点起来，我们到达时，八名身穿长袍头戴风帽的男人正要把十字架上的耶稣扛到肩上。他们的样子吓了我一大跳，让我一下子想到了三 K 党。小时候我见过一次三 K 党在篝火边举行聚会。我问母亲："那些是什么人？""一群老傻瓜。"她回答说，"没有什么比老傻瓜更傻的了。"我记得在意大利绘画中看见过他们戴的这种奇怪的尖帽，是瘟疫时医生戴的，脸上还罩着鸟喙形的防毒面具。男人们身后是八个抬着悲伤圣母的女人，圣母像似乎非常重。他们缓缓走出教堂，身后跟着手拿火把的人们。我们也加入游行队伍，向圭尔夫街进发。小镇乐队奏着声音尖细的挽歌，游行队伍越来越长。

每到一个教堂，人们就会停下来，越来越多的圣像被抬出来加入队伍之中。在幽暗的小镇中，有些人跟着音乐高唱，大部分人都拿着蜡烛小心地用手挡着风。一轮圆月在浮云中时隐时现，我有种奇怪的感觉，仿佛不小心走入了时间的帷幕之后，在一个既陌生又熟悉的地方参加这个仪式。大人们喜怒不形于色，只有小孩在推搡打闹。人们都穿着雨衣戴着围巾，越发失去了时代特征。如果不看发型和眼镜，我会以为自己身处十五世纪。

对多数当地人来说，这个游行是一年一度不可或缺的仪式。我不是个很重视仪式的人，像这种手持火把、头戴尖帽、抬着受难基督像在大街上游行的活动，更是头一遭经历，这更让我意识到圣周五意义重大。在我儿时生活的美国南部，复活主日最为重要，而对我来说真正重要的是复活节能穿上精心挑选的新衣新鞋。我还记得自己那条裙摆和腰带上用手工绣上雏菊的蝉翼纱蓝裙。

游行队伍准备上行穿过科尔托纳上城区，沿着塞韦里尼用马赛克绘制的十字架之路朝圣玛格丽特教堂走去。这时我和埃迪离开队伍去酒吧喝咖啡，寒风吹得我耳朵都麻木了。他们怎么扛得起那么重的木梁？没过多久，哀乐声再次响起，我们赶紧冲上山，在圣马可教堂追上队伍，然后绕到广场听主教布道。这时已临近午夜，我们还得走一英里夜路才能到家，于是便先走一步，离开了比我们精力更旺盛的人群。

为了更好地融入到复活节的气氛中，我们决定在复活主日驱车前往画家皮耶罗·弗兰西斯科的家乡圣塞波尔克罗，参观他的宏伟画作《耶稣升天》。去那儿的路是一条蜿蜒的乡村小道，两侧有连绵不绝的翠绿山谷和树木茂盛的山峦，几个村庄分布其间，充满田园牧歌的风味。路旁盛放着蒲公英和紫色野花，草丛中早发的罂粟破土而出，紫藤正旖旎地爬上白色的石头农舍。我们沉浸于美丽的风景，却突然看到一个高个子非洲女人穿着一条紧身条纹裤和暴露的红色T恤站在路边。下一个拐弯处，又看到一个身材曼妙、婀娜多姿的女人，她目不转睛地看着我们。之后每隔几百英尺就有一个女人，或站或坐在木箱上。其中还有一个手里拿着一袋薯片在吃。随后我们看到一辆泊在路边的车，旁边的木箱无人守候。这真是太荒唐了！妓女居然跑到意大利的村郊野外拉起客来了。她们清一色红黑打扮。其中一些编着漂亮的小辫子、嘴唇红艳艳的女人看起来很是气派。

但谁会停车呢？肯定不是当地人，这样会被左邻右舍看到。但这里又不是机动车道，有多少货车会经过呢？我们在路上起码看到十五个女人，没准比过路车辆还要多。世外桃源般的台伯河上游河谷曾出现在许多油画之中，在如此著名、有着梦幻景致的皮耶罗·弗兰西斯科之路上出现这样的不谐之音，真是匪夷所思，让人难以接受。

我喜欢来圣塞波尔克罗镇，路上不是在安吉里亚镇逛逛歪歪斜斜的中世纪小街，就是在蒙特尔基镇歇歇脚，那座保存完好的小山城里有一个林荫广场。皮耶罗·弗兰西斯科的母亲就是蒙特尔基人，他的画作《圣母临盆》被收藏在这个小镇也多了一层意义。他的画以前是挂在公墓小教堂中，如今藏于城墙下方的一座展馆中。因为被玻璃隔开，效果也大打折扣。画中的圣母目光低垂，不仅内敛朴素，而且平和专注。我没见过其他圣母临盆画，这一幅中的圣母一手轻抚腹部，她是感觉到第一次宫缩的微痛了吗？一幅令人紧张不安的画——处在这种状态下的女人已经意识到此后的生活将截然不同。

我们已经习惯了山城，这座以圣墓教堂闻名的小镇却很平坦，不难想象皮耶罗·弗兰西斯科在广场上散步的情景。他的作品在这里、在乌尔比诺、在阿雷佐都可以找到，尽管他一生都在家乡作画，但作品的水平却超越了地域的限制。走在圣塞波尔克罗平坦的街道上，广场的线性透视效果和那些笔直建筑物投下的影子让我意识到，这座小镇的布局肯定对画家的画风产生了深刻影响。

我们来到当地博物馆，这间博物馆平时门可罗雀，今天倒有几个意大利游客和我们一起参观。这里的藏品主要是本地作品，有三间展室专门展出皮耶罗·弗兰西斯科的三幅重要画作，此外还有史前石斧展室、小型盒子收藏室，另外还能看到十几幅其他人的画作。有些画作也挺有意思，可惜模仿弗兰西斯科的痕迹太重。一个胖嘟嘟的小男孩拼命拉扯他妈妈的手臂要吃的，但他妈妈只顾看画不理睬他。小男孩于是又扯了一下，当妈妈的则使劲敲了一下孩子的脑袋，又指了指一幅画中的魔鬼。

我和埃迪先看了《悲悯的圣母》——圣母的脸和《圣母临盆》中的圣母相同，只是更疲倦更紧张，展开的大披风下庇护着许多人。这一意象在意大利画作中经常出现，在罗马主教派和皇帝派互相残杀，燃烧和坍塌的乡村里横七竖八地躺着雇佣兵尸体的年代，这幅画无疑能给人带来不少安慰。直至今日，它依然能安抚人心。

小男孩靠住妈妈的腿，用她的裙子裹住自己。展室里空空荡荡，只有一个男人凝神看着皮耶罗的圣朱里亚诺肖像画，他一脸疑惑，或许已迷失画中？

我和埃迪坐在著名的《复活》面前。耶稣披着粉红裹尸布从坟墓中出现，他的下方，四个卫兵正在酣睡。博物馆的女保安告诉我们左边第二个卫兵是皮耶罗的自画像，他看起来睡得最香。“看，”她指着那个卫兵的脖子说，“gozzo.”我不知道那个词的意思，但马上看到了那个东西：甲状腺肿大。皮耶罗最擅长画女子的颈部，优美的线条常令我赞叹。看到他自己的脖子上有个肿块，感觉有些奇怪。他生活的那个时代，水中的碘含量不足。他没有虚荣地美化自己，选择留下了脖子上那个不雅的瘤子。耶稣背后那片风景，左边一派萧条，右边则春意盎然。这幅画构图简单，力量却不容忽视。“耶稣的脚和你一样大。”我对埃迪说。耶稣的身躯被画得非常孔武有力。艾略特曾经写过一行诗：“万物复苏之时，迎来了虎一般的耶稣。”不知道他写这诗时是不是想到了这幅画中的耶稣。他奋力走出墓穴，绯红的脸颊和饱满的双唇上完全看不出坟冢中人特有的苍白。

肯尼思·克拉克对这幅画给人带来的震撼感所作的分析最为中肯，因此最常被人引用：“天刚蒙蒙亮，人们仍在酣睡之时，画中的神就复活了。早到人们意识到埋在冬天土壤中的种子不会死，时候到了就会钻出硬土冒出地面时，他便已受到膜拜。他将会成为一位快乐的神，但他的初次亮相却是痛苦和不情愿的，仿佛熟睡士兵梦境的一部分，他本人也带着梦游者一般宿命而遥远的目光。”

“这幅画和《圣母临盆》一样散发着神秘的气息。”埃迪说。是的，他能看到我们凡人看不到的东西。

我们在返回的路上看到那些女人仍在守候过路的车辆。我无法从她们的眼中读出任何内容，虽然生活如此不堪，却也看不到愁苦。我们拐入一条小路。不用再看到那些女人，让我心里轻松了不少。路边盛放着紫罗兰，看得到山楂树和李子树，春水汩汩流过岩石，落叶阔叶树抽出了满树红色的嫩芽。但这美景既抹不去路边女子卖身的残酷事实，也改变不了与十字架苦路（耶稣受难像）的联系。

我们在崎岖的山路上行驶了几英里都没遇到一辆车。好友西莉娅要在科尔托纳的一家艺术画廊举办画展，我俩赶过去参加了开幕式。小小的屋子里人头攒动，挡住了绘着鲜艳蓝黄花卉的油画作品。食物和酒不停地送到客人们手边，大家都祝愿西莉娅画展成功。西莉娅的丈夫维多里奥端着一碟切片面包和牛肝菌酱走到我们身边，埃迪便向他打听起路边女子的情况。“都是些尼日利亚姑娘，我知道你们肯定会吓一跳。俄罗斯黑手党把她们买来，说会给她们找份体面的工作，结果却是干这个。”

“托斯卡纳的乡村竟然有俄罗斯黑手党？你不是开玩笑吧。”埃迪说，“警察为什么不把她们抓起来遣送回国？”

维多里奥耸了耸肩。“卖淫又不犯法。虽然是强迫卖淫，但很难逮个正着。他们知道警察什么时候会来，会提前开溜。”

“他们怎么知道的？”

“不是有手机吗，村子里可能有暗哨负责打探路上的情况。”

“但在那样的路上怎么会有生意？”

“我不知道，不过听说她们生意不错。”

这时安东尼奥走了过来，话题也就转换了。我也有疑问。进镇的路上我看见圣菲利普教堂门口一块牌子上写着歪歪扭扭的字，说四点到五点间要在圣多米尼哥教堂举行祝福鸡蛋的仪式，五点到六点间则在圣菲利普教堂举行。维多里奥解释说，意大利人一年中唯一一次放弃浓咖啡而像美国人一样准备丰盛美食当早餐，也就是在复活节时了。复活节前一天，作为重生象征的鸡蛋会被送到教堂接受祝福。“复活周里神甫会上门为房子祝福，家家户户都会大扫除，神甫祝福完房子也会祝福鸡蛋。”

“我的家乡明尼苏达州的威诺纳也有这种习惯。”埃迪回忆道，“我母亲打扫完房子后会往床上洒点圣水，然后神甫也会上门祝福房子。”

“安东尼奥，你的房子接受过祝福了吗？”安东尼奥一个人住，因为家里乱七八糟，连女朋友也不愿住进他的狗窝。他对此只是一笑置之。

复活节当天相当平静。在我最喜欢的教堂圣克里斯托弗，二十几个敬拜者在分领红色篮子里受过神甫祝福并洒过圣水的圆面包。这是生命之粮。一个女人提了一篮复活节晚餐要食用的面包请求神甫给予祝福。

抬圣像游行的人们现在肯定贴着去痛热垫在哀嚎了。我们拿了几盆绣球花给唐娜蒂拉和安塞尔莫，尴尬的是他们已经有好几盆了，外加一堆巧克力。

一家一家聚在长桌前用餐，有人——不是我——端出了一盘以迷迭香饰边的羊肉。真高兴那个一整天都得围着厨房转、招待客人，还得把一大堆脏盘子堆到墙边的人不是我。下一次吧，先享受今日的欢乐时光。今夜，就我们两人相依相偎。豌豆非常新鲜，我们拿了一大碗，还放上许多胡椒和一大块黄油。这第一道菜真是美味，接下去又上了一瓶白葡萄酒、一份小牛肉和一盘野菜沙拉。对于后者，我和埃迪平日里以自产橄榄油和五十年陈香醋调味，因为调料太珍贵，我只舍得用滴管在菜肴上洒几滴。

因为埃迪是天主教徒，我以为他对各种礼仪了如指掌。“Maundy（濯足节）是什么意思？”

“呃……我想和‘命令’（Mandate）一词一样，都是从同一个拉丁词根演变过来的吧。”

“那濯足节的命令是什么？”

“给穷人洗脚？好像是这么回事儿。源于抹大拉的玛利亚为耶稣洗脚的故事。”

“还记得阿雷佐天主教堂里皮耶罗的那幅壁画吗？她的头发还湿

漉漉的，一脸亲切地看着耶稣复活。这幅画没和《复活》挂在一起真是遗憾。”

“周五晚上参加游行，听到音乐时我脑中就浮现出抹大拉的玛利亚。”

“为什么？”我等着埃迪的解释。他小时候在正统波兰天主教教堂当了好几年祭坛助手，所以不像我对仪式一窍不通。

“哦，是因为想到了‘伤感’（maudlin）这个词——而这个词又源自‘抹大拉’（Magdalene）。”

“周五晚上抬十字架的人现在可能正为自己的脚发愁呢。”我忽然想起去圣塞波尔克罗路上看到的那些妓女，“那些妓女的数量是不是和十字架苦路的歇脚处一样多？”

埃迪摇摇头。“我很高兴复活节结束了，现在正式进入春天了。”

寻春：水上威尼托

因为对意大利的春天心醉神迷，我们决定四月北上威尼托地区，继续寻春之旅。时隔二十五年，终于有机会重返威尼斯了。汽车驶在天高地旷的水光山色之中，我回想着初访威尼斯时的感觉。似水流年啊——这么长时间一晃而过，威尼斯在我的记忆里依然鲜活。二十年的漫长时光令我迷惑，更让我迷惑的是威尼斯的魅力于我分毫未减。我看过一篇文章，说蜜蜂藏了满腹的蜜后，脑中就会有一股磁力引着它们朝蜂巢飞去——威尼斯就是我的蜂巢。虽然已经繁华不再,但在我眼里它依旧是座圣城。我无可救药地痴迷于美的东西，依水而建的威尼斯背靠欧洲同胞，面朝神奇的东方，这得天独厚的地理位置更令我魂不守舍。我没想过自己会和它分别这么久。它的身上还有别的魅力，但我无法形容，也没有从任何一本写威尼斯的书中看到过。那到底是什么呢?

朝科尔多纳东北方向行驶不过几个小时就进入另一番春日景象。过敏体质的人在这里肯定要发疯。微风送来松球上如云般的金色粉末，只要把车停下，一个小时后就会发现车身覆满了黏糊糊的黄色花粉。田野里的拖拉机卷起阵阵尘土，细细的白色粉末被风裹着钻过车子的挡风玻璃。嫩绿的树叶和庄稼仿佛在空气中也有倒影一般，其色彩晕染于天地之间，我们的车子也仿佛行驶于水光之中。

威尼斯南部的基奥贾港附近是一片沼地。岸边芦苇摇曳生姿，映在水中影影绰绰。我一直很喜欢沼地散发出的味道。小时候我在美国佐治亚的海岛上度过了许多夏天，到现在海岛风光依旧是我的最爱。海中生长的野草，被潮汐定时淹没的土地，滑溜溜的两栖动物，还有一段木头似的东西突然张开血盆大口给人带来的恐惧感，都令我念念不忘。咸咸的、带些碘味儿和腐烂气息的空气预示着夏季的自由时光即将来临，我、两个姐姐、厨娘薇莉·贝尔、录像带、玩具、衣服，还有母亲挤进同一辆汽车（父亲为躲开我们的吵闹坐进了另一辆由员工驾驶的车子），我像小狗一样把头探出窗外，守候着第一缕海的气息，头发被风吹得纠成一团。我开始朗诵佐治亚诗人西德尼·拉尼尔的诗歌《格林沼泽》。小学五年级时我们被迫背诵了无数首诗，这是其中一首。我模仿老师雷克小姐，夸张地朗诵道：

就像野鸭在水边悄悄筑窝，
瞧吧，我也会在伟大的上帝身旁，建造我的家园。
就像野鸭在沼泽和天际间自由飞翔，
我也会在伟大的上帝四周展翅高飞。
就像野草将密集的根扎进水中的土壤，
我也会在伟大的上帝那里心甘情愿地安居落户：
哦，仿佛伟大的上帝，是沼泽王国中最了不起的，
那片自由自在的格林沼泽。

“能不能让她闭上嘴？”我的某位姐姐说。她正在翻阅一本服装杂志，为秋季进入大学准备衣服。我于是变本加厉地大声念道：

平坦的水面多么静谧!
喜悦欢乐时才有潮汐。
当潮水涨到最高处，
正值黑夜到来。

我喜欢那戛然而止的最后一句。我的另一个姐姐说，她记得《格林沼泽》曾在军营中非常流行。这时，妈妈哼起了我深恶痛绝的歌《你是我的阳光》。我又摇下车窗，海的味道立刻扑面而来，直到后来造纸厂的硫酸臭味才逼得我关上窗户。

沼泽、岛屿、礁湖——眼前掠过熟悉的地貌，飘来熟悉的气息。这里的沼泽可能也是兵家必争之地，那些威尼斯公爵们可不是些安安分分过日子的人。旅游指南上对基奥贾的介绍不多，我们很快就觉得它像极了威尼斯，是一个属于老百姓的生机勃勃的威尼斯。与它优雅端庄的表亲一样，基奥贾也建在一处低洼地，运河和中世纪的窄街像蛛网一样纵横交错，与拱形步桥相通相连。色彩鲜艳的渔船在水中来回穿梭，宽阔主街上的咖啡馆和商店全都拥挤不堪。意大利出生率下降的现象显然没出现在这个地方，下午上街时我看到许多推着婴儿车的年轻女人，有时车里还一前一后坐着两个小娃娃。希望做妈妈的会不时给孩子们调换位置。换了我，一幅生动的世间面相图变成了小哥哥的后脑勺，肯定会生气的。临港的鱼餐馆比比皆是。这儿的鱼有多新鲜呢？我看见一个男人提了两桶鱼，最上面的还在甩尾巴。横跨运河上方的晾衣绳上挂着许多衣物：黄色条纹毛巾、松绿色外套、红色裤子、花被单、大号胸罩，还有几条可怜的灰内裤。透过一扇厨房窗户，我看见一个女人正在用橄榄油抹手，这样面粉就不容易粘在手上。

我们比对查看了好几种关于威尼斯的意大利旅游指南，埃迪最后锁定了一家口碑极好、二楼提供住宿的餐馆。我们没急着去威尼斯，好戏要留在最后。埃迪选中的这家餐馆位于一个名叫“罗里吉亚”的村子，接下来几天我们准备以此为大本营展开活动。从基奥贾出发没多久，刹车开始嘎嘎发声，这可不是好兆头。一到酒店我们就打电话给阿尔法车经销商，问他哪里可以修车。可是时间已晚，糟糕的是明天又恰逢周日。我们问他能不能打个电话，说不定正好有人上班呢。如果周一之前无法修好车，那我们就哪儿也去不了了，只能整天待在餐馆里大吃特吃。我们要了修车厂的电话。“把车开过来给我看看。”那位修车师傅对埃迪说。

接待处的女人是旅馆的主人之一，她关切地问道：“那你们怎么回来呢？从这儿到那里有十三公里的路程。”埃迪问她有没有地方租车。“下班了，周六五点就下班了。这样吧，你到了修车行给我打个电话，我来想办法。”

每每遇到与车有关的问题，我就放弃了男女平等的主张。我希望有辆车子，希望这车能开，但绝对不想去掀开车盖。那么多错综缠绕的金属和电池，只要摸错一个地方，就有可能送你上月球。我把一切交给埃迪后就飘然上楼去了，他则独自驾着坏车飞驰而去。

房间很朴素，却一尘不染。我们住的旅馆有时朴素如修士的小屋，有时又像宫殿般豪华。我一直很喜欢住在陌生的地方，享受无人认识的自由自在，独自一人时就更是逍遥从容。我掀开床罩，把床单翻了个面，看了看窗外的景色，然后打开抽屉和小冰箱，检查毛巾、浴液、装小棉球的玻璃瓶，总之旅馆提供的东西我都会看一看摸一摸。我姨妈海兹尔非常挑剔，和我截然不同，到哪儿旅游都自带枕头和一瓶消毒喷雾剂。一进房间就拿消毒剂把能看到的地方全都喷一遍，然后离开房间，等一小时后细菌全部死光再正式入住。我特别喜欢客房中夹着漂亮信笺的皮夹子、电话旁的便笺、削尖的铅笔、干净光滑的小镇杂志和毛巾布浴袍，但这间屋子没这些东西供我发掘，却还是有间很棒的浴室，而我自己也带了一本很棒的书。

埃迪去哪儿了？一小时过去了，又一小时过去了。终于，他现身了，把一把钥匙啪地扔在床上。“我们现在开这辆熊猫菲亚特，咱们的车要周二才能修好。师傅周一得去特拉维索拿阿尔法的刹车配件。”

“什么毛病？”

“不是什么大问题，正常磨损而已，周二一大早就能修好。你一定想不到那位夫人有多好。我打电话向旅馆求助，她便亲自过来接我，然后载我朝另一个方向开了很远很远——至少十英里——到一家菲亚特租车行。车行在一个工业区，下次我们十有八九找不到地方。”

“真不可思议！”

“看她开车就知道她是个地道的意大利人。”埃迪一脸崇拜地说。他打开窗户，外面飘进来一股热油炒牛肝菌的土味，刺激得他赶紧躲进浴室洗澡，再换了件蓝衬衫出来。之后我们一起下楼到餐厅用餐。因为汽车的缘故，我们受到了如同老朋友般的热情接待，这家人全都知道我们的阿尔法出了问题。有人为我们端来两杯普罗塞科葡萄酒，大伙儿都夸阿尔法是好车，说意大利车比世界上其他车设计得更漂亮。

“我们把点菜权交给你，”埃迪告诉服务员，“要最好的本地酒和餐馆的特色菜。”埃迪最喜欢这样点菜，一开始就能赢得厨师的欢心。我就没他这么大胆，但也不常被送上桌的意式肥肉块和海胆吓倒。我在菜单上瞥到“驴肉块”这道菜，真希望它不要出现在我眼前。

服务员请我们跟着他到楼下去一趟。旅馆酒窖是个拱形的砖砌地窖，摆满了一排排酒架。服务员抽出一瓶阿马内罗。这是我最喜欢的葡萄酒之一，因为它口感十分醇厚。

开始上菜了。幸好，端上来的是蔬菜意面，普通却很有特色，因为面是自制的，蔬菜又炒得特别好吃。服务员端了一碗饼子给我们尝，配料也是蔬菜。餐厅里本地食客云集，个个身着品牌店的漂亮时装。威尼托地区的富足，就连托斯卡纳生活水平最高的人都难以望其项背，我还从没见人均生活水平这么高的地方。据说一直有股力量在暗中推动,想让这个地区从意大利独立出来。从经济上来说，西西里差它十万八千里。我很好奇这些身着 GUCCI 和 ESCADA 的女人里有几个点了驴肉。下一道菜是烤兔肉，加了红酒、番茄、松仁和醋栗，略带点葡萄干味，和我们的干红简直天造地设。点心也是这家店自制的，看上去很美味，但我们还是只点了一份当地干酪。我们邻桌是一对带着孩子的恩爱夫妻，男孩十来岁的模样。他一边研究菜谱，一边向服务员打听着什么，他的父母看起来有点烦了。小男孩吃得特别香，每次服务员端菜经过他身边，他都要抬头看一眼盘子。他父亲给他倒了一点酒，然后用矿泉水兑稀。这会儿，他正在打量甜点车中的巴伐利亚桃肉蛋糕和草莓派，然后猛地把椅子往后一推,要了份干酪。这位天生的美食家给我们留下了深刻的印象。

既然这里离格拉巴白兰地的产地不远，埃迪便要了一杯。我们上楼入睡时，飘飘然美不可言。

今天可以去巴巴罗别墅参观，那是建筑家安德烈·帕拉迪奥最怡人的作品之一。别墅的花园没什么装饰，只能算是一块草坪，但内部却高贵祥和，有维罗纳画的轻松的壁画与舒适的房间。单房子的外观就引得人很想一看究竟，它不同于帕拉迪奥的其他设计，那些房子忧郁得如同被大写字母 A 牢牢困住似的，这一栋却轻快活泼。穿着为访客准备的拖鞋走进去，我发现里面居然有人居住。有两间屋子的窗帘被拉起来，房内的大椅子旁摆着台灯和家人照片。桌上的难道是电费清单吗？周日下午把家门敞开，让蜂拥而来的游客一饱眼福，欣赏这里的壁画和风景，还能想象一下自己坐在镶金的写字桌边写东西的场景，这家人也是真够奇怪的。

熊猫车似乎认识路，我们竟然没有迷路。途经巴萨诺、特雷维索和威尼托自由堡，沿途没有看见托斯卡纳那种高深莫测的路标——“此路通向四方”，箭头还同时指向左右。我们把车停在阿索洛镇外，然后步行进城。这个仙境禁止车辆通行。阿索洛是我最喜欢作家的家园——不是罗伯特·布朗宁，虽然阿索洛被他永远留在了诗篇《阿索兰多》中——而是英国游记作家弗雷娅·斯塔克，她去伊朗和波斯探险之前就住在这里。她的旅程与这个地方相比反差多么强烈！阿索洛是个波澜不惊的地方，我感觉自己正身处一个更古老的、意大利版的加州卡梅尔镇，那里有许多秘密花园，大门覆盖着藤蔓，房屋迷人悦目。这是一个绝好的退休养老之所，只要你有足够的里拉。此时的阿索洛，到处都是盛放的玫瑰花，每走几步就有一阵柔和的芳香从墙垣上飘下。我没有去寻找斯塔克的故居和坟茔。她封笔后的漫长时光就在这里度过，我只想看看她行走的地方。她肯定在镇上的喷泉边喝过茶，也肯定到这家纸张店买过东西。我在店里选了一个黄色笔记本和一本彩色的野花图案相册，黄本子可以接替那本记录了我之前在科尔托纳生活经历的蓝本子。

店里有许多靛蓝、翠绿和薰衣草紫的小墨水瓶，瓶口一律封着蜡，还有一排价格不菲的钢笔，我强忍住蠢蠢欲动的购买欲。漂亮的文具给人带来的感观之乐简直无与伦比，每年买文具时我都特别兴奋。买到黄色标准线圈本、彩色索引卡片、五个主题的记事本和皮面三孔活页夹时的快乐，很少有其他东西能相提并论。要是还有一个带拉链口袋的红书包就更棒了。

我喜欢这类东西，原因要回溯到我父亲工厂办公室的抽屉。有一次他让我拿了一本中间有条竖线的记事本和红色铅笔，厂里有自动卷笔刀，只要旋转卷笔刀的按钮，不同规格的铅笔都能削尖。记得某个周六早上，我骑自行车随父亲到工厂玩，看到一个灰色大订书机时喜欢得不得了，尤其喜欢听它钉东西时发出的咔嚓声。我想起幼儿园的老师说过头发和指甲没有知觉，于是就把左手的大拇指伸进订书机下使劲一按，一阵剧痛穿过我薄薄的指甲盖传遍全身——我就这么给钉住了！父亲咒骂着用起子把订书钉从我指甲中撬了出来。人的身体会记事，直到今天，想起那种痛我还会浑身哆嗦。“看见这个指甲了吗？”我把手伸给埃迪看。

“嗯，怎么了？”

“看到半月形的地方有个凹痕吗？”

他把我的两只拇指摆在一起比了比。“好像看到了。”于是我把小时候的故事说给他听。“天哪，我听得膝盖都发软了。好好的怎么想起那件事儿了呢？”

“我想买薰衣草紫色墨水，又担心会漏到箱子里。”

“等等，你在家里用的那个老订书机就是你父亲办公室里那个？”

“当然。”

接下来的两天很轻松，我们开着车四处转悠，晚上就回到小据点享受美食。旅馆的过道上挂了一排家人照片——有战后归来的男人、被抱在怀中的婴儿，还有几张合影。我们喜欢这里亲切的氛围，每次进出时这家人都和颜悦色地看着我们。镇里的人们聚在酒吧里不时碰杯，边看电视上的足球转播边聊家常，谈论女儿初次领圣餐的事，或是哪个傻瓜倒车时撞到了邮局旁边的美国梧桐。虽然时间短暂，我们还是尽量融入这里的日常生活。埃迪告诉店家我们以后会找时间来品尝他们的秋季菜肴，离开时他伤感地回头看了看餐厅。

到威尼斯的捷径既不是马可·波罗机场，也不是火车站。我们开车在威尼托四处乱逛，又在基奥贾稍作逗留，这些都让我对这个水乡泽国有了新的认识。以前我总以为威尼斯是水中的一块高地，只是不久前开始下沉，将来可能还会继续下沉。但在威尼托周游一番后我才了解了这里的真正地貌，越发令我赞叹不已。威尼斯下面的土地和我老家附近圣西蒙岛的沙洲差不多，小时候我常蹚水到岛上玩耍。在一片沼泽群岛上建起一个壮丽王国，这里的拓荒者拥有多么丰富的想象力。他们用柳枝编制防洪堤以隔绝海水，何其疯狂！地基打在木桩上，而木桩则穿过水和淤泥插入再下方的黏土层。后来，数以千计的桥梁将几百座小岛联成一体，让人以为威尼斯是一座被大小运河切割开的岛屿，当部分水道被填平之后，原来的地貌就越发难以辨认。

直觉告诉我，学会“看”水上地图，也许就能找出威尼斯让我如此神魂颠倒的答案。我早就知道吸引我的不只是这座城市无与伦比的华美形象。找到答案的契机在于：我终于发现威尼斯从起源上来说就不符合理性思维——有谁会把教堂或保险公司大厦建在坚固的岩石上呢。

我们把车停在一个偏僻的车库，大部分行李留在后备厢里，然后登上一条小船。小船驶过一片平坦的水域后很快进入大运河。神圣的威尼斯！至圣之地！记忆早已将这个城市抽象成一幅水彩画，如今它们又真实地出现在我眼前。来往的轻舟，满载水果和矿泉水的贡多拉，运木板和水泥袋的驳船，还有依运河而建、美得令人窒息的雄伟宫殿，它们映在水面上的倒影，营造出仿佛童话故事中的仙境。我站在船栏边用力咬着右手食指的关节。这是我的老习惯了，每每看见令人激动得无法言语的东西时都会这样。这里的美景不会过目即忘，它让你痴狂。我开始像普通游人那样，因为来到风景独好的地方而得意洋洋。

来到威尼斯似乎是再自然不过的事情。是否每个人都有这种感觉呢？电影、照片、挂历、书籍等各种渠道让这个地方无人不晓，但是，在熟悉的风景下是否还有不那么容易被看到的另外的层面？

记忆如浪涛般汹涌而来，我希望等上岸时能平静下来。威尼斯是“我们”——我前夫和我——的城市，尽管我们仅仅来过两次。我们喜欢那间鲜花处处的小旅店，因为床垫嘎吱作响，我们干脆把垫子抬到地上睡觉。能发出清脆声音的贡多拉载着我们过运河穿桥洞。是的，没错，他唱了意大利名曲《我的太阳》，还大声唱了《图兰朵》的著名选段。早市上，小贩把熟透的白桃堆成巴比伦塔形状。从亚得里亚海中捕捞上来的鱼鼓着玻璃珠似的眼睛排在冰块上，静候提篮女子和后面跟着扛箱子伙计的餐馆老板前来光顾。因为我有恐鸟症，只能在圣马可广场的拱廊下徘徊，看着丈夫走在数不胜数的鸽子群中，等他回来向我描绘那些我没看到的广场景观。我们发现了一家卖羊皮纸和大理石花纹封面笔记本的纸张店；试吃了墨鱼汁意大利面；看了卡尔帕乔所绘的圣厄休拉油画组图。厄休拉躺在高高的床上做着梦，天使手持棕榈枝跨过门槛，带来她即将殉道的消息。那之后四年，我们带着女儿故地重游，一家三口坐在运河的船上，快乐极了。女儿头上戴着一顶贡多拉形状的草帽，跑去抚摸一只不想理人的小猫，结果把束带小包忘在一艘小艇上了，包里装着她一路捡拾的碎玻璃片，她难过得嘤嘤直哭。真奇怪，我的记忆里居然保留着这样的琐碎情节，不记得她看见潟湖、桥梁和广场时的样子，反倒记得她喜欢旅馆浴缸的天鹅铜把手和喷头。我不懂，记忆到底是怎样穿越时间与过去的时空相连，而又毫不伤及那些尘封已久的爱。记忆之潮终于退去了。

我们离开后威尼斯被大洪水淹了好几次，现在我又回来了，和埃迪一起，拥有了完全不同的人生。我们一定会找到自己进入这个城市的路。我仔细打量着埃迪，忍不住笑了。他正深深地凝视着远方。“威尼斯。”我说。他点了点头。

埃迪已经被晒黑了，他穿着黄色亚麻衬衫靠在栏杆上，威尼斯的旖旎风光正在身后迅速退却。如果我们没在一起，他就是那个我想与之私奔的人。一想到能和他一起徜徉在威尼斯的水巷之间，心里别提多美了。船行到大运河最宽阔处时，船身开始朝一边倾斜，之后便抵上了码头。“难以置信，简直就是天堂。”

“说得对。如果天堂没有威尼斯，我就不想去了。”

我们落脚的旅店以前是一座修道院的塔楼，正对悠闲的中心广场，广场曾经水波荡漾，但如今都被填平了。住在塔楼上自有一种浪漫，但也意味着空间狭窄。精致的家具和小小的房间，在我看来正体现出浓郁的威尼斯风味。埃迪有点像来到小人国的格利佛。

我们来得正是时候，赶上酒吧的“乘凉场”。科尔托纳的一位朋友告诉过我，威尼斯人习惯傍晚“泡吧串吧”。住家附近的小酒吧遍地开花，吧台通常临街，人们从家里出来乘凉，喝上半杯酒。之所以有“乘凉场”这个说法，原因是早先的人们都是聚到圣马可雕塑的阴影下图个凉快的。人们进酒吧喝上半杯，和人聊一聊，然后又逛到另一家酒吧。奇怪的是，一起泡吧串吧的人通常互不认识，所以威尼斯人常说某人是自己乘凉时认识的朋友。临街的吧台上摆着美味的餐前小点，如玉米鱼卷、小蟹串、煎凤尾鱼和用不同方法烹制的鳕鱼干。人们一般要逛过两三家酒吧才会打道回府。我们要了个在威尼斯必吃的酸甜沙丁鱼，就是新鲜沙丁鱼配酸甜沙司，以前的威尼斯公爵们肯定爱吃这道菜。威尼斯的餐馆口碑不佳，但居民区有许多气氛很好的小店，可以吃到货真价实的美味和最新鲜的海鲜。威尼斯人标准的一日三餐菜谱如下：洋葱炒小牛肝（绝不同于大学食堂里的洋葱炒牛肝）、墨鱼汁拌饭或意大利面、非常爽口的豆子米饭、烤鱼配烤红菊苣、鱼汤、各种贝类拌意大利面，然后除了鱼还是鱼。尽管威尼斯和西西里许多地方大相径庭，但都盛产海鲜，而且他们历史上都受过异族统治，因此调味品和香料的种类极度复杂精细。

我们把地图扔在房间里四处乱逛，避开主要景点，专往深街古巷里钻，这些地方可看的东西比比皆是。我们误打误撞来到了一个制造和维修贡多拉的空地。一个男人正在为船身刷黑漆，我记起大瘟疫爆发之前，也就是元老院尚未颁布禁令时，贡多拉都被漆得五彩缤纷。我想让埃迪看看卡尔帕乔的九幅厄休拉故事组图。厄休拉酣睡于高高的四柱床上，地上卧着一只小狗，窗台上摆着盆栽，床的另一侧空空如也。我记得她是为了保住童贞而拒绝嫁给匈奴王为妻。卧室门口，一位神情迟疑的天使将要跨过门槛，轻触她的肩头，把象征殉难的橄榄枝送给她。我任性地对埃迪说："我离开了这么久，她竟然还在睡觉。"

一看到这里的商铺，就让我联想到中世纪的行会。里面有各种天鹅绒镂空花绣品、蜜饯、金手镯、石雕头像与彩色吹制玻璃饰品。我很想走进民房，体验下涨潮时海水漫过底楼的感觉，闻闻潮湿的大理石，看看水波映在彩绘屋顶上的光影，还想拉开褪色的织锦窗帘让阳光洒进来。

我们信步走到码头，跳上一艘来往于附近小岛间的船只。驶出客轮码头十到二十分钟，就好像到了另一个时空，离威尼斯非常遥远。芦苇摇曳的可怜小岛几乎全部没在水中——不过繁荣的威尼斯也正是建在这样的小岛上。我们经过穆拉诺岛和一座农田岛，然后在托切罗岛下船。

下了船，沿着一条咸味很重的运河来到早期居民遗址。荒废的小镇让我感觉这里所有的居民都已弃家而逃了。疟疾的确给岛民带来重创，但那已经是几百年前的旧事了。取罗马和拜占庭风格之长的圣方济各教堂是十一世纪时的建筑，但也算得上是岛上的新建筑了。如果懂绘画，我一定会带上画笔，画下教堂那精美绝伦的拱形门廊。圣玛利亚大教堂是整个威尼斯潟湖区内最古老的建筑，始建于公元六三九年。从建教堂起至十四世纪都是托切罗岛的繁荣时期，岛上的居民人数达到两万，多数人靠牧羊和产羊毛为生。教堂地面的马赛克在十七世纪时铺好，墙上的镶嵌画则是更后面的作品，包括一幅怀抱圣婴站在金色田野上的圣母像。在众多圣母像中，这幅无疑是值得一看的好东西。后期添加的作品还有那幅《最后的审判》，用马赛克拼成的骷髅显得特别阴森恐怖。

十四世纪之后，托切罗由盛转衰，直至今日的满目萧条。听说这里尚有六十名住户，可除了卖旅游纪念品的摊贩外，我一个住户都没看见。埃迪看着满是雕塑的废弃花园、充满异国情调的圆形大教堂和金光闪闪的圣母像，由衷赞叹道："在这里拍电影真是再好不过了。"

"哪一类电影？"

"不带现代元素的电影。这个地方被遗弃真是大错特错。不过快看，那栋房子正在修复中。或许有些从梅斯特到威尼斯上班的人想搬到这里住，那样就不用整天闻工厂的废气了。这里真是太适合居住了。"

"你得有条船才行。"

"还得有花园、酒窖和一个像样的图书馆。"

"下次，我要在这里住一晚，尽管游客都愿意搭晚班船回威尼斯，但是夜晚的小岛……"他没把话说完。

布拉诺岛拥挤又生机勃勃，和托切罗岛的萧条冷清截然不同。从静谧无人的托切罗岛来到这里，刚开始还真不习惯，但看到运河边鳞次栉比的明亮房屋后，最初的不适马上就烟消云散了。我忍不住拿起相机，拍下岛上紫色房屋那鲜花盛开的阳台，晒在黄色小船船头的渔网，还有蓝色窗前抖开红色毛巾的女子。所有最不可能用来粉刷房屋的颜色都不约而同地相聚于此，好像全镇居民倾巢而出，在涂料大甩卖时抢购了便宜的南瓜黄和薰衣草紫回来刷墙。各种颜色夸张的油漆想必在岛屿间兜售了一天才在布拉诺找到了买主。岛上的村子生机勃勃，气氛轻松愉悦。我们找了片可以欣赏潟湖水景的草地野餐，填饱肚子后跳上一艘游船，经过圣米凯莱墓园岛返回出发点。

站在船头，我闻到了沼泽的味道。越过淡绿的水面望去，对面矗立于阳光下的威尼斯仿佛在闪闪发光。听着浪涛击打船身的声音，我想起了最喜欢的一本书——纳博科夫的《说吧，记忆》那震撼人心的开篇："摇篮在一道深渊上晃动，而常识告诉我们，我们的存在只是一道短暂的光缝，介于两片黑暗的永恒之间。尽管两者是相似的双胞胎，人看出生以前的深渊，通常比看他（以每小时大约四千五百下心跳）前往的那个更镇静一些。"昨夜我重读了这本书，觉得这段话句句在理。

渴望目睹历史遗迹，莫非就是想寻找通往"出生以前深渊"的路径？所有这些都发生在你来到这个世界之前。看，你能触摸到这么多出现在你之前的事物，所有这些清晰可见的标记最终都将引领你进入光缝，进入属于你的短暂时刻。我漂浮在水面上，光辉熠熠的威尼斯仿佛破水而出。随船驰骋在水面上，我陶醉于这片澄净的天、静谧的沼泽和威尼斯的……什么呢？啊，找到了，就是这里，威尼斯那光滑如镜的水道连通到我意识之前的世界。

我的心不再浮躁。在这片水域寻寻觅觅，我终于找到了答案。这座"水上名都"赋予我的是陆地城市无法给予的安宁。我们足下或车轮下的大街小巷还有出口和入口，把好好的城市分割得四分五裂，而威尼斯却是完整的，保留着我们存在前的模样。诞生前的我们都是水中泳者，是滑溜溜的水陆两栖生物。在这里，沼泽的味道已经渗入骨髓，渗入那最为坚硬的地方。

直到现在我才终于注意到，贡多拉上的船夫是站着划船的，他们不时从船的一边走到另一边。托马斯·曼曾在《魂断威尼斯》一书中写道：“多么奇怪的工艺……（贡多拉的）那种黑色在别的地方只会用来漆棺木。”我们自然也不得不同意这一说法。

但贡多拉的船夫绝对不像希腊神话中的冥河渡神卡戎，他们在水中神奇地行走。贡多拉的外形也不像棺木，倒像是高音谱号。关于死亡的联想是预设的、附会的，并不是亲身体验所产生的真实感知。这片水域如此高贵，闪着银光的水面上，涟漪泛着玫瑰金，死神根本无法靠近。不过，我现在终于明白雪莱、托马斯·曼、麦卡锡、拉斯金这些文人墨客的作品里，还有众多游记、电影——这些从前让我认识威尼斯的东西——所呈现的威尼斯为何与我此时体味到的相距甚远了：死亡被他们视为威尼斯的神奇魅力，但对我而言则正好相反。我们穿行于水面，寻找的是生而不是死。

远远望去，贡多拉船夫好像梦中人，驾着黑色的贡多拉，悄无声息地行走在潜意识的水面之上。

行将入夜，我还在思索。我们坐在正对大运河的一家酒吧小酌。它一直都这么清澈、这么波光粼粼吗？没准到了酷暑八月，它会像垃圾场一样恶臭扑鼻。酒吧的侍者友好而殷勤。“要招呼这么多游客，他们的脾气怎么还这么好呢？”邻桌的那个美国人正用力敲着酒杯催促侍者：他的两个朋友则作势要把对方的椅子推进水里——他们可都是成年人了！

“游客是他们的生计来源，他们已经习惯了。想想七月这里会怎么样吧。运河里飘满垃圾，人们汗流浃背地挤在一起，现在不会比那时更糟。”

现在是四月天，大批游客尚未抵达，但来自世界各地的人马已足够令我退避三舍，远离主要景点了。这些游客大都让人生厌，头戴鸭舌帽，穿着短裤，将麦当劳的垃圾随处乱扔。我双臂抱胸，一脸不悦地看着邻桌那几位同胞，可他们闹腾得正欢。

我转过椅子来看着河水和来来往往的贡多拉，蓦地发现了一件奇事：广场附近渡船上的游客在经过圣索菲亚宫，看到那哥特式花窗、爬满青苔的阶梯，以及反照着水光的红棕色墙面时，表情无不发生变化，他们面部的棱角不再分明，眼里充满了美，身体被淡淡的水光笼罩。眼中的景致令他们变了样，每个人在走下贡多拉时都脱胎换骨变了个人。

我们相中的餐馆通常都非常偏僻，要绕不少路才能找对地方。晚饭过后已快午夜了，到处静悄悄的，走路都能听到回声，我们说话的声音也低了下来。睡在窗沿和门口的猫都懒得抬头看我们一眼。回到旅店，前台服务员为我们大概介绍了一下帕达尼亚的情况。那里的独立分子一心想分裂自治，今天劫持了一艘渡船（不过他们还是买了船票），还运了一辆漆成装甲车颜色的车子上船。之后他们驶过圣马可广场，耀武扬威地挥舞着手中的枪支，随后被警方逮捕。“嘉年华，他们以为今天是嘉年华。”服务员耸了耸肩。凌晨四点左右，我们被一阵整齐划一的脚步声惊醒，睁开眼朝窗外一望，只见二十来个帕达尼亚人身穿黑衣，迈着正步行进在街上——俨然二十世纪三十年代法西斯当政时的情景。我觉得他们训练有素，埃迪却不以为然，说练正步并不费劲。“我正做梦来着，梦见自己脚穿溜冰鞋滑过大运河，在圣马可广场滑了几个 8 字形，然后碰到一些我必须弯腰才能通过的矮桥。”

“你觉得这个梦意味着什么？”

埃迪又睡着了，说着梦话，“冰上威尼斯。冰镇维纳斯。维纳斯和威尼斯。我们在威尼斯。”

我辗转难眠，于是翻书看拜伦爵士的奇闻趣事，比如他和威尼斯女子的风流韵事，在圣拉撒略岛（那里现在仍住着不少美国学者）午后所作的研究，还有从丽都岛开始游泳直抵大运河河口的壮举。埃迪特别能睡觉，头一沾枕头便可沉沉睡去。我看着埃迪的背影想，不知拜伦的后背是否像他这样性感，被拜伦迷倒的威尼斯商人之妻是否被他肌肤的健康光泽和活力四射所吸引。他已经回到出生以前的深渊，躯体冷如寒冰。他曾甩掉眼睛上的水珠，望着初升太阳下的广场，疲倦的双腿用力对抗水流。我几乎触摸到了飞溅的浪涛和他紧绷的肌肉。没法再读下去了——我眼前的字里行间全都是威尼斯，而床头灯却不比夜灯亮多少。世上最难以把握的莫过于过往的真实，如同我女儿丢失的装满宝贝的红色手袋。我手上的书啪的一声滑到地上，埃迪纹丝不动。有很短的那么一阵子，我认真思索要不要也跳入运河。倘若真这么做了，十有八九我的腹中会灌满河水，然而这一举动也肯定会成为我人生履历中炫目的一笔。

深入乡野

蝙蝠又回来了，在我们头顶忽高忽低地盘旋，感觉不像在飞，倒像被狂风卷起的黑色纸屑。以前我总担心蝙蝠会落在我头上，但在它们的飞行路线下享用过无数次晚餐后终于打消了这一顾虑，对这些小东西的回声定位能力深信不疑了。记得我在解剖课上见过蝙蝠的 X 光片，那骨架仿佛一个隐身于皮壳之下的小人。戴·赫·劳伦斯曾把它们描写成“一只被抛向光亮，又转瞬折回的黑手套”，翅膀“犹如一片伞面”，可在我看来，它们只是被困住的小家伙，命中注定以虫为食。既然它们与我们共享巴玛苏罗，折起身子隐匿于石头和灰泥罅隙之间，我们也已不以为惧，反倒变得像好朋友似的。

碗中的蚕豆和简易碗橱顶端的佩科里诺干酪可能对蝙蝠们也有着无穷的吸引力，否则它们就将成为阿雷佐省唯一没传染这种托斯卡纳狂热的生物了。

每天晚餐的餐前或餐后，我们都要吃上一碟蚕豆。马提尼先生心爱的农作物产量果然大大超出了我们的需要，我们把一袋袋鲜嫩的蚕豆送给邻居、朋友和任何想要的人。佩科里诺干酪配蚕豆是最具托斯卡纳风味的搭配，是本地人的最爱。既可当午餐，又可作开胃菜或点心。在春季这几个月里，它们形影不离，风光无限。精选的佩科里诺干酪新鲜美味，与蚕豆的确是天作之合。

今晚的佩科里诺干酪味道不同平常，这得感谢我们的朋友维多里奥。维多里奥是土生土长的科尔托纳人，在一家葡萄园干活。之前他在罗马工作了好多年，但两地相隔太远，最后还是辞掉工作回到托斯卡纳，过自己喜欢的生活。每次他到山上采蘑菇时都会顺便到我家坐坐。我们进镇时也会在他家门口留一袋蚕豆。他是当地“慢餐组织”的会长。“慢餐组织”是一家国际性机构，致力于保护传统美食，鼓励用天然的方式种植、烹调食物和酿制葡萄酒。慢餐，顾名思义是相对快餐而言。我们自然加入了这个组织，每次聚餐，都能吃到八道佳肴和某个地区出产的十到十二种佳酿。真是个深得我心的俱乐部。在我们聚会的同时，意大利的其他分会也召集聚会，最后通过电话投票推选出最佳酒品。

傍晚时分，维多里奥带我俩到深山里看望他的一个朋友。他这个朋友是个农夫，却有一个令我们瞠目的名字，阿喀琉斯。我们去的时候他不在家，出去挤奶了。他的农舍外装有一个金属浴缸，只有冷水龙头，躺在里面可以尽情欣赏科尔托纳的远景和自家山坡上高低错落的果园。浴缸旁边的墙上钉了半个橄榄油桶，里面放着肥皂和毛刷。院子四周摆着用原木挖空而成的凳子。七十岁左右的阿喀琉斯手拎一桶羊奶，肩扛着犁耙，慢吞吞地走回家来。犁耙柄因反复使用变得很光滑，耙齿用坚硬的木棍削成后插入一截木头当中，瞧上去简洁又利落。这犁耙居然是他自己做的，真的非常漂亮，简直是他性格的写照。一把犁耙值不了多少钱，但他喜欢亲自动手。阿喀琉斯不苟言笑，严肃而迟缓。他用深邃如乌龟般的眼睛迅速打量了我们一遍。经年的风吹日晒让他脸上的皱纹又深又密、纵横交错，脸色如同用旧的棒球手套。我们跟着他走进一间屋子，旁边紧挨着关了头小牛犊的牛棚。四个挂在墙上的架子都摆满了干酪。埃迪发现挂货架的绳子上隔一小段就挂了个锯齿形的锡罐头。阿喀琉斯微笑着点点头：是防鼠的，老鼠没法爬过那些罐头偷吃干酪。

羊奶上漂浮着几根草屑。他取出一块棉纱盖住放在桶上的筛子，拎起奶桶往筛子里倒羊奶，接着又拿出一罐凝乳酶倒了些进去。我本想问他些问题，但他干活时似乎不愿闲聊。屋子里弥漫着强烈浓厚的乳味，和我去过任何地方的味道都不同。别管什么欧盟灭菌法规了，这里的干酪可是出自古已有之的传统工艺。他叫我们选一块表面没有裂缝的干酪，然后把干酪竖起来转了转，一边盯着我（也许我在他眼中就像他之于我一样古怪），说干酪每天都得翻动。“为什么呢？”我试着问。我猜可能是因为干酪的成分还不稳定，所以仍需翻动。他没回答，眼中闪过一丝笑意。两磅重的稻草色圆干酪仿佛一轮小月亮，他小心地用锡箔纸把它包了起来。

阿喀琉斯的妻子也拎了一桶奶走进屋子。她穿着靴子和家常衣物，皮肤和她丈夫一样被太阳晒得黝黑发亮。夫妻俩都极其沉默寡言，或许是常年离群索居的缘故吧。她也立刻忙开了。院子里有个木炉子，天热的时候她就在院子里煮饭。炉子上放着一个看得出来使用很频繁的平底锅。我想象着晚上她忙活完后在浴缸中洗澡的情景，她的周遭万籁俱静。

嫩蚕豆可以连皮煮，然后坐在桌边剥去壳就着佩科里诺干酪吃。阿喀琉斯的干酪光滑味醇，没有其他鲜佩科里诺干酪那股晒谷场味。埃迪又切了一片，我发现那轮黄月亮已经被他消灭了四分之一。晚饭后我们端着剩下的酒到梯田间散步。夏南瓜快开花了，那些流金般绚烂的花儿值得凡高或诺尔德用画笔永远保存下来。我们在番茄田间徘徊，计算着要过多久才能提着篮子摘个痛快。埃迪捏住一片叶子揉了揉，让我闻那种预示着番茄成熟的味道。糖莴苣已经可以摘了，多得煮多少焗饭也用不完。我们在蚕豆田间停下脚步，发现连一个角的量都没吃完。我知道，今春过后，恐怕好几年我都不想再看见一颗蚕豆了。

下午维多里奥带我去兜风，我们摇下车窗，漫无目的地行驶在乡村小道上。埃迪这一整天都要写东西。我们停在了托马索家门前。托马索也是一个农民，住在一栋十五世纪的古宅中。古宅仍为伯爵的后人拥有，他就住在离古宅没几步路的别墅里。托马索看到维多里奥高兴极了，因为维多里奥是在这附近长大的，小时候常在干草棚中玩耍。托马索带我们去看仍然藏在那里的旧彩绘马车。这种从时代里隐退的老地方于我十分陌生，但只要走入其中，便跨越时光，步入了一种只能想象却无法感知的生活。

我看到屋后有座小礼拜堂，便向他打听情况。他说自从拿破仑经过此地后礼拜堂就没再开过，口气轻描淡写得像在说上周三的事情。接着他又说道：“在那之前，过路的朝圣者常在这里歇脚三天，食宿由伯爵提供。”他说话的样子，会让你以为是现在的伯爵和他住处的空闲屋子。

我试着问他能否到礼拜堂里看看，他起身领我们穿屋而过。我瞥了一眼他和他弟弟的房间，十分简朴，只有铁床、五斗橱、黄色流苏亚麻窗帘、姐妹或妻子的零碎用品和几张挂在墙上的照片。没有电视，没有任何现代科技的痕迹，就连收音机都看不到。朴素得如同修士的容身之所，而且纤尘不染。我们在没有灯的中世纪走廊上拐来拐去，托马索走在前面，步子很稳当，我们则毫无头绪地紧跟在后。他终于停下脚步，咔哒咔哒地转动钥匙，接着推开了一扇大门。首先映入我眼帘的是一个铜浴缸，然后是农具和大桶。眼睛渐渐适应了高处那扇圆窗射进的昏暗光线后，我又看见了分别绘有圣徒和圣母的两幅壁画。礼拜堂一侧有块十分醒目的雪白墙壁，那里原先显然也挂了一幅画。“画被移去教堂了。你去的话神甫会给你看圣菲利普的画像，以前他就住在这里，生活得很幸福。”相对旁边的农舍，这间小礼拜堂显得格外精巧雅致。或许伯爵盖一个这样的地方，是为了避免那些浑身汗臭的朝圣者闯入自家的花园。

托马索把我们带进厨房，端来几杯农家待客的圣酒。我喝过不少这种味道接近雪利酒的东西，每户农家都随时备着这种酒来招待客人。他坐到壁炉前的椅子里，和维多里奥一起回忆多年前围炉倾谈的旧事。托马索与少言寡语的阿喀琉斯截然不同，虽然同样很少出门，但他十分健谈，是个讲故事的高手。他一边伸直双腿摆出过去农夫冬天烤火的样子，一边挨着壁炉搅拌玉米糊。我朝四下里看了看，没发现现代的供暖设备，所以他们在度过清寒的初春长夜时还是延续着祖先的御寒方式。

托马索领我们看他家的基亚纳谷母牛。这些白色的大家伙就是名声在外的佛罗伦萨牛排的来源，和迷迭香一起烤，任谁都难以抗拒。他养了四头大牛和三头小牛，它们都睁着黝黑的眼睛瞪着我们。每条牛脖子上都系着辟邪用的红丝带。我以前一直纳闷，在托斯卡纳的菜单上佛罗伦萨牛排必不可缺，为什么田间野外却不见牛的身影。原来他们是室内饲养，从小受到无微不至的照顾，但一生都被残忍地拴在牛棚里足不出户。这些牛身肥体壮，有普通牛的三倍大。

他家旁边是个封闭式花园，杂草野花蓊蓊郁郁，显然缺少女主人的照料。但铁架边的玫瑰依旧开得热热闹闹，打着小小花骨朵的黄色牵藤蔷薇从铁架上慢慢爬上篱笆，稳稳抓牢以后便肆无忌惮地开疆拓土起来。

我小心地跟在他们后面，躲避到处闲逛的鸡鸭。我积习已久的恐鸟症并不只在鸽子广场发作。要是托马索看出来我连鸡都怕，说不定会把我看成傻瓜。谷仓附近有两只白火鸡在寻食，它们肯定是天下最丑的鸟类。

我们驱车经过伯爵后人的别墅，那栋被栗树环绕的房子外观忧郁、窗户紧闭。车子停在了教堂前。以前替我家砌过石墙的波兰人斯坦尼斯洛和他妻子雷娜就住在这里，还有这个教区的神甫唐·费比奥。斯坦尼斯洛是水泥匠，周末替教堂干点杂活，有时周六会到我家帮埃迪干点农活，雷娜也会过来帮我拾掇花园。雷娜瘦小却耐力十足，浑身有使不完的劲儿。我们到他家时，神甫正在花园里给两个孩子讲经。雷娜领我们进教堂参观神甫的书房，圣杰罗姆画中的书房大抵也就是这个样子。一扇敞开的窗户把黄昏的日光抛向书桌，桌上堆着一摞皮面书，有的翻开朝上，有的朝下——唯缺圣杰罗姆油画的标志物睡狮了。我们在走廊上看见了那幅原先挂在托马索小礼拜堂的油画。教堂的一面墙上挂着一排已故神甫的照片，维多里奥找到不少孩提时便熟悉的脸庞。我们没有多逗留，因为不想妨碍雷娜熨烫祭坛罩布，也不想打扰神甫为那两个红发小孩讲道。

长在小镇一直让我觉得非常憋闷，恨不得马上离它而去。大城市的吸引力不容小觑，但偏远的乡村生活对我其实也有一定吸引力。

我以前男友的奶奶米莫住在米斯蒂克附近一个种满烟草和棉花的乡村。有一圈门廊围着她家的两层楼房，她的冷藏柜中永远装满柠檬和椰子味的酥皮馅饼，简朴的卧室里，棉被整齐地叠放在床的一角。门廊面对着田野，一到下午她就坐在廊下剥利马豆，不时拿起一把画有耶稣的教会木柄扇子，驱赶苍蝇，我则坐在秋千架上看《安娜·卡列尼娜》。奇怪的是，这段记忆中我的前男友始终缺席。透过滚滚尘土，落日时的天空恢弘壮丽，橘色和葡萄色的霞光中点缀着道道金光，还杂有廉价内衣那种粉色。落日的金色余晖逝去后，烟草田上笼着一层蓝色的雾霭，好像碧湖上的薄雾，我和米莫表情严肃地看着天空的光影变化。每天傍晚都仿佛世界末日。随后，米莫总会起身为自己调一杯杜松子酒。

我以前很喜欢凯什的《南方的心灵》，他在书中说南方人的浪漫与南方的天空息息相关，他们整天在灰蒙蒙的天色下，以至于常常分不清现实与虚幻。我对米莫的生活很感兴趣。她开着别克车一路呼啸，行驶在坑坑洼洼的小道上，去田间视察工人工作。丈夫很早离世以后她便独自管理农场，腌制果蔬、接生牛犊、洗被煮饭，无所不能。每次我们到访，她总是一脚踹开纱门，敞开怀抱欢迎我们。

重入乡村时我想，若是现在要我过阿喀琉斯和托马索那种生活又会怎么样呢？多年来我一直认为这样活着是浪费生命。我憧憬戏剧化的生活——说不定有个男人愿意为了我卧轨自杀。其实我很清楚，这么轻率的行为，不可能真的吸引我。

现在的我却觉得乡村的黎明和夕阳充满诱惑，我很向往悠闲自得地生活在自己的绿色王国中。我越来越拿不准，将绝大多数时间投入工作是否真的是件神圣的事。我想在抱负、孤独、刺激与冒险之间找到平衡点——可是该怎么做呢？上大学时，我听过前美国司法部长拉姆齐·克拉克的演讲，他说了这样一句话：“希望我离开人世时已经鞠躬尽瘁，可以往垃圾场一扔了事。”我当时很受触动，深以为是，并且把它作为座右铭。但身为作家，我有时也喜欢沉思和独处，因此大部分时间里工作和生活都能很好地调剂平衡。不过前几年工作中的俗务却耗费了我太多精力，所以在当了五年系主任后我毅然辞去了这个炙手可热的职务，重回教学岗位。我发现短短几个月后就几乎无人记得我这一巨大转型，而时光照样飞逝流转。我是带着自满的心情离职的，但是一想到曾经承受的压力、付出的时间和那些口角激战，似乎独个儿的满足并不足以补偿一切。我曾想从内到外地改革系务工作，也愿意没完没了地写备忘、报告和总结，忙到晚上八点再回家。可是我得到了什么？失去了什么？获取了什么？舍弃了什么？为什么痛苦？又因何欢喜？我投入了血汗和创意的工作，不管他人如何评价，都能给我带来快乐，这种快乐近乎天然，似乎是与生俱来。佐治亚州的乡村生活并不适合我，三十岁之前我注定得四处奔波。奇怪的是，现在我若重返老家却很可能活得有滋有味。佐治亚的太阳依旧热辣辣地照着米莫的房子吗？房子四周的田野是否依旧被蓝色热气所笼罩？听我说，托马索、阿喀琉斯，你们可愿意死的时候才枯力竭，被当成垃圾扔到一边？你们遇到过害怕小鸡的人吗？那个美国女人就是。

马提尼·安塞莫从不心疼时间，哪怕办公室堆满待售的旧房照片，一心希望有人不惜血本买下一栋，他一样能挤出时间聊天。变身园丁的安塞莫更是整天忙活着为番茄搭建圆锥形的竹子棚。他从自家园子为我挖来玫瑰和草莓。更棒的是，他常带我们出去远足。有一次，埃迪询问他有没有运柠檬树进柠檬房过冬的小车时，他二话不说就载我们去找他的邻居，一个住在奥西亚镇的铁匠。铁匠画了张草图，答应造一辆能滑到花盆下将盆铲起的矮推车，下周取货。

安塞莫示意我们跟着他。“那是什么花？”我指着一簇长在石墙上的花问。

“我看见镇子的墙上到处都有这种植物，看起来像西番莲花。”埃迪接着说。

安塞莫难以置信地看着我们。“这是刺山柑。我会种在你家墙上，可这东西会破坏墙，得控制它的长势。”说着他摘下几个花骨朵。刺山柑——我们以前完全不知道这种举目皆是的植物就是野生的刺山柑。

安塞莫的谷仓遍地狼藉，他领着我们一直走到最里头才停下。那里堆放着覆满灰尘的酿酒工具：酒桶、小酒壶、酒瓶和一只榨葡萄用的大板条桶，桶用铁条加固并配有控制杆。埃迪羡慕地看着那个榨葡萄桶，和男人看到一款新车时一样，绕着它走来走去，频频点头。安塞莫把它的功能介绍了一番，又从架上取下两瓶自酿的圣酒递给我们。“配饼干吃最好了。”

他家的圣酒看着有点浑浊，不知道在架子上恭候了多久才迎来我们的大驾。

这里离安塞莫妹夫家很近，他想介绍我们认识一下。我们重新上了他那辆庞大的阿尔法车，他绕过一个大弯，车子嗖地驶进他妹夫家的院子。他妹妹出门迎接他的架势像是双方多年未见。他的妹夫正在梨树林中疏剪，看见有客来访便跑出林子。那片果林面积很大，修剪得整整齐齐。安塞莫告诉他们我们是“老外”。款待“老外”的圣酒很快被送至面前。“是你酿的吗？”埃迪问安塞莫。不，是他妹夫酿的。埃迪的目光落到果园上。我看到远处一个由几根大梁撑起的瓦屋顶，下面似乎有一个游泳池。“我们看看果树行吗？”

埃迪问。

“行。”一棵棵果树优雅地列队站立。花瓶状的梨子挂在花瓶状的梨树上。果林生机勃勃，但有一小片例外，那片果树周围布满深坑，导致树根枯死，叶子纷纷掉落。安塞莫的妹夫好像非常恼火，伸手摸了摸并不存在的胡子，嘴角不屑地翘起来。

“怎么回事？”埃迪问道。

安塞莫伸出一只手慢慢摆了摆，意思是“我主见怜”。“真该死！”他妹夫指着那个屋顶说，“考古学家发现了一座古罗马别墅遗址，他们的挖掘把树给杀死了。”显然，树的牺牲在他眼里太不值当。在意大利，埋藏于私人土地下的东西都不属于业主。“他们已经弄死了一棵橄榄树。”他把下巴朝坑边土堆上的那棵橄榄树扬了扬。我们知道，这在他眼里绝对不是一桩小罪过。

“古罗马别墅？”

“这座山就是一个博物馆。这里埋的不是一座别墅，而是一整座城镇。这个谁都知道，现在却成了大发现。”他耸耸肩说，“要是问我，我还可以告诉他们汉尼拔的住所在哪里，可他们没向我打听，就只管瞎挖。”

汉尼拔大败弗拉米尼奥的地方奥西亚，距离此地不过几英里。奥西亚的意思是“白骨堆”，得名于战场上遍地的尸体。他领我们穿过菜地和一块田，来到一栋石屋废墟前。尽管屋子确实破旧，却看不出存在了漫长的两千年。“瞧，汉尼拔过去就住在这里。”

我们走回考古学家挖出的坑边，看见临时搭盖的屋顶下露出希腊风味的黑白相间的马赛克地板，隐隐可见房间的格局。曾有一栋古老的大别墅矗立此处，与安塞莫妹妹的院子遥遥相对。在这个季节，挖掘暂时停止了。

离开时，安塞莫告诉我们，几年前这对夫妻加盖屋子时发现建地基的地方有一块马赛克地板。

我们中途又停了一次，一个寡妇委托安塞莫帮忙卖房子，我们便顺道去和她聊聊。虽然安塞莫关了办公室，但偶尔还会接点生意。“说不定你们会喜欢她的房子。因为里面每个部分都要装修。”他从后视镜中看了我一眼，车子差点擦到一个骑自行车的路人。他对自己的小挖苦很得意。

“没有兴趣。”我们应道。他把车驶入大门，停在前院的泥地上，吓得小鸡四处乱窜。一个穿老式黑衣的老妇走了出来，佝偻的身子仿佛一个逗号。她看起来比科尔托纳还要苍老。介绍完毕，她便用又干又硬的手紧握我的手，在领我看她家屋子的过程中再没松开。她像是知道自己不久将进入永远的无声世界，所以不住地说话。几只活泼的兔子被关在笼子里，我只能侧目而过。“她看到的是不同的东西，”埃迪说，“她眼前出现的是和茴香一起烤熟的兔肉，根本不会注意到兔子那柔软的耳朵。”她领我们参观了绿油油的菜地和两头母牛，然后推开房屋底层的门。真的是需要彻底修整的房子，牛棚和酒窖还算完好。到处都是酿酒工具，一地的酒瓶和橡木酒桶，用烂稻草覆盖的酒坛少说也有几十个。在一间干净的小屋中，她叫我看一张桌子，天热楼上厨房不好干活时她会到这里煮面食。架上摆着成排的番茄酱罐子，门边的牛皮直背椅放在当风的位置，旁边的篮子里还放着针线活。她握得太紧，戒指几乎压到我的肉里，真希望她赶快松手。不过看她这么喜欢我，心里又很受用。“她希望我们买下她的房子。”埃迪用英语轻声对我说。

“没错。这可是一七五〇年之前建成的老房子。”

上楼以后，她推开父母生前住的卧室门。铁床上的白色床单垂在两侧，衬得墙上照片中那两个面色凝重的人特别醒目。房间里还放了一只起夜用的马桶。她自己的房间也是一样的风格，只多了两样东西：一个后面插着枯萎棕树枝条的耶稣相框，还有她丈夫年轻时的椭圆形小照。照片中的人目光犀利，双唇紧闭，身上穿的很可能是结婚礼服——看着睡在床上的两个人逐渐变老。在相机捕捉那炙热眼光时，他压根没想到他们会活这么久。一个玻璃水杯中浸着一副紫红色的硅胶假牙。是他的吗？

和多数意大利人的厨房一样，她的厨房闻起来和看起来都像是刚清洗过，就连水龙头都闪闪发亮。不用说，她拿出了自家的圣酒倒了几杯，又端出了饼干。饼干硬邦邦的，没准是一七五〇年的东西。观察她是件很有意思的事。她正告诉安塞莫自己想搬去和女儿生活，这地方一个人住太大了。我趁机又观察她，她的眼睛锐利而充满智慧，头发用一方黑头巾包着，瘦小的身躯里藏着使不完的力气。我摸摸她攥紧我时留下的印痕——去拿酒时她只能放掉我的手。

她关上铁栅门，挥手送别我们。没想到她个子不超过一米五，精力却如此旺盛。我很想知道她这一生都经历了什么，想看她烙饼和锁扣眼，想知道她有什么梦想。

“我真不希望她离开老宅住到女儿的公寓里。还有，谁会买下这个地方呢？”离开时我问。

“她的开价比所值高两倍，我觉得她并不舍得卖。”安塞莫回答。

“我喜欢这屋子，牛棚可以改建成一个绝对漂亮的起居室，门正对着那块梯田。”

“我喜欢楼上的凉廊。”埃迪说。

安塞莫摇了摇头。“老外想什么谁也猜不到，没准她会把房子卖给哪个头脑发热的老外。”

“准备好参加一场六小时的盛宴，”唐娜蒂拉说，“翠西在仓库中搭了个大厨房，够六个厨师用。”翠西是她妹妹，我们不在意大利时，房子就请她帮忙照看。这两姐妹是完全不同的类型。唐娜蒂拉是个棱角分明的黑肤美人，长得有几分像蒙娜丽莎，牙尖嘴利的，一双乌黑的眼睛高深莫测。翠西在美国肯定能成为返校节皇后，橄榄球比赛的拉拉队队长一职也非她莫属。她漂亮乐观又能说会道。她们既是姐妹，又是好友。每次我们回到巴玛苏罗，她们都会摆好鲜花，在厨房放上一堆水果、咖啡、面包和干酪，免得我们长途跋涉以后精疲力竭，还要匆匆出去购物。姐妹俩厨艺高超，都是从母亲那儿学来的，直到现在，她们的母亲还自己包方饺。

翠西的两个小儿子即将要领第一次圣餐，这将是一场盛筵。我们好几周没见到翠西了，因为她一直在忙这件事。圣餐仪式之后，八十多人聚在翠西与丈夫达里奥及公婆共住的山间居所。达里奥妹妹一家住在同一产业的另一栋房子里，两家人都过着近乎自给自足的生活。他们家有一大块菜地，养了不少鸡鸭兔鹅，男人们会打猎，家里的野猪肉常年不断。

他们自产的所有食物，外加其他外来的众多美食，全都荟萃于领第一次圣餐的餐桌上。中午我们赶到他们家时，宴会正达到最高潮。翠西领我们参观了她家。这两年她花了不少心思重修这栋房子。老农舍的味道大体不变，只是添加了几间漂亮浴室、一排石阶和一个新式厨房，不过老式木柴炉子在其中肯定据有一席之地。偌大一个家纤尘不染，把手和所有表面都干干净净，窗玻璃全都闪闪发光。屋外，美酒普罗塞科不断地续满人们的酒杯，一碟碟意式面包被传来递去，这种在托斯卡纳被作为餐前小点的小圆面包上面撒了各种调料：蘑菇、辣干酪、调味鸡肝丁等等。白色大篷下的桌椅拼成U形，篷顶上挂着气球彩带，一派喜气洋洋。两个小男孩被安排在桌首，父母分坐两侧。我们先前经过厨房时发现里面人很多，个个忙得不亦乐乎。厨房中央的桌子上摆满了各色水果蛋挞，还有一大盆生菜沙拉。女人们全都穿着碎花裙子，仓库里色彩缤纷、人来人往。切菜、剥皮、装盘，大家各司其职。摆盘用的韭菜、胡萝卜和芦笋分别用一根韭菜捆得整整齐齐。看见翠西妈妈时我大吃一惊，没想到她那么年轻，一头红发，和两个女儿一点也不像。她做了一份名叫“神甫帽”的面食，可供八十多人享用。

不久我们就发现他们实际准备了两种面食，每个人面前还有一大份用鲜美的野猪肉酱拌的意大利面。许多人吃完后又添一碗，我则用面包把碟子边缘残留的酱汁刮得一点不剩。接着是配有四种干酪的“神甫帽”，每个人也都吃了两份。每上一道菜，都有一群女人手脚麻利地为我们换上干净盘子。仓库中还有个只顾埋头洗碗的女人。接着是配蔬菜的小羊肉，羊是主人自己养的，烘烤的炉子就放在门外。我们听得到远处牛羊的叫声，此时的它们并不知道自己不能一辈子待在青草依依的牧场，有一天也会被放入盘中端上桌来。两只斑点狗在桌边走来走去，怡然自得地享受众人的关爱。要是早些年，享受此种待遇的应该是小婴儿才对，但意大利的出生率降至全欧洲最低，小婴儿实在难得一见。一个四岁的红裙小女孩抢尽了风头，差点被仰慕者围得水泄不通。祝酒时分，两个小主角却早已和几个朋友一起离席而去，他们得到了一台游戏机，跑进屋子里杀敌立功去了。桌上的酒壶一空便立即被重新添满。我的肚子被撑得鼓鼓囊囊的。筵席太丰盛了，但埃迪仍然战斗力旺盛。要再来一点羊肉吗？他抬头笑眯眯地应道：“好。”要马铃薯吗？还是“好”。

突然，三个男人抬着什么重物走了过来，大伙儿欢呼着上前拍照。送来的是一头庞大的基亚纳山谷母牛，因为体积太大，家中的烤炉不够用，所以委托镇上的酒家代劳。三个男子抬的大托盘大得连人都可以装下。很快，烤牛肉和土豆便交替上阵，我抵挡不住诱惑又吃了一些。噢，天哪，味道实在太好了。我的肚子真是撑得不行，就连尝尝味道的空间都没有了。埃迪仍在大吃特吃。两个意大利女人问他是不是拍过电影，更是令他食欲大增。沙拉上场了，接着水果蛋挞和提拉米苏也露面了。两个男孩像小马驹似的奔至桌前，腼腆地切开一个三层蛋糕，头两块先给了父母。蛋糕里的柠檬馅丰厚肥美。接着送上桌的是格拉巴酒和圣酒。我被震住了，但埃迪却两种都喝了点，然后又和几个男人手挽着手唱了一首他以前没听过的歌。一位手风琴师奏起舞曲，拉开了舞会的序幕。我这辈子从没吃得像今天这样饱，而埃迪简直就是一只饕餮。

下午五点时我们率先告辞了，因为老朋友苏珊和科尔夫妇会过来吃晚饭。他们是在我们家结的婚，当时巴玛苏罗还在整修呢。后来听说我们离开后，其他客人又待到晚上十一点才离去，期间牛肉又上场了好几次。

苏珊夫妇早到了，正坐在田边等我们。见到他俩我们非常高兴，却连说话、走路的力气也没有了。埃迪描述了一番刚才的豪华筵席，末了说道：“希望那两个孩子结婚时我能在场，想想届时该是什么场面。”我俩整整瘫痪了两个小时，然后在一日之中最美好的时刻带客人到院子里摘莴苣、夏南瓜、洋葱和香草，简单做点沙拉和蔬菜煎蛋饼给他们吃。未来三天我们都可以不吃不喝。客人们享受着意大利著名的布鲁内罗酒时，我们只顾啜饮着寡淡的白开水。

早晨一睁开眼睛就听见卡车行驶在车道上的声响，安塞莫正在指挥倒车。我们走到楼下时刚好看见两个男人卸下一个火炬形的榨葡萄机——就是在安塞莫家仓库中见到的那个巨无霸。“送你们了。”他语气轻快地说。礼物赫然立于前院中央。我们对安塞莫千恩万谢，心里却犯嘀咕，不知如何安置这个大家伙才好。他粗略讲解了机器该怎么用，然后又详细地告诉我们该如何酿制圣酒。虽然我们秋天不在意大利，目前葡萄又还不够酿酒，但这些客观事实都影响不到他的热心传授。我们初到巴玛苏罗时见过一间屋子，上方布有不少铁丝，记得他说是用来晾晒酿圣酒用的葡萄。苏珊和科尔都特别喜欢拾掇花草，这时跑过来凑热闹，一个劲儿地说收葡萄时非常乐意过来帮忙。是安塞莫发现了巴玛苏罗，也是他一直在帮我们变废屋为美宅。虽然他如今不做房产中介了，却把我们的两块梯田变成了蔬菜的天堂。他曾载着我们颠簸在乡间小路上，领我们走进过着怡然生活的一户户农家。他还曾看着埃迪向贝皮和弗兰西斯科学习葡萄栽种技术。接受这份礼物时，我不由得打了个激灵——今天，他把这个榨葡萄机送到我们手上时，神情就像传递火炬一般。

这里的夜晚从来不曾漆黑一片。星星在天空中竭尽全力地发光，月亮也很卖力，透过旧窗能看到它晃晃悠悠地从窗棂下方爬到窗子中央，再升至窗顶。明月升起的景象对夜深难眠者而言定是种乐趣。一定有只夜莺栖身高过房屋的那棵冬青树上，它的婉转啼鸣划破了寂静的夜空。人间最美妙的时刻当属拂晓。黑暗离去的最后时刻，鸟儿开始大合唱。这时，我们之中醒着的一个总会唤醒另一个：听，它们开始唱歌了。这么多鸟儿一起高唱，激越清亮的歌声飞入云端，邀请别处的小鸟加入。然后请看天空——不是白里透红，而是靛青中带着玫瑰红的黎明之光铺洒开来，悄无声息地照向峰峦叠嶂。而此时小鸟们依旧陶醉于自己的世界，还在忘情歌唱，引得鼹鼠、田鼠、豪猪、蛇、狐狸、野猪纷纷走出巢穴，与我们一起迎接白昼的来临。在歌声和朝霞中，天地释放出清新的气息。随着日光逐渐明亮，各种色彩也绚丽起来，渐渐地分离清晰。可是布谷鸟去哪儿了？

苏珊和科尔被一种“啾啾”的鸟叫声吵醒了。埃迪说每天都听到这只鸟在唱《西城故事》中的歌曲：“你要是飞机，就一直是飞机，从抽第一支烟起……”起来后我们带着友人到田间采野花，好一派盎然春意！我用相机把见到的春花全都拍了下来，最美丽不可方物的是白色和紫色的兰花。我在阿索洛买的那个封面上有中世纪野花的小本子里夹满了长在墙根边的仙翁花、紫色的鲁冰花、棉杉菊、野康乃馨、百合、野蔷薇以及一种我不知道名字的带刺蓝花。我发现黄色的野花品种繁多，单凭手中的《野花图鉴》是难以辨认了，因为许多都长得大同小异。

我和苏珊把长了黑斑和患了锈病的玫瑰叶剪除，装进袋子里扔掉。苏珊教我为粉色玫瑰剪枝，我钟爱的这几株玫瑰虽然三十个春秋无人问津，却依旧花开不败，清晨时纯净的香味尤其馥郁。我们在花园和田野里待了好几个小时，悠闲地采摘野花，然后又在菜地里摘了一篮子午餐要吃的莴苣。

在加州时，我和苏珊一天到晚都不得空闲，每周只能早上八点时打两到三次电话，草草交流下重要事件，说说各自在读研究生的女儿，聊聊书店的近况，谈谈各自看的书。这几日，我和她一起散步，参观博物馆，坐在银河下看萤火虫飞舞，情谊又深厚了几分。“为什么在美国时就不能多点自己的时间？”我们不约而同地问对方，却都不知如何作答。

悄然绽放的野花，作为大地无私的馈赠，同清晨鸟鸣和成群的蜜蜂蝴蝶一样令我心花怒放。正当我眉飞色舞地向苏珊和科尔讲述乡村生活的种种好处时，一个英国朋友打电话来，说她一回到意大利的家，就发现井里淹死了两头小野猪，只好拿锄头捞出泡水后腐烂的尸骸。

晚餐时，科尔这样分析我们爱上这个地方的原因 :“你们是想回到单纯的时代吧，每年都有几个月可以忘却都市的烦恼？”

我们点燃石墙上的灯笼，在夜色中悠闲自在地享用意式千层面，啜饮着友人带来的诺必利美酒，对科尔的分析点头称是。但到吃甜点时我又改口了。“你分析得不全在理，这个时代的丑陋怪状在这里一个都不少。”我脑中闪过在弗兰西斯科之路遇到的妓女和排出滚滚黑烟的大货车。还有频繁的罢工，意大利报纸还专门为此辟出一栏，告知公众各个公共事业单位何时无法办公。“这里的人们并非生活在一个单纯的时代，只是总体而言，他们的应对方式比我们美国人强。托斯卡纳的日常生活都还是不错的。”

“这里的人率真亲切，和他们打交道无需拐弯抹角，与在美国时截然不同。”埃迪也说，“我们习惯了与人保持距离，而人有了距离就难以亲近起来。”

“这里很少发生暴力犯罪，人更有礼貌，美食也更多，而且我们都知道意大利人更会找乐子。”我注意到自己用了“礼貌”一词，口气颇似我母亲。“上街或到商店买东西时，碰到的每个熟人都彬彬有礼，就连邮递员都好像乐于将信送到我们手上。陌生人用完餐离开前都会向周围的客人道声晚安。真的很舒服。”

我们把最近的所见所闻告诉他们，他们也谈了科尔托纳的变化。二战后的意大利当然日新月异，但现在步子放慢了许多。科尔托纳的生活依然如旧，政府出台了行之有效的办法来保护乡村风貌，小镇的文化生活可令泱泱美国自惭形秽。我想到自己熟知的意大利年轻一代——翠西、唐娜蒂拉、维多里奥、埃多、乔安拉、马可、安东尼、阿米莉亚、弗拉维亚和尼科尔——全都秉承了这里的优良传统。去年，备受我们喜爱的果蔬店老板莉达不想再做生意了，一个年轻小伙子便盘下她的店面。这里不同于其他许多乡镇，到城市闯荡的年轻人寥寥无几。科尔托纳的优点我已经说得够多了，就不再赘述了。

一群从镇上过来的人经过我家门前，边走边唱着歌。若是在美国，周三晚上怎么都不可能像他们这样从容悠闲。我们静静地听着那陌生的曲调。

“就像那样——意大利的生活还是如此甜蜜。”

“一样甜蜜的还有意大利桃味冰糕，”埃迪说，“把我的牙都弄坏了。”

过去短短几日在我大脑的档案中又添加了几百幅图景。在远离尘世的乡村寻寻觅觅，平复在学校时心灵中的喧嚣。我的神思欣然飞到了深山中的阿喀琉斯家，此刻他可能正在微凉的夜色中为妻子洗澡搓背。我们能把浴缸也装在屋外吗？翠西家那场持续一天不散的筵席，也已经和数不清的佳肴美食一起凝驻于时间的长河了。或许埃迪还会在睡梦里看见烤牛腿在吹吹打打中被抬进帐篷。还有那个睡在两眼炯炯有神的亡夫照片旁的老妇，经历数十年风雨后仍紧握我的手，将新事物拽进她的世界。安塞莫在自家仓库里酿了最后一次酒，如今开始瞄准我家的葡萄。总有一天，我们也会酿制自己的葡萄酒。他那位与古罗马人和汉尼拔将军比邻而居的妹夫对遥远的古迹嗤之以鼻，只在乎现在自己的桃树和橄榄树能否好好活着。

天堂的源头

埃迪一大早就往高层的梯田那儿去了。他看见最上方的田边有一簇威胁到石墙的青藤，打算除去祸患。否则藤须会钻进墙缝，短则两天，长则二十年，那堵墙必定会塌下来，砸在我们的玫瑰花上。途中埃迪忽然停下脚步驻足观望，邻居普拉切多家的十五只白鸽正从山谷上空俯冲下来。在一日两次的自由时光中，它们在空中任意盘旋，之后再一齐飞回鸟笼。左边什么动静吓了埃迪一跳。从冬青树后钻出了一个女人，手里拿着一个布袋和一根木棍。那个神秘的盗采者终于露面了！

被主人当场逮住，她却毫不慌张。“早上好，先生，”她招呼道，“今天天气真好。”她举起木棍朝山谷挥了挥。

埃迪向来彬彬有礼，即使面前这人可能是盗取我家水仙的小偷，他还是作了自我介绍。“您就是那位瑞士教授啊。”她说。

“不是瑞士，是美国。”

“噢，是吗？我还以为您是瑞士人。”她的口气很是狐疑。这天清晨并不冷，她却穿着两三件毛衣，系着围巾，还穿着胶靴。她满脸笑容，露出一口金牙。“我叫莱蒂齐亚·加奇尼。”她说话声音很大，

"以前在这里住过，不过那是很久以前的事了。"她打开袋子，接着说："我经常回来。"布袋里装了好几种野菜和一塑料袋的蜗牛。她拿出一把细长的野草，"野韭菜你们肯定吃过。"说着把手伸进布袋下面又掏出一把："拿去，拿去。"

埃迪被彻底解除了武装，他喜欢这张皱纹密布的黝黑脸庞和炯炯有神的黑眼睛。他听话地接过野韭菜。"这房子以前是你的吗？"他有点糊涂了，不是说这房子属于那几个住在佩鲁贾的老姐妹，并且已经空置了三十年吗？

"不，不是的，先生。我男人是这里的雇农，我们只是住在这屋子里，就是那里。"她用棍子指了指。埃迪明白了，当初买下房子时有一处的确隔了一堵墙，为了跟其他三间屋子打通，我们便把墙敲掉了。"我们干了不少年粗活。现在我男人没了，就剩我一个了。"她停顿了片刻，说了个无法翻译的词："Insomma."大体意思是没什么可说的了。

埃迪告诉她我们想知道这土地上都长了些什么，不知她能否告诉我们哪些野菜可以吃。"行，行，当然行。"她又挥了挥手中的棍子，然后消失在冬青树后。

我在为玫瑰园除草，柔软的小草只要使劲就能连根拔起，但那些带刺的可恶东西就得用上锄头了。杂草用小独轮车运了一次又一次，越堆越高，都快高过干草垛了。等我们除完地里的灌木，肯定还要多出好些这样的草堆。等下一场雨过后，埃迪和贝皮就会将它们烧掉。因为怕干草引发火灾，初夏每场雨后，整片山谷都在焚烧草垛，刚被雨水清洗过的空气立即变得污浊不堪。虽然他们会提着水桶守在火堆边，防止风把火吹到干草上，我还是觉得胆战心惊。

今年春天，就有一个经验丰富的农民被火烧死，当时风突然转向，火舌瞬间烧着了他的衣服。

我弯着腰用叉子松土。花床已经拾掇好，可以种花了。我们从车上取下昨天和前天从花圃采购来的鲜花。每次离开花圃，我们总会得到主人的赠与，店主会追出来喊："谢谢光临，这是送给你们的。"然后递给我们一株风铃草、玫瑰或倒挂金钟。有两次我们得到的是酒红色的彩叶草，这种植物我不是很喜欢。它的样子就像被原子弹炸过后仍能安然无恙似的。果不其然，它们被搁在僻静的角落里却依然能开枝散叶，茂盛无比。有几次花圃主人也问过我们想要什么，但在挑选了几十种花草后，一时还真不知能要什么。两年前她送的一小盆花如今已长成好大一丛，开满了两个月都不会凋谢的黄色花朵。

这里的许多商家都会向客户赠送礼物——周年庆汗衫、新年台历，还有一次是装了十五种糕点的礼盒。这种礼盒我们在折扣店里也买过，价值大约二十万里拉，约合一百二十美金。

不知怎的，老板娘送的花草比自己买的更得我欢心。去年她送了一株开花时清香四溢的天竺葵，才过一年，个头已是先前的三倍。另一盆薰衣草虽然又矮又小，却异常馥郁。或许因为是人家送的，我对它们特别上心，又或许它们天赋异禀，因此长得格外茂盛。就连那几盆彩叶草，我的喜爱之情也日胜一日。

虽然已在户外忙碌了一天，但有件事不容怠慢。我们用手动泵抽出冰凉的井水来浇灌园中的薰衣草和新栽的柏树，等它们扎下根来就不必了。那条湖景小道原来荆棘丛生，后来被开辟为畅通无阻的小路。我们打算明年在路右边种些葡萄（今年是来不及了），左边则种上一线薰衣草。

埃迪在做意式干酪焗茄子，我一边泡澡一边读贺拉斯的诗歌。埃迪已经从菜地摘回莴苣，并在屋外摆好了餐桌。还有什么事儿比家里的男人乐意下厨更令人愉悦的呢？我拿出新买的黄色本子，那上面已经写了一些美化花园的规划。这个话题留待我们彻夜倾谈，先让我为亲爱的他朗诵一段贺拉斯的诗吧。

春天，饱满的大地渴求新生的种子，
强劲的西风吹拂着即将分娩的大地；
土地松软了，温和的水汽遍布四周，
明媚阳光下，莹莹绿草寸寸拔高。
葡萄藤的嫩芽既不惧怕南方的暴雨，
也不忌惮北风带来的冷雨。
是的，它们不畏严寒，抽枝吐芽。
自创世之初便是如此，
最美好的时刻就是春日的清晨。

我很喜欢最后两行诗。如果贺拉斯能与我们同席而坐，无需问询，我们便会往他杯中添满佳酿，听他告诉我们，这里历经千年仍是旧时模样，听他说梨树该疏枝了。

我们打量着自家的土地，如今可算有模有样了。虽然刚买下这里时灌木丛生、藤蔓缠绕，但我们修整起来却充满自信。现在我们还野心勃勃地准备对粗具雏形的花园作进一步改造。文艺复兴时期的花园和稍后的规整式园林都喜欢用一条大路作为中轴线来连接居所和花园中的建筑。巴玛苏罗也是如此，门前的步道就如同一个门厅，站在那里即可一窥花园景象。四四方方的前院，其面积和房子一般大小，而屋前屋后梯田的宽度则约为前院的一半。从那条长长的黄杨木树篱仍能依稀看出花园原来中规中矩的面目，透过树篱可以看到五棵树冠修成圆形的大树间隔均匀地顺次而立。

我用自己的园艺哲学遥想着花园的未来，想象自己站在三楼窗前看到的花园景象，想象我们忙碌了这些年究竟有何成绩。但我很清楚，在内心深处，我最看重的其实是花园为我带来的快乐，而不是搞清它到底适合种什么。埃迪最关心种什么能招来蜂蝶。薰衣草就是一块招蜂引蝶的磁石，对白蝴蝶的吸引力尤胜其他。我们曾亲眼见过成群的白蝴蝶于薰衣草花间飞舞。不仅有曼妙的蝶舞，还有音乐——嗡嗡的蜂鸣像是为小鸟的啼鸣与合唱配上了令人昏昏欲睡的背景音乐。我喜欢每天在房前采些花。我们都爱上了花园中弥漫的芬芳，清晨时花香还会越过窗棂飘入房中。房子外墙的熟桃红色，置身于黄花、玫瑰和杏花之间时显得分外协调。

我们这片山地非常陡峭，所以我把园子分为好几个各有特色的区域。

房屋一侧有块长方形的树荫地带，我们称之为“柠檬荫”，大约六十英尺宽，接着便拐入了果园和橄榄树林。我们给每块地都起了名字，省去描述时的啰嗦，像“湖景路上的那丛丁香后面”或“房屋东侧菩提树下的……”，我们甚至给每棵橄榄树都起了名字。我们的家人、好友、喜爱的作家和地方全都化身成不朽的树木。不过我们还没来得及检查上次寒流来时，离开了人世的那几棵树到底叫什么名字。

在柠檬荫可以远眺山谷和亚平宁山脉，因此它成了我俩中午户外用餐的场所。大部分时间里，从早餐到最后一只萤火虫飞走，我们都待在前院里，从那里走下一段石阶便是长长的花园。这块最宽

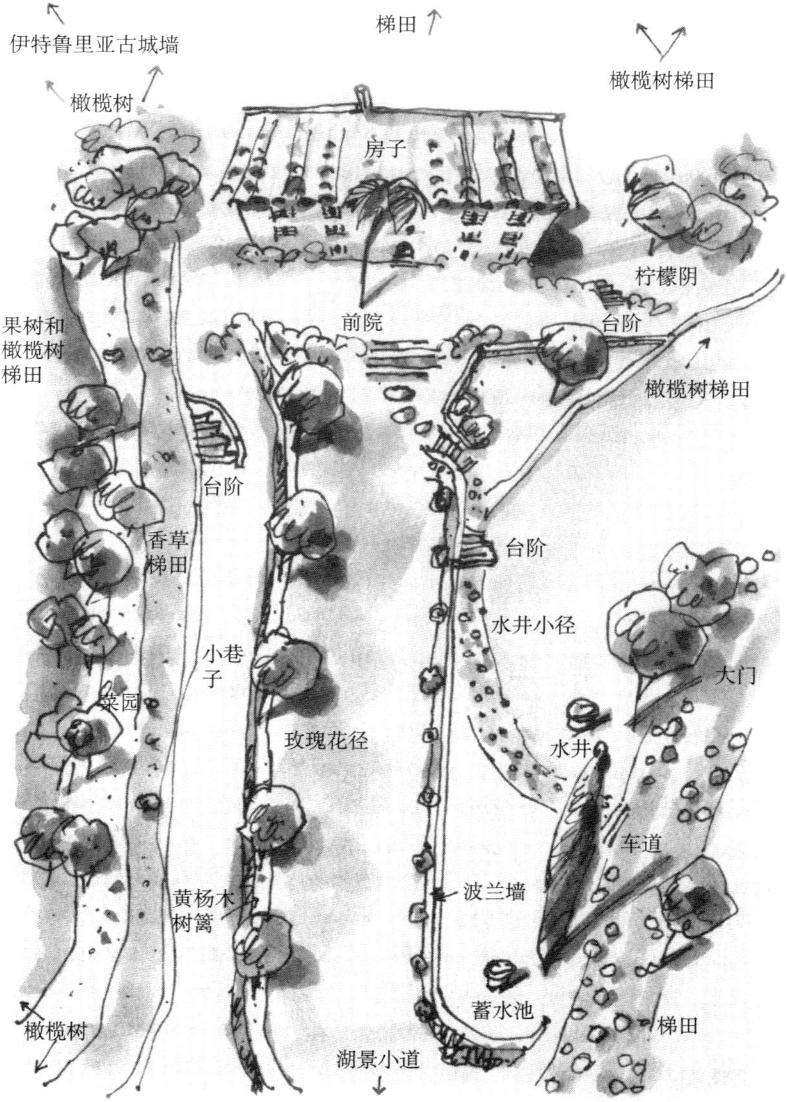
伊特鲁里亚古城墙
梯田
橄榄树梯田
橄榄树
房子
柠檬阴
前院
台阶
果树和
橄榄树
梯田
橄榄树梯田
台阶
台阶
香草
梯田
水井小径
小巷
子
大门
菜园
玫瑰花径
水井
车道
波兰墙
黄杨木
树篱
蓄水池
橄榄树
梯田
湖景小道

的田地被我们称为“玫瑰花径”，草坪两侧已经各种了五十株玫瑰。不用栽培便绿莹莹的草坪令我大惑不解。草坪上的野草品种繁多，而且全都欣欣向荣地生长着。明明没有种植，怎么凭空生出块草坪呢？花园一侧是买房第二年修建的波兰墙的顶端，另一侧是黄杨木树篱和一段老石墙。石墙两端各有一道铁拱门，一道覆满茉莉花，另一道我打算种两株美人鱼，一种开扁平黄花的牵藤玫瑰。

这样的分布已大体成形。当年我们清理房屋被弃后杂乱生长的灌木丛时就是沿着黄杨木才整出了这一片长方形地带。修建波兰墙期间我们还找到了一小段两侧堆满石头的古路。我们挖开上面一层，可野草之下还有一层。我从书上读到过，罗马时期的路基有的会深达十二英尺。

玫瑰花径左边有一条弯曲的石阶通往水井小径，水井和蓄水池所在的花园前部是我们精心培植的一道由薰衣草、迷迭香和鼠尾草构成的篱笆。但我们不知道冬天时应该下手狠狠修剪它们一番。我们曾在加州一个种了一大片薰衣草的葡萄园中看到，园丁在修剪薰衣草时下手非常狠，露出地表的茎干几乎全被剪去。就因为我们从未修剪，冬天那场大雪几乎让它们全军覆没，只剩可怜的两株还在苟延残喘。

玫瑰花径的右侧被我们称为“小巷子”，它的一边是黄杨木树篱，另一边是一堵高高的石墙。地上的绿草似乎多为甘菊和野薄荷。我敢肯定，正是这种牛至薄荷的清香才引得那条黑白相间的蛇寄居于水龙头底下的石头下面。小巷子里还有买房后的第二个夏日里发现的旧井和泉水。巷子的尽头是一大片百合，与花园主体和车道相接，通向“湖景小道”。从百合地直到我家园子的尽头都种植着薰衣草和柏树。我们曾想发掘出一条没于荒草下的小路——也许是中世纪罗马人留下的——在与另一条罗马小道相接后能直接通往镇里。大部分土地都种上橄榄树、果树、杏树和葡萄了，剩下几小块弃而不用的土地上布满了野金雀花和岩石。两层梯田种满了香草和蔬菜，第一层梯田是香草和莴苣的家园，第二层是安塞莫的领地，他的大菜园，寄寓了他非凡的梦想。

我对家里的每一块土地都有计划，画草图能让我们清楚自己在做些什么。埃迪说："考虑一下多年生植物吧，每年折腾一次我们可受不了——咱们种了一车的花草，现在已经全没了，该种些长大后能保护好自己的植物。记得那个夏天吗，我提了多少小时的水浇那三十棵橄榄树啊？"那年我们在梯田多处不同的位置种下很多东西，却没想到之后的五月到八月，连续四个月一滴雨都没下。都是种植五亩地，但种植的数量和规模不同，情况就会完全不一样。我们慢慢学会调整自己的"规模"意识，最后才意识到还得将先前对规模的理解再翻个倍才准确。"应当考虑种些灌木。"埃迪开始列清单：木槿、连翘、冬青，还有夹竹桃。

"我不喜欢夹竹桃，看着它就会想起高速公路。"

"那么把夹竹桃划掉。"

"再种一些玫瑰如何？我们可以沿着波兰墙种，为它添一个玫瑰拱顶。"

回到屋里，收到一封好友朱迪发来的邮件，她是个玫瑰专家。信中写道："小心'美人鱼'，最好别种。这种玫瑰能一气长到四十英尺高，钩子状的尖刺非常可恶。"

今晚我突然想起了英国景观设计大师汉弗莱·雷普顿，他是我父亲祖上的一位先人。我的曾祖母叫伊丽莎白·雷普顿·梅斯，我关于她的记忆仅存留于与她相同的中间名字和一张她怀抱襁褓中的祖父的照片中。祖父肯定是十九世纪末全英国最丑的婴儿，他恼怒地盯着相机，挥舞着紧握的小拳头，才丁点儿大就很有主意。曾祖母一脸慈爱地看着他。祖父很小时曾祖母就过世了，曾祖父只身前往美国，后来才把他接到身边。才九岁的他拎着一个小行李箱和一袋苹果漂洋过海去与父亲团聚。他站在船舷边，看着站在岸边送行的莉莉姨妈越变越小，最后消失得无影无踪。直至今日，我对这个故事依旧无动于衷，因为我无法想象冷酷而且专横的杰克老爹曾经这么可怜，竟然只身漂洋过海到万里之外的异国他乡。我想象中的他应当是在甲板上四处乱窜，看得同船乘客面面相觑。

伊丽莎白再往上追溯几代就是汉弗莱·雷普顿。他是著名园艺师，就是他将我们熟悉的英式花园推而广之。祖父是个暴君，获悉更早的先祖中也有人喜欢花草树木，这让我特别开心。汉弗莱的父亲是个税务官，看来他从事园艺之前势必也经历了一番斗争。

我天性偏爱零乱缤纷有浪漫气息的花床，草丛中随处都可能钻出花朵。我喜欢蓝色翠雀和洋地黄，高高的花枝在最轻的风里也能摇曳弯腰。应该种更多黄百合，让它们迎着朝阳绽开笑脸，再种些夜晚开花的栀子，看到它雪白的花朵时，月儿也就快露面了。还有飞燕草、珊瑚钟、黑种草、草莓，以及尽可能多的粉红玫瑰。

汉弗莱写了五本书外加五十七本名鉴红皮书，他为花园作设计，再用透明纸覆在上面，以展示花园设计前后的不同。我甚至从他第一本书的书名《景观园艺草图及浅见》看得出他的为人：随和低调，富有魅力。观察草图、浅见等字眼，看得出他说话做事处处留有余地，与我祖父的人生观截然不同。祖父历经生活的磨难，在他眼中我的男友都是“五短身材的家伙”，我从事写作则是胡思乱想不务正业，简直是在犯罪。汉弗莱的英式花园渐渐影响到有些拘谨的意式花园。我想在巴玛苏罗把两种风格融合起来，再加进些个人喜好。

我们差不多只把五亩地中的一亩派给了那些娇贵的花。我知道汉弗莱不会愿意把我的小花园收入他的名鉴红皮书，但我制定计划时可一定要他陪伴左右、出谋划策。

去年在旧金山过冬时我开始读意大利园艺发展史，知道很早以前普林尼就提出把黄杨木树冠修剪成活泼生动的动物，还用葡萄藤和鲜花拼写出名字。他当时的花园据说靠近卡斯泰洛城，距离巴玛苏罗只有几英里。在普林尼的花园里用晚餐时，简便的饭菜是放在手工做的小鸟及微型船上从池中漂至就餐者面前的。用餐者只要一坐下就会有一股喷泉从池中射出来。普林尼的园艺概念体现了他对幸福的诠释和 otium（闲适）的人生哲学——人应该过一种优雅而有智慧的生活。

春风吹过树梢，挟裹着雨点敲打窗户，带咸味的雾气模糊了玻璃。我靠着枕头坐在床上翻看马雷拉·阿涅利的《意大利别墅花园》和克劳迪娅·拉佐洛的《文艺复兴时期的意大利花园》，脑子里浮想联翩，如果能在花园里开出水道，让客人们泛舟游园，该是多么有趣。有些花园装有机械装置，可以模拟刮风下雨的情景。看到这个让我大为吃惊，原来，对意大利人而言花园不仅是房屋的一部分和休闲的所在，还是充满惊喜和乐趣的地方。譬如，经过花园时喷泉会出乎意料地喷出水来，或者花园中还藏着另一个秘密花园。谁不喜欢秘密花园这种设计呢？我在一片高层的梯田里种了两圈向日葵，形状像个圆形房间，现在差不多快齐膝高了。我希望谁家的孩子会来这儿玩耍，我小时候就很喜欢这种有点像秘密花园的地方。意大利人用水逗趣这一创举，比古代庭园的任何方面都更能反映出他们与英美之间的文化差异。水趣设施是意大利花园的主要组成部分之一。比如，脚要是踩到花园拐弯处的某块石头就会触动喷头的机关，水便哗哗地流下来，淋得你措手不及。查查文学作品就知道类似这样的水趣小玩笑颇受人欢迎，没人会因为蓝绸衣服被溅湿了就怒气冲冲地甩手回家。但我认识的人中却找不到一个超过十岁却愿意在参观我家花园时被淋成落汤鸡的人。不过，水的魅力让我心悦诚服，我深信它是花园中不可缺少的灵物，就像花园不能缺少鲜花一样。水是悦耳的音乐，可供小鸟沐浴；水是流动的旋律，为蟾蜍提供凉爽的歇脚处。

我以前想当然地认为意大利旧式花园中的雕塑蕴含了某种精神层面的东西，像戏剧和音乐一样反映出屋主的处世态度或兴趣爱好。现在我才明白，许多雕塑纯粹是为了逗乐，没那么多讲究。就像佛罗伦萨波波里花园门口的那个石穴式水池，水中有三个游来游去捉迷藏的大理石男孩。小时候我特别喜欢祖父院子里的那个球面镜子，看着它，上方那棵橡树似乎摇摇欲坠，我的脸也变形得厉害。阳光照在上面反射出耀眼的银光，球体像是马上就会燃烧起来。

我把能想起的美国花园都回忆了一遍，发现鲜有特别有趣的。我在代顿遇到过一个女人，在她家花园的斜坡上随意摆放着许多保龄球。相比传统的树木，保龄球当然更引人注意。“你怎么想到在院子里放保龄球的？”我问。

“以前我家院子里有一个保龄球，被雪覆盖以后非常漂亮。”她顿了一下，似乎想搜索出更多的理由。我马上意识到自己犯了一个错误，不该要她为自己的突发奇想寻找理性的解释。“种花谁都会。”

她沉默良久，“只有真正的园艺者才想得到放上保龄球。”

在托斯卡纳，家家户户的花园装饰风格依旧走传统路线，譬如在乡村地区的花园里时常可以看到种在橄榄油罐里的天竺葵。卡姆基亚有户人家四周的铁篱笆上饰有音符状饰品，非常别致。园艺品商店里，雕塑举目皆是，比如大卫（一般是泥塑像）、花神弗洛拉、维纳斯、四季之神、居于山林水泽的众女神，还有七个小矮人，不一而足。我在古董店里看到过刻着拉丁文的精致石膏喷泉和因过于贵重而不宜外置的其他花园饰品。

在意大利，对树木修剪的热衷似乎同样历史久远。我想象着埃迪站在梯子上，把家里的球形黄杨木修剪成轮船、巨龙、教皇和鹿角雄壮的麋鹿的场景。在美第奇家族的一座宫殿里，黄杨木被修剪成狼、狗、公羊、野兔、大象、野猪等。卡姆基亚一户人家门口还有松鼠造型的树木。有个邻居家的树木造型我看了好久才发觉那是只孔雀。为什么不修剪成法拉利、红酒瓶、手指或是足球的模样呢？

我一边阅读关于意大利古代庭园的书，一边想象着自己正徜徉于科尔托纳邻居家的花园中。他们的花园虽然规模不算大，但承袭了许多意大利历史名园的传统：铺着鹅卵石的小径，草坪很小或不设草坪，花园四周摆满盆花、柠檬树和鸟舍，有黄杨木或桂花树篱，还有供户外用餐的凉亭。在托斯卡纳，我从未见过单独种植的玫瑰，这里的居民喜欢把玫瑰种在篱笆边或者干脆成排种植，煞是奇怪。花床和连绵的草坪难得一见，因为它们需要消耗托斯卡纳人最珍惜的水资源。小花园可能有五十多盆大大小小的花，还有一间柠檬屋，里面摆放着柑橘、天竺葵和绣球花。科尔托纳有一个公园，进门就是一长排树荫，下面摆着长椅，花坛围绕着一个主题轻松的喷泉，喷泉雕塑是仙女与海洋动物嬉戏的场面。过了这个区域，沿着一段绵延约五百米的城墙走到底，可以远眺特拉西梅诺湖和山谷的景致。椴树夹道的林荫路依然可见规整式园林的痕迹，路很宽，两辆马车并排行驶都绰绰有余，不过现在没有马车，只有行人和慢跑者。多数中世纪小镇均在城门外建有公园，镇民可以离开四周被晒得滚烫的石头和逼仄的小街到公园缓口气，但我还没见过比托斯卡纳的公园更可爱怡人的山城公园。

意大利人喜爱将花园建成中规中矩的几何图形，这一点完全背离我的喜好，本质上说来，那种设计风格与我的美学观截然相反。自古以来，花草在意大利花园中的作用微乎其微，远比不上雕塑、步道格局、喷泉、树篱、藤架和亭子重要。

意大利诗人伊波利托·彼德蒙特于一七九二年写道，意大利花园“与其说被青草和绿荫统治，倒不如说受太阳和大理石管辖”。托斯卡纳的花园总让我感觉拘谨单调，到处都是方形格局和没完没了的黄杨木树篱，似乎有违自然本质。但住久之后，我还是慢慢喜欢上了这种空间意识和建筑风格，因为花园的布局总能再现房屋结构，而雕塑、台阶和栏杆又恰如其分地营造出户外居室的感觉。要知道这里是地中海地区，人们待在户外的时光并不少于待在家里的时间。大型花园中这种严谨的布局会向果园或林地妥协，花园本身成为房屋到大自然的过渡地带。春秋更迭，建筑风格几经变化，旧有的关于园林的观点却始终未曾改变。早期园艺家视园艺为“第三自然”，第一自然为天然的大自然，第二自然是农业开垦的自然，第三自然则是以艺术和美学眼光创造出来的自然。

看惯了美国南方花园中长满山茱萸、杜鹃花和山茶花的草坪，加上我在加州的花园维护工作相对简单，总让我觉得意大利花园人工斧凿痕迹太浓，但仔细想想却发现其实不然。意大利直到近代都还是一个四分五裂的国家，城堡、高墙环绕的城镇以及别墅都摆出与外界对抗的姿态，花园自然也得被保护起来，要易于控制，才能让人忘却外面的纷争与危险。

我一次又一次地被意大利的美学折服，该如何将我渐渐喜欢上的意大利元素融入自家花园？我中意汉弗莱设计中安适从容的感觉，也想借用他便捷随性的布局。可以二者兼得吗？是否能将汉弗莱与意大利花园的几何布局与逗趣融合起来，在矛盾中创造出令人耳目一新的作品？

看这些书固然有所收获，但也感到灰心，因为图片无法传达出景深，视角也很有限。更糟的是，当我的视线沿着图中的花园小径前进时，我却闻不到各种香味，无法弯腰摸摸毛茸茸的叶子，也看不见被嫩柳叶剪碎的阳光，因此我只看了半本书，看到埃斯特别墅的庞大水道工程处便没再往下翻。那个花园喷泉工程十分浩大，活泼的泉水奢侈地从雕塑上女子的酥胸、海豚的嘴、人工瀑布和下山小径处汩汩流出。遗憾的是，照片都是静止的，那些水花、水柱和水流声只能把耳朵贴近书本，用心来聆听了。

在卡拉吉利亚镇的玫瑰园逛上两小时，抵得上你看一整个冬天的书籍。六月是参观这个全世界最大私家玫瑰园——卡拉·费尼奇玫瑰园的绝佳时机，也是一场视觉和嗅觉的盛宴。我一入园就迫不及待地记下中意玫瑰的名字，尽管家附近的花圃通常不按花名售花，按名寻花可能永远无法让我如愿以偿。园里每种玫瑰——波旁玫瑰、月季、大马士革蔷薇、香水月季和攀缘蔷薇等等——都有一席之地，每种花名都在标签上写得清清楚楚。我和埃迪中途走散了，后来才找到对方。我们想在这几千种玫瑰中找到巴玛苏罗花园里那两株历史悠久的粉色玫瑰。我们都注意到了香气馥郁的“紫罗兰皇后”，但它虽然与我家玫瑰外形相似，却还是有所不同。我家的玫瑰花瓣层数更多，有些像牡丹。或许那位原先居住在巴玛苏罗的老祖母也不清楚这花的名字，或许这种古老的乡村玫瑰并不足以列入玫瑰家族的稀罕品种之列。那就让我们暂且称它为“老祖母玫瑰”吧。我们在园中四处转悠，看花匠剪除枯枝，看花香熏醉游人。园后正在出售几种玫瑰，我们便买了三株“萨莉·福尔摩斯”，打算让它们沿着车道自由生长，这样薰衣草间便可点缀几朵白玫瑰了。虽然我并不特别喜欢白玫瑰，但是种几株与月光交相辉映又有何不可？

佛罗伦萨历史博物馆是我最喜欢的博物馆之一，这个游客稀少的修道院十分宁静，里面收藏了十几幅佛兰德斯画家朱斯托·尤坦斯的画作。这批一五九九年绘于阿提米诺一栋美第奇别墅的半月形画作，采用鸟瞰的角度，描绘了好几栋别墅与花园的布局，让后人可以一窥当时的风行。在描绘普拉托里诺别墅的图中可以看到一排沿山坡修建的水池，泉水顺着池子流淌，布局十分精巧。在兰布罗基安纳别墅的花园景观图中可见四个恢弘的大广场，广场边建有凉亭，每个大广场又被隔成四个小广场，入口处各有一个四方形水池。所有别墅都有高墙环绕的院子，奇怪的是里面空空荡荡，有时有一口井，但仍然给人缺少装饰的感觉。要是哪天我中了大奖，也要建一个这么大的花园。我曾经看过一本乔治·西特韦尔（英国著名怪诞作家萨切维尔、奥斯伯特和伊迪丝的父亲）撰写的造园笔记，里面记述了如何造山挖湖和建造其他工程浩大的景观。自此之后，我对大型景观园艺师佩服得五体投地。

佛罗伦萨的吉拉迪诺植物园故址依旧对外开放。自从美第奇家族的公爵科西莫一世突发奇想于一五四五年建园伊始，植物学家就开始在此种植各种蕨类、棕榈、香草、花卉以及灌木，还研究起它们的药用功能。植物园位于圣马可广场附近，气势宏伟的大门后绿草茵茵。这天早上，园中冷冷清清，只有一个推着婴儿车的女人和一个拿着根软管浇花的男人。以他的速度，恐怕一个月才能浇完整个园子。难怪这么多小草无精打采地垂着脑袋。这座植物园没有给我什么灵感，但也让我避开了佛罗伦萨火辣辣的太阳，闲庭信步于凉爽的树荫下，快速回顾作为重要研究主题重新复苏的园艺。

迈进佩鲁贾圣彼得教堂的香草园，我就立刻拿出了纸和笔。如今的圣彼得教堂和一所大学的农学系共用土地，包括庭院、空地和朴素的修道士寝室。所有的翁布里亚英文旅游指南对这片绿洲都只字未提，但附带的意大利语版本却详细介绍了这座重新修复的中世纪隐修园（就在植物园平面图之后）和其中各种植物的象征意义。我在园中发现了那种我家墙壁石缝里随处可见的黏糊糊的野草——la parietaria，它的拉丁文名字是elxine，能够排除尿道结石，治疗外伤和缓解胀气。不过，当地人告诉过我它也是春季花粉过敏的元凶之一。它的根扎得又深又牢，挖出来看看肯定会令你啧啧称奇。园子里有一种开粉色小花的野草，与我所知的加州黄色酢浆草十分相似，意大利名为acetosella。那种贝皮称为morroncello的矮小伞形植物的学名是伯尼特虎耳草（拉丁文名为sanguisorba），据说对胃溃疡及鼠疫均有疗效。Santoreggia（薄荷）在我眼里不过就是夏日沙拉和菜羹的调味品之一，没想到与蜂蜜和胡椒混合以后还有强大的壮阳作用。就连野香蜂草都另有妙用：香蜂草的叶子能让你梦到闪闪金光。我不记得自己是否在梦中见过金光，因此决定一试。琉璃苣的花朵鲜蓝耀眼，成了香草园中一处亮丽的风景。

阅读让我感觉十分惭愧，才知道自己先前的园艺知识有多幼稚、多狭隘！我开始在新买的黄本子里为我那家居味日重的花园进行一些更具可操作性的规划，并着手绘制凉亭草图。要是谁看到我画的凉亭草图，肯定会以为那是脚手架或地铁隧道。在托斯卡纳，只要有花园就有凉亭，人们搭建凉亭也并非单纯为了方便葡萄牵藤。无论是栗木的、石头的、柳编的或是铁制的凉亭，皆自成风景，成为注意的焦点，还可供人躲避烈日。在串串葡萄下享用午餐，怎能不让人食欲大增？阳光透过树叶洒落桌面，让每个人看起来光彩照人，这样的时候又怎能不开怀痛饮？我在加州怎么就没想到用柳枝搭一座凉亭呢？我在脑中为加州帕罗奥多的房屋院落加上一个亭子——就在房子后面。我早该把丑陋的刺柏树篱去掉，建一个漂亮的凉亭。

我有一个释放出人体内有益化学物质、清洁血液、强壮心脏的好办法。我睡不着时常想象自己正把所有心爱的动物抱在怀中，或者重返最快乐的时光，漫步于库斯科、圣米格尔堡或马略卡岛的德雅，回忆路过的每一处风景和窗户，遇见的每一张面孔，还有听到的每一个声音，想着每一个我深爱的人。现在我又多了一个方法：在想象中重建我住过的每一栋房屋的花园，预算也按当时的财力来计算。与布置室外相比，我更习惯想象室内重新装修的样子，毕竟这是我家里的女人最爱谈论的话题。任何一个人都可能发表这样的感慨："我真不该给餐厅贴壁纸，尤其不该选用中国仙鹤飞入田间的图案，吃饭时总觉得它们中的一只会扑通一下掉进我的汤里……真该把墙刷成亮黄色，在橱柜上方挂一面镜子，那些小灯太……”我想知道她们失眠时会不会和我一样，在脑海中重新布置家中的一切。

传统的意大利大型花园喜欢用正方形来构图，这一点我当然知道，我不知道的是，方形又被称为梅花形，因为方形四角和中央位置各种一棵树后即形成梅花状，故得其名。自西塞罗以后，许多花园都由一组组梅花形构成，其间小径相通。四边通常种的是黄杨木，有时也种鼠尾草、迷迭香、薰衣草或长春花。梅花形内部一般会种百合、玫瑰，或者风信子、水仙、仙人掌这类球茎植物。花园的最外围便是凉亭，为路人提供歇凉场所。

看完几百年前的花卉大全，我发现许多古人喜爱的花草如今依旧受人追捧，比如报春花、茉莉花、金银花、香薄荷、铁线莲以及茴香。但也有不少花草所受的待遇已经今非昔比，比如牛膝草、艾蒿、芸香、艾菊、香蜂草、黑色小茴香、没药、苦瓜、黑泻根和王叶地锦。香草通常种在花间。巴玛苏罗附近的鸢尾花和橙百合都是野生的，却在花卉大全中常被提及，我不禁怀疑这两种花到底是从什么时候起回归自然了。

看到自己挑选过的好几种植物都位列文艺复兴时期的常见花草之列，我特别高兴。去年夏天我在花园边缘种了牛膝草，没想到它今年就开出了花期很长的带刺紫花，看样子很快就能葱茏成势。弗兰西斯科说它对治疗淤伤非常管用。另一种植物是香蜂草，后来我发现它其实就是一直被我称为柠檬薄荷或香茅的野薄荷。小时候我晚上去街头巷里或邻居家后院玩耍时，母亲总会为我涂一种防蚊虫的药膏，那味道就和香蜂草的相似。现在晚上在户外用餐时我还常割下一把香蜂草放在桌下——或许真能驱蚊呢。

香薄荷是薄荷的又一近亲，是我偶然栽种的。有一天我在集市上买了一盆 santoreggia。卖花小贩告诉我：“花朵和叶子都可以用。”

“用在什么地方呢？”

她举起双手，“煮菜吃啊，夫人，沙拉、汤，用来做什么都可以。”后来我偶然听到有人将 santoreggia 称作 satureja hortensis，后者正是香薄荷的拉丁名，这才知道它与薄荷的关系。

茉莉花已经长到了拱门之上，顺着屋顶露台的铁扶栏继续生长。金银花我家花园也早就有了。闻到茉莉的清香，我立刻想起了佐治亚州月夜下那条洒满清辉的道路。我高中时的恋人摘下一段花枝插入我发间。我们情不自禁地亲吻起来，他的嘴唇起初有些僵硬，突然变得热情生动起来。金银花的花朵并不绚烂，却总能惹得我探出书房窗口，让目光越过柏树和青山，捕捉它甜甜的芳香，但我看到的似乎是佐治亚州鲍文面粉厂后面的清凉沙路，看到被夏风吹过的松树针叶和那个脸上还残留着剃须膏的腼腆男孩。那时的我并不腼腆，几周以来，我一直在期待他的吻。

南方的花香不容小觑。我在阴凉处放着一盆栀子花，是母亲院子里那株大栀子花的后代，每次夜归经过它身边时花香都会扑鼻而来。墨绿叶子环绕的洁白花朵，周围仿佛笼罩着一层白光。我顺手摘下一朵放入床头盛水的玻璃杯中。第二天早上醒来时，栀子花香已经弥漫到炎热屋子的每一个角落。佐治亚州老家的花园虽然寻常，却很宜人，只是一到八月，园中所有花草全都无精打采。我们种了山茶、百合、杜鹃、紫薇、飞燕草、矢车菊，背后还有一行开白花的灌木篱笆。我在篱笆中有个藏身之所，可以躲在里面，不管母亲如何叫我都不应答，透过长长的白色花枝还可以看见母亲生气的样子。小时候的我喜欢偷看别人。我还有另一个位置特别好的藏身处，就在前门附近走廊下的蓝色绣球花后面。躲在那里可以看到邮递员的黑色袜子和毛茸茸的腿，母亲好友的裙裾，偶尔还能偷听到一两句儿童不宜的谈话，像莱曼·卡特“贪玩成性”，玛莎又在阿什维尔接受休克疗法什么的。

我在巴玛苏罗种了好几盆粉色和白色的绣球花，花球有婴儿脑袋那么大。埃迪在两个花盆间放了一张石凳，坐在这个隐秘之地，可以观察整个花园，不过对我而言还是远不如老家那个藏身处刺激有趣。白色和淡紫色的丁香我们都种了，丁香在意大利有个特别好听的名字：lillà。

花园渐渐被我视为可以安放记忆，并保持鲜活的地方。埃迪喜欢丁香。他的家乡明尼苏达开满丁香，严冬过后，看到这样的景象肯定是格外惬意。埃迪的邻居薇奥拉·拉平斯基是个“老处女”（他现在回想起来当时人家其实才三十几岁），周六晚上去他家看电视连续剧《硝烟》时总会带上一束丁香。

找机会我得问问女儿是否还记得纽约老家后院的枫树。每年秋天，金黄的树叶飘落一地，女儿和小狗刨开几乎及膝高的落叶躺在里面。我沿着墙边开垦出生平第一个香草园，而且之后的香草园规模全都无法望其项背。有一天女儿和我一起开垦园地时挖到了一只紫色水晶药瓶，她将瓶子收藏了好多年没舍得扔掉。前院的牡丹每年都会盛放，女儿以为是哪个抹了厚厚唇膏的女子曾亲吻过牡丹花瓣，所以留下了粉色唇印。这些事她会记得起哪件呢？她在帕罗奥多的房间有一扇滑动玻璃墙，每天她都要拉开玻璃走出屋子与橙子、柠檬、金橘和枇杷玩耍一番，那些水果清香想必依然飘荡在她脑海深处吧。真可惜没有一个葡萄架来让她终生难忘，说不定在这里建一个就能弥补这个缺憾了。

花香如同音乐或诗歌，能够激起一股难以言喻的情感。这种感觉并非可以认知的思想，而是一种生命本能的激荡。每当埃迪在丁香丛边散步，脑中就会浮现如下场景：他母亲把一个插着烟灰色薰衣草的花瓶摆在咖啡桌上；他父亲把一盒太妃糖递给顶着发卷为明日弥撒做准备的维奥拉；电视里劳伦斯·韦尔克开始演奏风琴；房间里响起被人陷害的耶稣基督低沉的话语声，耶稣偶尔停顿片刻望望窗外，看是否有人进入客西马尼园中（他的目光一直跟随你）。

花园还能添进新的记忆。我以前对薰衣草、柠檬盆栽、种满珊瑚色天竺葵的阳台、迅速蹿高的蜀葵、树玫瑰以及大丽花并没有什么特殊印象，但现在我确定，活到九十岁，薰衣草香囊都能令我忆起贝皮种下四十株薰衣草的日子，想起成群的蜜蜂和白蝴蝶从四面八方飞来并在薰衣草丛中穿梭的每一个夏季。我可能永远也不会忘记那闻起来像臭鱼的恶心小草，还有那种黏糊糊的、令我赶紧进屋找抗过敏药吃的野草。

“要是把你列进黄本子里的东西都种下，我们家肯定已经成了一个植物园。”

“没准是伊甸园呢。”埃迪告诉过我，天堂“paradise”这个词源于希腊语的 paradeisos，意思是花园或公园，再往前追溯的词根则是 dhoigho-（黏土或土墙），这又是从阿维斯陀语的 pairi-daeza（围以城墙）派生而来，因此天堂的原始意思是“四面土墙的花园”。虽然《创世记》里只字未提七日中有建墙一事，但我仍能想象出那座印着上帝手纹的金砖建成的高墙——前提当然是上帝必须有手。伊甸园中的高墙上是不是爬满了美人鱼这种生长极快的玫瑰？我家的美人鱼似乎在挨到土壤的刹那就开始生根发芽了。不用说，屋后那开紫色花朵的野玫瑰在伊甸园必定也长势疯狂，它低矮而茂密的花丛正是蛇最适合的藏身之所。或许我们应该换一种苹果种植，现在这种长得太丑，毫无诱惑力。

在稍后期的古代花卉名录中有一种叫黑泻根的植物让我大吃一惊，不管它长什么样子，光听名字就觉得是和缠绕在《呼啸山庄》中凯瑟琳及希斯克利夫坟茔上的东西差不多的什么玩意。那个时期的一位作家说康乃馨能长至近一米高，适合与牛至、百合、毛茛或百里香一起种植。百里香和牛至能使花园层次更丰富，还能覆盖住裸露的泥土。“百日草如何？”埃迪说，“样子很朴素。你那黄本子里到底有没有为我而种的花草？”

“这样吧，就先不谈植物了，我们得建一座凉亭。另外，至少要有一尊雕塑和一座喷泉。”

“就这些？要不要再来点怪东西。你看的那些书里提到的隐士之居不是挺有装饰性的吗？我觉得这个主意就不错。另外，我们还可以在湖景小道尽头整些假废墟，像断裂的拱顶、一扇门或坍塌的墙垣什么的。”

“这主意绝了！这样我们可以坐在那里……”

埃迪顿时目瞪口呆。“等等，打住。我只是说着玩的，你不会当真吧？”

春日私厨

～ 开胃菜 ～

小茴香炸馅饼

只要是保罗·贝尔托利煮的东西我都吃，有一次他甚至端上来一道蹄筋。“这，这是什么蹄筋？”他退缩了一下才回答，“小牛犊的，你会喜欢的。”他知道我有些神经质，一直想纠正我这毛病。他还在加州闻名遐迩的“潘尼西之家”当大厨时曾经允许我帮他打过几次下手。我分配到的第一项任务就是剁去一堆鸽子头。鸽子紧闭的蓝色眼睑让我心慌，但因为不想只干洗生菜的活儿，只得硬着头皮下手。保罗的双亲都是意大利人，他特别熟悉意大利的生活。他有一种让每样食物都充分显露其本质的天分，还写过一本叫《潘尼西之家厨艺大全》的食谱。凡是看过这本书的人都能感受到他对食物的热忱与喜爱。最近他又修建了一间醋作坊，用来加工制作甜醋。他算是巴玛苏罗的第一批客人之一，厨房还是他帮忙设计的呢。在加州时，我最爱去他在奥克兰的“奥里维多”餐厅用餐，尤其是他推出拿手名菜“松露”或者“意大利牛肝菌”的夜晚。下面是他教我的茴香炸果饼做法。需选取鲜嫩的茴香，否则纤维会太多。

六点五盎司野生茴香心，洗净。

六点五盎司野茴香嫩枝叶。

一整头大蒜，去皮。

二又四分之三杯隔夜硬面包屑。

四分之三杯新鲜的帕米吉诺乳酪，碾碎。

一个鸡蛋。

半匙海盐。

新鲜的黑胡椒粉。

四分之三杯橄榄油。

茴香茎削皮，只留下柔嫩的茎心。剥下叶片并保留。将茴香心、茎和叶在砧板上剁碎，置于碗中用冷水浸泡后沥干。

把干净的茴香放入蒸锅，与去皮的蒜瓣一起用高火蒸十二到十五分钟，直至茴香与蒜瓣变得松软。取出放凉后搁至砧板上仔细切碎。

加入一又四分之三杯面包屑及剁碎的帕米吉诺乳酪，打入一个鸡蛋，加入盐和少许黑胡椒粉，用叉子搅拌，直至形成一个硬团。

用两把汤匙均分馅饼，再分别放入装着剩面包屑的碗里，用手指捏成同样形状的面块。

往大煎锅里倒入橄榄油，加热。放少许面包屑测试油温，以面包屑在油中飞溅、“嗞嗞”作响为宜。高火煎馅饼，不断用漏勺翻面。起锅时装入铺有吸油纸或毛巾纸的盘中趁热食用。

炸洋蓟

身为美国南方人，我喜欢吃油炸食物。小时候我从没见过新鲜洋蓟，至多见过罐子里的泡洋蓟，即使这样味道也很好。春日市集上小贩们卖的洋蓟有五种大小。因为要往里面填面包、香草和小番茄，我总是挑最大的买。但如果要油炸或生吃，那就得挑选最小的紫洋蓟，还需注意把老叶摘除。

挑十颗小洋蓟，去掉外面的老叶，再去掉洋蓟上端，直到接近菜心的位置。将其四等分，用纸巾吸干水。将红花油、花生油或葵花油倒入锅中加热。打三颗鸡蛋，倒入四分之三杯水搅打均匀。迅速将洋蓟裹上蛋液，放入调好味的面粉袋里滚一滚，若面粉太多则拭去一些。温度调至三百五十度，在热油里炸至金黄色。熟透后置于牛皮纸上沥油，装盘，四周以柠檬片点缀。这道开胃小菜可供八人食用。

头盘

香料

在商店或市场上买菜时蔬果摊主通常会塞给你一把 odori，直译即香草，放一些到菜中能增加味道，譬如一把欧芹、罗勒，几根芹菜或一两个胡萝卜。有时我没有煲汤或炖菜，摊主的好意就用不上了，只好把香草搁进冰箱，可惜下次用时也就蔫掉了。有一晚家里食物存货告罄，埃迪便把各种香草统统剁碎，作为一种简单的调料放进意大利面里。后来，我们还用这种调料涂面包吃，还可以将蒸熟的洋蓟切开，把调料涂在里叶上，味道堪与柠檬黄油和沙拉调味汁媲美。

将两个胡萝卜、两根芹菜、三瓣大蒜剁碎。放入两大匙橄榄油，炒至松脆。将罗勒、欧芹切碎加入并搅拌均匀，再加两大茶匙橄榄油，文火炒两至三分钟。准备两人份的实心意大利面，沥干后倒入两到三大匙面条水和少许橄榄油。取四大匙帕米吉诺碎乳酪，倒入香草调料搅拌均匀，口感类似香蒜酱。拌入意大利面即可食用。可供两人享用。

蔬菜焗饭

“这是我吃过的最美味的一餐。”一个朋友吃了我用春日鲜蔬做的烩饭后赞不绝口。虽然有点言过其实，不过盘中央漂亮的烩饭四周摆上各色时蔬，确实会让人食欲大增。这可是春日佳肴里的重头戏。当然，随后还可以上盘烤鸡，但我个人觉得一盘蔬菜焗饭已经够当主食了，之后再来一盘梨片和戈贡佐拉干酪拌生菜就更是好上加好。有一种本地风味的烩饭中要放荨麻。虽然荨麻成熟后非常惹人厌，但其嫩芽却是一道春日美味，偶尔能在市场上买到。可将其剁碎，用沸水焯过后迅速取出，在烩饭起锅前放入锅里一起拌炒。

各种蔬菜分煮，分开调味。取三磅新鲜豌豆，去壳，蒸至微熟。取一把新鲜胡萝卜洗净后切片，大小同芦笋茎切片后差不多，蒸透。备芦笋两磅，一节一节掰断，或蒸或烤。往锅中倒入五杯半高汤、半杯白酒，加热至沸腾，再调至文火。另起一锅，放入两杯意大利香米，加切碎的洋葱和一匙橄榄油，翻炒几分钟后慢慢加入高汤，让米粒充分吸收水分。然后一边不停搅拌，一边继续加入高汤，直至米饭煮熟。有些人喜欢汤汁多一点，但煮这种烩饭时水分不宜太多，这样才更有嚼劲。倒入一杯柠檬汁和半杯的帕米吉诺碎干酪，按口味调味，装盘时把新鲜时蔬缀在米饭四周，可供六人享用。

青菜配耳粉

猫耳朵是一种耳朵形状的意大利面，配下列四种干酪时非常美味，分别是戈贡佐拉干酪、帕米吉诺干酪、佩科里诺羊乳干酪和梵提那干酪。青菜配猫耳朵这道菜在春季很受欢迎。

取糖萵苣两棵，剁碎，放入切碎的洋葱和大蒜一起炒。备足六人份猫耳朵，沥干水后拌入糖萵苣。如果喜欢吃凤尾鱼，可取六条去骨切片放入锅中翻炒，再拌入糖萵苣中，调味后加入半杯帕米吉诺干酪，搅匀即可上桌。干酪和猫耳朵也可分别上桌。

虾仁配猫耳朵

这道菜的搭配很有趣，因为猫耳朵与虾仁样子相似，而且这道菜很适合填饱肚子。

剥蚕豆一杯，倒入少许橄榄油之后翻炒，快熟时放入一颗切碎的小洋葱或几根青葱，炒至洋葱变软后调味，然后一起放入食品加工机打成泥状。再取一磅虾仁（或对虾）洗净，在锅中倒入橄榄油，放入四瓣大蒜（不需切）翻炒。再倒入四分之一杯白酒，用高火滚沸即可关火起锅，可将大蒜留在锅中。备足六人份意大利猫耳朵，煮熟沥干后倒入豆泥一起搅拌，留出一部分豆泥拌虾仁。装盘时猫耳朵平铺盘底，虾仁放置其上。

主菜

春日小牛肉

这道菜很简单，是我偶然发现的。有一次做番茄炖牛肉时家里没番茄了，我灵机一动发明出这道菜，如今已成我的最爱。诱人的纯柠檬汁使得小牛肉的口感越发嫩滑。

取三磅牛肉切成块，吸干水后撒上面粉，放在锅里煮至棕褐色。倒入一杯白酒，取两个柠檬，用剥皮器去皮后加盐和胡椒粉。盖上盖子，以三百五十度的温度烤四十分钟，直至牛肉能轻松地以叉子撕开。最后倒入柠檬汁，因为柠檬汁放太早会使牛肉变硬。最后再把牛肉放入烤炉烤五分钟，取出后撒一把西芹。可供六人食用。

配菜

三蔬（土豆、洋蓟、蚕豆）拼盘

在所有春日蔬菜里，我最爱的就是生蚕豆。超市里一般看不到新鲜的蚕豆，大都用水焯过且全部剥好皮了。这样虽然也好吃，但其实只有豆荚蔫了才有去皮的必要性。尽管蚕豆很好种，美国却不容易买到，只在农贸市场偶有出售新鲜蚕豆。一天傍晚，我去托斯卡纳一位朋友家做客，主人拿来一瓶酒，又端了一碟带壳生蚕豆及一整块佩科里诺干酪当下酒菜。在另一朋友家里，用毕一顿清淡的晚餐后吃些佩科里诺干酪加蚕豆，已是他家的老规矩了。可知这种无比美妙的搭配在任何时候享用都合适。照以下方法再加点小牛肉或猪里脊肯定美味，不加也无妨，因为它本身就不失一道美味的春日佳肴。

取六个洋蓟，四等分，蒸至松软。晾干后浸泡于酸水中。取白土豆一磅（小个红土豆亦可），去皮后四等分，蒸至将熟。蚕豆两磅，越新鲜越好，去壳并蒸至熟透。往煎锅里倒四大匙橄榄油，加热，放入三棵切碎的青葱（或两棵大葱）和三四瓣切碎的大蒜略炒。然后加入上述蔬菜、百里香丝、盐和胡椒粉。选柠檬一个，榨汁浇于蔬菜上。将所有东西力道温和地充分搅拌调匀，热透后移至盘中。六人食用绰绰有余。

烤鲜蔬（烤小茴香）

要是烤箱足够大，就可以多放些各色时令蔬菜进去。用烧烤架烤的蔬菜常带烟味，因此我越来越喜欢使用烤箱，这样烤出来的蔬菜味道好得令人难以置信。用烤箱烤的小茴香简直是人间美味，这不，烤箱一停我就迫不及待地偷吃起来了。

在一口不粘锅或一个大烤盘里抹上大量的油。将甜椒切成两半，洋葱四等分，茴香切好，夏南瓜切成两半拍扁，茄子切片，取一整颗大蒜头及番茄切开。淋上橄榄油，撒上切碎的百里香、盐和胡椒粉。然后放进烤箱，以三百五十度的温度烘烤，大约十五分钟后检查南瓜、夏南瓜和番茄是否烤熟，若已熟则装至盘中。为茄子和甜椒翻面。三十分钟后应该可以烤熟所有蔬菜。如果客人需要加蒜可亲自动手，掰开蒜头压碎涂抹在面包上。

其他烤鲜蔬

我的朋友苏珊·怀勒写过好几本烹饪书，自从她教我用烤箱烤芦笋后，我就再也没有蒸过芦笋。即便是烤焦变脆的芦笋也都可口极了。四季豆也是这样，用烤箱烤过后味道更好，豆味儿更足。我家花园里差不多有两百颗长势良好的洋葱，可以不时摘下来烤着吃，要是加点香醋更是另有一番滋味。在烤鸡四周摆一圈烤洋葱，真是好看又好吃。

将嫩芦笋尖放进馅饼烤盘里排成一排，淋上橄榄油，撒上盐和胡椒粉调味。放入烤箱，以四百度温度烘烤五分钟（或者到叉子能叉入芦笋即可)。

四季豆蒸至熟透，甩干水，洒少许橄榄油后放入烤箱。以四百度温度烘烤五分钟。

将洋葱剥皮，但留下一至两层薄皮，放入不粘烤盘里，在顶部划大十字切口，淋上大量香醋和橄榄油，放入盐和胡椒粉调味。将烤箱温度设置为三百五十度，烤约四十分钟。期间可打开烤炉看一到两次，若发现蔬菜过干可再加些香醋和橄榄油。

甜 点

初春时分，水果还未成熟。而大多数冰激凌店也还没有开张。我家的冬日甜点一般是用壁炉烤的栗子或一块戈贡佐拉干酪，还有巴兹（Baci）这种佩鲁贾出名的巧克力。配着柠檬果酒，或者带苦味的餐后酒吃，酒量好的人还可以喝格拉巴白兰地。周四的市场上还有个卖干果的小摊，买来干果泡在酒里，放入几圈柠檬皮，撒点香料，配上意大利脆饼，真是再好吃不过。干果泡在酒里又恢复了活力，有它陪伴，不愁夏季鲜果上市之前没有可口的甜点了。

酒酿果干

这款家庭自制点心纤巧爽口，具有安神舒心的功效。没必要拿小脆饼蘸加糖葡萄酒当甜点，孩子们都不喜欢吃。

取一磅果干——杏、桃、樱桃或/和无花果——用开水浸泡一小时。倒入滚开过的红酒两杯，糖半杯，撒少许肉豆蔻，加几圈柠檬皮，再倒入一杯葡萄干（黑葡萄和黄葡萄混合为佳），调至文火煨十分钟。捞出果干。将锅内汁液继续熬至浓稠，然后浇在果干上。隔天吃口味更佳，食用时可撒些烤松仁。

冰冻落日

虽然只是普通冷饮，但是因为加入了血橙，顿时别具异国情调。莫非是玻璃杯中的深红果汁让人想到了“血”这个字？还是因为橙子被一分为二时两个圆切面现出如葡萄酒般的猩红？血橙冰糕在嘴里融化时酸甜冰凉，口感十分舒爽。

将一杯水和一杯糖煮至沸腾，然后转至文火熬约五分钟，不停地缓缓搅拌。加入两杯血橙汁或柠檬汁后放进冰箱冰镇，结冻后按照说明书使用冰激凌机加工。或将果汁倒入制冰盒，冻至雪泥状，捣碎后再冰镇片刻，待客时可用蜜蜂花或薄荷叶加以点缀。

姜味蛋糕

烘烤食物绝对要靠一种由遗传密码控制的本能。每次做甜点，我都会用上从母亲和厨娘薇莉·贝尔那里学到的本领。姜本来与意大利美食沾不上边，但它却和水果大有关联。每次到意大利，安检员查看我的行李箱时一定会因为看到一瓶甘蔗汁或玉米汁而大惑不解。可是没有黄油和甘蔗汁，早餐时的烤饼又怎么下咽呢？而把玉米汁抹在各色点心上，比如下面介绍的这种传统美味——姜味蛋糕上，绝对是滋味无穷。

取三又三分之一杯面粉，半匙盐，一匙发酵粉，一匙苏打粉，一匙肉豆蔻和一匙半姜末。另取黄油和糖各一杯，搅成糊状。将四颗打好的蛋黄倒入黄油糖糊中搅匀。将一杯稀玉米汁加入糊中搅匀，再全部和入面粉一起搅拌均匀。把四颗蛋清打至发泡，和在蛋糕面糊里。在不粘烤盘底部抹一层薄薄的黄油，再把蛋糕面糊倒入烤盘。

用三百二十五度温度烘烤一小时。稍微放凉后倒扣于盘中。

圣酒血橙

如果家中没有圣酒，亦可用白兰地代替。这道甜点味道极佳，尤其配上姜味蛋糕，堪称一绝。晚春时节，也可同法烹制桃子，用文火煨五分钟即可。

在两杯水中加入一杯糖、四大匙圣酒和三至四瓣丁香一起煮开。取六颗血橙，去皮后切片放入锅中，转至文火煨十分钟。沥干放凉。另取三杯玛斯卡普尼乳酪、半杯糖、半杯白酒和半杯柠檬汁搅匀，分别盛至六个碗中，将血橙置于其上便大功告成。

环形旅游线路

蒙泰奥利韦托 · 马焦雷隐修院

这是一个梦境般的驾车出行日。车窗外是一个绿色世界。花枝烂漫的栗树在雨中垂下脑袋。我们穿过山谷，绕过锡纳伦加驶向意大利最大的隐修院之一——蒙泰奥利韦托·马焦雷隐修院。一路上无处不是绿意与生机！群山仿佛被打上了绿色的脚灯——深深浅浅、各式各样的绿让山林看起来如此生机勃勃。记得五岁那年，我看到一大片诱人的绿苔藓，立即高兴地跳上去，却发现自己渐渐往下沉。父亲看见后惊呼一声“天啊”，顾不得身上的浅色亚麻西服便冲过来把我抱起。还有一次，我跳进父亲棉纺厂后边的一个化粪池中，也是因为池面上覆满了绿油油的水藻。不过今天的绿色是如此纯净，我大可以跳进去，像马驹一样在里面翻滚。

车子继续前行，眼前的绿色渐渐不见了，变成一片荒凉的景色，泥土成了唯一的主角，就像在许多锡耶纳画派作品中看到的一样。夏末时分的土地上处处有裂痕，要不是缝隙里冒出的野草，看起来可能还要怵目。以前的修士们选择在此地修行，定是决心远离红尘，潜心冥思。我想象着十六世纪的人们长途跋涉到此地可能遇到的种种困难。当时，日行最多不超过二十英里，而且一路必然鲜有路标，像这样弯弯曲曲的道路只要碰上一场暴风雪，恐怕旅人就得另寻他路。甚至到了现在，在意大利依旧得靠方向感认路，按高速公路的路标找路多半会无功而返。因为这里的路标上写的都是具体地点，而不是“580 东”或“880 北”这样的指示。这种情况或许沿自古代。一位十六世纪的旅人曾这样写道：“我一路不敢停歇，屁股被马鞍摩擦得发烫。”显然，这位旅人遇到的麻烦十分常见。而在他之前，加图就有感于路况恶劣而建议世人：“在屁股下垫一捆黑海苦艾，可减缓旅行时摩擦导致的臀部疼痛。”还好在这样的道路上阿尔法车仍旧跑得很稳，埃迪已爱上了在蜿蜒山路中绕行的感觉。

汽车拐过一条弯道，远处隐修院的红砖建筑群赫然在目。眼前的护城河和坚固的建筑似乎在告诉我，中世纪时即使在这一带，城防仍然是一件大事。隐修院被成行的柏树、林立的小教堂和一条条小路围绕着，看上去如同一座美丽的监狱。入口处站着一个本笃会修士，负责检查旅客的穿着是否得体。他身穿及脚踝的白色长袍，衣服做工非常粗糙。去年夏天，我的女儿就因为穿着无袖上衣和短裙被这位“风纪警察”拒之门外。当时他一边摇头一边冲她摆了摆手指：此地禁止露出胳膊。女儿看到男人穿着短裤都可以进去时很是生气，但也只得回到车内穿上她男友那件宽松的 T 恤，之后便未再遭拒。不过今天我看到一个穿短裤的男人也被他拦在了门外。既然本笃会规定修士必须穿这种粗糙长袍，我猜他们只是将肉体视为某种哲学概念而已。但从今天的情形看来，他们并非厌恶女性。修士扫了一眼我到小腿肚的裙子和黄色毛衣，点头示意我可以进去。

原先我觉得这座十五世纪的隐修院像个军事要塞，但步入其内后印象随即大为改观。隐修院里有个静谧的庭院，有些潮湿的地面上种满天竺葵。修士们有的在修缮旧书，有的在调制蒙泰奥利韦托药水——一种富有疗效的草药药剂。这里还有一样闻名遐迩的东西——蜂蜜。我很想看看修士们穿着长袍打开蜂箱的样子。自中世纪以来他们就一直养蜂，经年未变。

隐修院走廊两侧的墙上有一组索多马和西纽雷利（科尔托纳人）创作的壁画，讲述了本笃会圣灵圣本笃的生平和神迹。

整修房子的这些年里，我们对建筑结构的各种问题倍感兴趣。我们走到哪里都会留意排水管如何连接，污水如何排出，水管是铜制还是锡制。家中墙面返潮时，我们在大教堂或博物馆里，眼睛只顾着搜寻发霉的墙壁和剥落的油漆，只想弄明白它们的原因，反而忽视了里面的艺术品和建筑特色。

今天，我们看到西纽雷利所作壁画里的高墙坍塌图，心思一下子又转到这个上面。“墙总是会倒的。”普利莫·白安奇一语成谶，家里的柠檬树荫墙不久前坍塌了，石头滚落到下面的大路上。一想到那些落石我们就不寒而栗。画中一名修士随着倾倒的墙体向下坠落，哆哆嗦嗦地用双手抓住墙头，头顶上飞着一个小魔鬼。我家菩提树边的石墙上也有红衣魔鬼来回飞翔吗？壁画的中间位置，三位修士抬着那个被摔死的修士，而在画面的最前方，这位修士在接受了本笃的祝福后又神奇地死而复生了。相较于其他壁画，这幅画中的故事似乎并不神奇。或许那个修士原本只是被石头砸晕了而已。本笃肯定深受爱戴和尊敬，因此凡是他的行为，在世人眼里皆若神迹。幸亏我在隐修院的商店买了本指南，不然画中的内容肯定令我一头雾水。

我喜欢这里许多壁画所表现出的时间感：一系列故事情节融入画中，画面按从小到大或从左到右的顺序来讲述故事。观赏者可以一眼瞧出整个事件的大概，然后再慢慢“阅读”故事的细节。我们的记忆时常会不受时间限制地同时呈现。这些试图原原本本讲述故事的画家肯定感觉受制于时间概念，但采用这种整幅壁画的构图，似乎却最能体现人对时间最原初的感觉：时间是永恒的现在。

在下一幅壁画中，四位修士正在搬一块巨石，可是使尽浑身解数也无济于事，仔细看才发现石头里藏了一个魔鬼。修士们像现在的人一样把一根杠杆插入石下使劲撬动，但因为邪恶力量的存在，石头纹丝不动。本笃来了以后对着巨石画了一个十字，石头即刻被撬起。我们整修房子时也搬过许多这样的大石头，可惜都没得到神助。我终于知道为什么本笃是圣人了，因为他具有移动巨石的力量。

在另一幅西纽雷利的作品中，一位大半个身子背对观众、模样可爱的蓝衣女子，像极了维米尔的名画《倒牛奶的女佣》中的主角。画里还有两名修士不顾教会的清规戒律，在隐修院外的屋子里大快朵颐。他们目不转睛地盯着一桌的酒菜，旁边还有两名女子和一个小心翼翼端着碗的男孩伺候。蓝衣女子手捧酒壶倾酒入杯，观画者仿佛听得到酒花溅起的声音。她戴了一顶帽子，包住头发，只留耳朵在外，倒酒时露出一截修长的脖子，蓝衣下的脊骨若隐若现，动作中展示出她身体的美。画作的一笔一画极好地体现出蓝衣女子倒酒时的专注。画中另有一位身着绿衣的女子，衣裙飘飘地从壁炉那儿跑来，举着一盘状若意式杏仁蛋糕的食物。她娇小玲珑、杏眼含情，模样相当俊俏，但手脚却不同寻常地大。兴许这是西纽雷利的哪位助手趁他出去喝酒时偷偷画上的吧。壁画两侧的这两名女子可说是整幅画中最引人注目的形象。稍后本笃在窗外看见那两个酒足饭饱的修士，他们跪在地上请求宽恕，嘴中的酒气与蛋糕味尚未散去。

蒙泰奥利韦托隐修院于一四九五年开始重修。西纽雷利创作完六幅壁画后离开了，其余的壁画是索多马于一五〇五年开始接手。索多马是《圣经》中被上帝摧毁的罪恶之城，怎么有人起这么难听的名字！其实这人原名乔万尼·安东尼奥·巴齐，修士们戏称他为“马塔西奥二世”，是白痴或疯子的意思。从教堂返家途中，我从汽车后座的书箱里取出瓦萨里写的《艺术家的人生故事》大声念给埃迪听：“他玩世不恭、放浪形骸，经常与男孩和青年鬼混，故而有了索多马这个诨名，可他并不引以为耻，反而以此为傲。他写下大量与这名字有关的诗行，在鲁特琴的伴奏中高声吟唱。此外，他还喜欢在家里饲养各种稀奇古怪的动物，比如獾、松鼠、猴子、山猫、矮驴、北非赛马、埃尔巴矮种马、寒鸦、矮脚鸡和斑鸠等等，他的家简直就是名副其实的诺亚方舟。”

“或许他的外号来源于他对动物的喜爱，而不是我们猜想的那样缘于行为的不检点。”埃迪想了想接着说，“我好像在哪里看到过，他有三个妻子和三十个孩子，太匪夷所思了。”

“他一生除了享乐别无志向……”瓦萨里继续写道。这样说就错了。我看过他在托斯卡纳的所有壁画，他在绘画上下了不少功夫。奇怪的是，他总会让我想起沃霍尔，看似颓废轻浮，作画时却能一挥而就。后来我参观匹兹堡的沃霍尔博物馆时又改变了这一看法：沃霍尔工作起来像个疯子，几乎没日没夜地创作了大量风格多变、想象力丰富的肖像类作品。

其实一眼就能把索多马的作品从这些壁画中分辨出来，因为他把各种动物也带入了壁画——渡鸦、天鹅、獾、食蚁兽、各种狗，以及我觉得像是貂的一种动物。有一幅画中他画了七个美貌舞女正对本笃百般诱惑，本笃却坐怀不乱。整幅壁画的主题就是本笃所经受的种种诱惑。为了抵制诱惑，他脱去长袍跳入荆棘之中——或许此法对他而言比洗冷水澡更管用。他站在阳台上朝下望，指挥一头毛驴带领修士们离开，显然他是在引导他们逃离美女的诱惑。这是所见过的最美画作之一，美女们衣裙飘动、风情万种，修士们则身着长袍、笨拙不堪。两群人中间隔着一扇门，门外的曲径通向远方的湖泊。看到这幅画，我不禁暗忖：索多马这个好色之徒在修士们每天经过的地方画这么多绝色美女时，肯定在暗自发笑。其实索多马原先画得比现在更要令人脸红心跳，那些美女原本未着寸缕。后来有人给美女们添上了衣裳，她们的诱惑力也就大打折扣。

索多马有一幅杰作很容易被人忽视。埃迪在隐修院拱道的壁画中偶然看到了他画的耶稣。被捆于苦刑柱上的耶稣臂膀上勒痕道道，十字形鞭痕布满全身。与皮耶罗·德拉·弗兰西斯科《复活》中的耶稣一样，索多马的耶稣并不瘦弱可怜，而是位身形健壮、肌肉发达的魁梧男子。索多马的自画像出现在了一幅壁画里，那幅画描绘的是本笃第一次显现神迹的故事。他通过吟诵祷文复原了一只碎碟，这于他不过是小菜一碟。画中的索多马是一名朝臣，正满眼困惑地直视着观画者。他脚边还有两只獾和一只鸟，看起来充满活力。我敢说，他在本笃会修士们的眼里一定是个棘手的家伙。

虽然其他游客都不会追着看索多马的壁画，而是纷纷转向皮耶罗·德拉·弗兰西斯科的画作，我们却想反其道行之。在时间止步不前的特雷奎达小镇里有一座有着棋盘花纹外墙的圣安德鲁教堂，索多马曾在此留下了一幅壁画。此外，我在锡耶纳的美术馆与圣奥古斯丁教堂中也看过不少他的画作和瓷釉工艺品。佛罗伦萨的彼提宫里收藏了他的名画《圣塞巴斯蒂安》。这幅画再次展现了他表现男性身体之美的独特天赋：画中的圣塞巴斯蒂安臂膀结实、腹肌强壮，下体用轻纱裹住。我几乎没注意到可怜的塞巴斯蒂安在抬头祈求天使，没注意到近在咫尺的弓箭即将射穿他的脖子。

我们沿着石阶拾级而上，参观修道院的图书馆时途经一扇房门，门上写着“此屋不对外开放”，里面是修士们的隐修之所。而后又经过一扇门，里面是修士们用膳的地方。这扇门没有关，为的是方便挑水的人进出。房间里摆了许多张U形餐桌，桌上盖着白色桌布，上面放着鲜花、清水和美酒。这幅景象以及从厨房飘出的香味都在告诉我们，如今的修士再也不用翻墙出去偷食了。这间诱人的餐厅里还摆着一张讲台，说明修士们会一边聆听诵读一边静静用餐。我真想加入其中体验一回。

我们只是游人，却很容易被此地与世隔绝的气息感染。门户紧闭的地方和访客离开后的庭院一派静谧，人们在此可以与时间对话。离开隐修院时，我觉得自己像是刚读完一本内容丰富的自传，事实亦是如此。对圣人生活的描绘在意大利绘画中随处可见，每一幅油画和壁画都是一篇故事。“融情节于场景”，一位教小说创作的同事经常这么教学生写作。而这一技巧，索多马和西纽雷利尤其擅长。

深夜难眠之时，我又有了更多可以回想的细节：在走廊里冲我点头的那名红发修士，教堂中弥漫的乳香和没药的刺鼻气味，那个盯着唯一一幅画有黑人形象的壁画的非洲男孩，摆在讲台上那只充满野性、眼睛应该是紧盯着老鼠的木猫，还有在柏树巷中诵经的修士。可能他就是伟大的本笃，现身瘟疫横行的地区帮助病患，或许他只是个检查蜂巢的寻常修士，看看春天到来时蜜蜂是否苏醒。

巴尼奥-维尼奥尼与皮恩扎

埃迪脚上受了伤，走路一瘸一拐的。干活时，他用锄头碰到一条蛇，吓得跳起来，结果一只脚踩在一块尖石上。“什么蛇啊？”我问。

“一条看起来很阴险的蛇，吓死我了，我们可是四目相对呀。”他边涂药水边应道。

“我们去温泉疗伤吧，四点应该能到。”

“然后去皮恩扎吃晚饭。我还想去一趟蒙特克罗，我们还从来没去过呢。”

巴尼奥-维尼奥尼是圣奎道尔恰附近一个坐落于山顶的小镇，站在罗卡道尔恰的城堡顶端可以看到小镇全貌。小镇依一个大温泉池而建，过去美第奇家族的人常来这里泡温泉。温泉占据着相当于其他城镇中心广场的位置，如今不用于泡澡，仅供参观。池水中倒映出大丛的花朵、黄褐色石屋和石拱廊的身影，此外，这山城便没什么可看的东西了。小镇正后方有一条温泉小溪顺着雪花石膏的水渠汩汩流下山去，路人可以坐在水渠边泡泡脚——一四九〇年意大利著名哲学家洛伦佐·伊尔·马格尼菲科就在这里泡过脚。

第一次在意大利度夏时，我在一份本地报纸上看到一篇关于健康保险金是否应该包括温泉浴场费用的讨论。讨论很激烈，因为许多意大利人已经把温泉泡澡视为与生俱来的权利。我去过基安奇安诺泰尔梅市，看见许多人一边揉自己的肝脏部位，一边拿着小杯子喝水，他们肤色黝黑，看起来很是健康。我看了一眼那可以将整个身体浸泡其中的温泉，仿佛每个器官都能吸收其中的有益物质。我也曾听到工人们讨论各地区水的好处，就好像在讨论不同品种的葡萄酒一样。意大利人个个都是养生专家，路边泉水池旁时常能看到意大利人拿着瓶瓶罐罐在取水。在这里，水不仅仅是水，而是具备了各种功能的妙药。

我祖母曾经到佛罗里达州萨瓦尼河附近的白泉镇泡了一周的温泉。我跟在她身边无聊极了，觉得她像是维多利亚时代的老古董。我会陪她去，只是为了跳进凉丝丝、黑黝黝的泉水里游泳，为了钻进散发着陈年复活节彩蛋味的水中嬉戏。祖母会站在泉边第三个格子窗的阳台上朝我挥手，另一只手握着一杯难闻的温泉水。

我曾经认为自己肯定不会喜欢上泡温泉，可是去了巴尼奥-维尼奥尼之后想法变了。虽然这次来只是为了治疗埃迪的脚伤，但以后我们至少每年都会造访一次。

“她的脚都在抗议了。”每次看到脚肿得差点塞不进高跟鞋的女人时姨妈都会这么说上一句。连续几周搬石头、装葡萄架、走石板路，我的脚也肿了。平时我们喜欢早早到场，赶在别人露出他们疲惫、肿胀的脚之前，但今天我们来晚了。我脱下拖鞋，小心翼翼地把自己这双可怕的脚放入流水中，埃迪则径直把脚伸到了水底。紧接着我们看到一个红鼻子男人在剪趾甲，他那又黄又尖利、看起来好几个月没剪的脚趾甲如同卷起的融蜡般一个个落入水中。我们赶紧换到他的上方。

水温高达一百二十五华氏度，相当于五十二摄氏度，大热天泡在这样的热水中真有些喘不过气来。我的脚在水中显得长长的，像兔子脚一样，旁边埃迪的脚更夸张，像是放大了十二倍。不过有时水温也会相当合适。我用脚跟摩擦着光滑的河床，一面想着那些包治百病的无形矿物质。因为它们，脚上的水泡就能变小，肌肉不再紧张，甚至皮肤和趾甲也变干净了。埃迪说他脚上的淤青开始褪去。我觉得流水像是旋转着流过我的两脚间，我合上双眼，整个人似乎只有双足还存在。

过了二十分钟，我穿上拖鞋，脚趾红得像龙虾一样。埃迪直接在水里套上凉鞋，浸了水的鞋子走在路上嘎吱作响。神奇的是，他的脚真的好了。

更神奇的是，步行到城里吃草莓冰糕时，我没来由地心情大好，脚步轻盈，像在空中漫步似的。在意大利生活的每一天都充满惊喜，这里的水中到底蕴藏了什么？

我们驱车顺着一条白色道路来到蒙特克罗。路两边的田野里长满了紫色的鲁冰花，其间还稀疏点缀着即将凋谢的罂粟花。这个四周高墙耸立的小城十分诡异，街上竟然空无一人。我们花了好长时间才找到原因：人们只是关掉店铺赶回家去看一场大型足球赛罢了，所以我们路过的每扇窗子中都能听到阵阵喝彩声。我们四处转悠散步，走到城边时无意间撞到一个男人在关闭的公厕外小便。该城的城墙大多完好无损，大街小巷干净整洁，俨如刚刚擦洗过的甲板。

“那地方简直就是花枝招展，”一个朋友提醒过我，“我这辈子没见过这么多天竺葵！”此言不假，家家户户的门廊、台阶和窗台上都摆着天竺葵，这番景象在门户紧闭的房屋与阳光照射着的中世纪小街的背景衬托下更显奇妙。这是意大利数以百计的山顶小城之一，虽是初次造访，但我们肯定还会故地重游，因为此行没有亲见书上介绍过的那家闻名遐迩的布料店。另外因为教堂关门了，洛伦泽蒂的圣母像没看成，也许神甫也被电视上那个被人踢来踢去的小球吸引走了吧。

离开满是天竺葵的蒙特克罗，穿过野花朵朵的草地和葡萄园，经过人迹罕至的山路和遗世独立的农舍，迎着温和的暮色还有家猪的臭味，我们驱车驶向皮恩扎——第一座文艺复兴风格的城镇。

皮恩扎与其他小镇完全不同，是一位教皇为纪念自己的出生地而建造的。这位教皇的名字很好听，叫埃尼·西欧维欧·皮科洛米尼。放眼望去，整个城镇建筑风格和谐统一，可以看出教皇大人肯定下令拆除了众多的中世纪建筑，才得以建成这个在当时超现代的文艺复兴风格的小镇。

皮恩扎流传着一个有关该城建筑师罗塞利诺的故事，他的行为让所有从事翻修和重建的人深受鼓舞。据说当时的改建项目超支惊人，他却瞒而不报，事实暴露后教皇却夸他瞒报费用之举英明，因为这么巨额的经费没有一个主教会批准，那么也就不可能有一座这么壮丽的城市来纪念教皇了。罗塞利诺因此得到一大笔黄金和一件华贵的披肩作为赏赐。没准巴玛苏罗的第一个翻修商人就是听过这个故事才效仿其行的！

广场的景色美得让人震惊，四周围绕着一座大教堂和几座供主教、教士和教皇生活的宫殿。皮恩扎的美无处不在：从沿城墙精心建造的住宅街到铁旗杆，乃至进城办事者拴马用的精致动物形状铁环，处处精美异常。如今这里不再车马喧嚣，小镇分外安谧宁静。我们漫步于深街小巷中，每条路都有令人遐思的名字：盲者街、幸运街、迷失仆人街、爱情街、重税街、亲吻街、黑暗街，等等。

罗塞利诺建造的那座大教堂后部正在下沉，因为教堂多孔石灰石的地基渗水后在一年年流失。教堂的一面墙上有一条丑陋的裂缝，一路延伸至地板，隐约可见曾用钉枪修理过的痕迹。我去看了这里我最喜欢的名画——《殉难贞女阿加塔》。她为拒绝奎林顿的殷勤而付钱请人割去自己的双乳。她双手托盘，盘中装着被割下的乳房，这一形象从此被世人铭记。刚开始我误以为盘中装的是煎蛋。担忧自身乳房的女子可向她祈求庇护，此外她也是铸铃匠的守护神。也许是在某幅画中她那半球形的乳房被误当成铃铛的缘故吧。

我看过的一本书上，说中世纪朝圣之路所经过的城镇道路两侧开满了纪念品商店。所以作为朝圣必经之地的皮恩扎，到处都是瓷器专卖店，也算是种传统了。这个地区的佩科里诺干酪天下闻名。通往市中心的路上到处可见漂亮的干酪店。圆圆的干酪用树叶包裹着，或者就直接摆在架上蒙尘，浓郁的味道弥漫整条街。我们买了一块陈年干酪,还品尝了一块半陈年的。这里的特产还有蜂蜜与草药，其中有一些能起到辅助治疗的作用，例如蜂蜜中就有一种有益肝脏，另一种对呼吸系统有益。我看见一家草药店里在卖芸香,就买了几盆，准备放到家里的芳草园中。

街上琳琅满目的食品店让我既爱又恨。皮恩扎的食品店实在太多了，我宁愿回主街去看修鞋铺和杂货店。我们在一家高档商店中发现了古老的铁艺制品，店里主要销售灯具和桌子，还有几扇古代的铁门和柴架，卖给从博洛尼亚和米兰到此度周末的游客，当然还有我们这类客人。店里挂着许多铁艺提灯，提灯垂有许多玻璃球，末端一颗状若泪滴，这是一种仿锡耶纳和阿雷佐古灯的设计，如今在那两座城镇中还能看见不少这样的老式灯具。我家还缺两盏灯，柠檬屋门前一盏，卧室顶部一盏，正好在此买下。另外我们还买了一个老式熨斗，斗身可以打开放入烧红的煤炭。看着磨损的木手柄，我知道曾有人用这个五磅重的家伙熨过数不清的工作服和围裙。

商店大门外有一家带露台的小吃店。每次看到炸南瓜花我就会特别兴奋。我们走进店里，点了迷迭香烤里脊、胡椒烤土豆，以及用少许上好橄榄油拌的芝麻菜苗沙拉。

教堂广场四周竖立着一栋栋庄严肃穆的浅色石头建筑，建筑底部围有一圈凸出的石块。这些石块一直被当成凳子使用，无数的臀部将其磨得又滑又平。人们小憩时坐在上面，可以欣赏气势宏伟的教皇广场和广场上那口大井。我们坐在一块刻着“canton de’bravi”（善良之角）字样的石头上，真不知自己有没有这个资格。晚饭以后的景色好似梦境一般。身下的石灰石凳子余热未消。广场上有个身穿白色水手服的小女孩在追一只小猫。一轮满月高挂在美丽绝伦的教皇广场上空。“一点自恋加上黄金就能创造出这么了不起的景观！”埃迪惊叹道。

“也许教皇大人还下过命令要满月夜夜空中高挂呢。”

酒吧里的电视又在转播足球赛，女人和孩子都跑到屋外，把屋子留给了男人们。教皇广场附近还有一个小广场，上面有一口文艺复兴时期的水井，边上放了一台电视，附近居民倾巢而出，将自备的椅子在电视前围成一个半圆。他们正为意大利队欢呼呐喊，屏幕的蓝光映在一张张聚精会神的脸上。我们手挽手走在城墙边的小道上，这是我今天第二次被意大利人的日常生活态度震惊。埃迪伸出他的脚，说一点都不痛了。

环游特拉西梅诺湖

家里总有一大堆事要忙，所以我们习惯了出游前先确定目标、期限和日程安排，因此路上临时想要逗留某地或改走他路时就显得不太现实。但特拉西梅诺湖秀丽的景色却让我们不由得扔掉计划、信步游览，即使偏离了目的地也毫不介怀。湖滨风景宁静又充满生机，环湖是一片片向日葵和玉米地，虽然距佩鲁贾、阿西西等托斯卡纳主要城镇较近，感觉却相距甚远。特拉西梅诺湖是意大利半岛最大的湖泊，周长五十四公里，湖中的三个绿岛——马焦雷、米诺尔和普尔维斯——更是显其巨大。蓝白相间的小渡船定时穿梭于小岛之间。一眼望去，湖水浩渺，碧空中的浮云瞬息万变，天光云影映于水中，无比美丽。中午时分的湖水蓝莹莹，在日出日落时又犹如闪耀着点点银光。黄昏时湖面倒映着夕阳绚丽的橙黄，周围的群山暗至深紫色。我从未见过如此变幻莫测的景象。听说二战期间不少飞行员都误把此地当作可降落的平地，结果机毁人亡，至今湖底还堆满了飞机的残骸。亚平宁山脉沿着地平线蜿蜒起伏，山顶上随处可见古塔、遗址和城墙高筑的小镇。

至今，我依旧一看到被废弃的农舍就迈不开脚步。每走几英里，埃迪就会停下车子，和我一起穿过野蔷薇丛，走进通常连屋顶都坍塌了的老房子里，想象着房屋的原貌。稍大一点的村镇，比如湖堡镇、佩尔夫镇，尤其是坐落于湖边的帕西尼亚诺镇中，游人确实不少，但没有一个游客会像我们这样中途下车，在街道上东游西荡。来这里的游人大多喜欢在湖边亭子里享用烤红椒比萨，或徜徉于文艺复兴时期城门下的小路上，又或驱车行驶于空气清新的乡村，打开车窗，或许还会把音响声开到最大，放一曲帕瓦罗蒂醉人的咏叹调。

这些青山绿水间宁静美好的小镇，让人很难联系到它们战乱不断的历史。连最古老的故事也充满浪漫气息：半人半神的特拉西梅诺到意大利内陆打猎，在湖边看见湖仙阿吉拉后对她一见钟情，于是跳入水中寻觅意中人的芳踪，可他是半个凡人，最终溺水而亡，该湖因此得名。在那之后，史书记载，此地持续战乱，烧杀掠夺从未停止，城堡一建好便被人占领烧毁，只得重建，如此周而复始，没完没了。那些唯利是图崇尚武力的公爵、异邦国王在附近的山镇间相互攻击、武力不断。如今这一座座迷人的城堡，在当时可是躲避战祸的地方。人们选择在高处修建城堡，为的是视野开阔、一览无余——当然不是想欣赏美景而是要观察雇佣军的行迹。为何这里会成为兵家必争之地呢？原因是内陆湖泊资源宝贵，尤其在旱季更显珍贵，因此各座城堡和没有城墙的城镇都为了各自的利益恶战不休。只要看一眼地图便可知晓此地的重要性。特拉西梅诺湖镇正好位于意大利中心，是交通汇集之处，占据南北两地的关口要道。过去有很多从南方前往罗马的朝圣古道都必经特拉西梅诺湖。

过往的战火与破坏竟然留下这田园牧歌式的遗址，真的很具讽刺意味。

我非常喜欢湖堡镇。小镇高耸的城墙外绿水环绕，酷暑难耐的夏日里，我们经常在午睡时分搬一把躺椅，拿着书到湖边打发时光。有时我们会穿过扎人的野草去酒吧吃冰激凌，或者到湖边散步，混在晒日光浴的意大利人中尽享夏日的懒散。我下湖游过一次泳，湖水温度与室温差不多，但淤泥很厚，我只得蹚着去深水区游泳，途中有小鱼擦着我的腿游过。

当地的狮堡很像童话故事里的城堡。四面城墙皆修雉堞，沿着雉堞有士兵步道，另有一条狭窄的石廊，有两条街那么长，廊壁上开着方便防御的窗格。置身其中，无论向前看或是回望，都像是步入了镜中。我们来到一家既可喝茶又能喝咖啡的小店，小店中也出售本地蜂蜜。我一直很想尝尝黑黑的板栗蜂蜜和菩提蜂蜜。我对这里出产的汤药也很好奇，这些汤药是用鲜花和草药这类天然材料制成的，疗效各异。老板告诉我们，不同的蜂蜜疗效不同。我并不是特别相信，但老板信誓旦旦地说，洋槐蜜兑格拉巴酒对治疗偏头痛绝对有效。可偏偏我一想起格拉巴酒（葡萄酒中最烈的一种）脑袋就痛。

我们在湖边待了一早上，散过步之后直接驾车到镇边的酿酒合作社，当地农民都在那里出售葡萄酒。用当地葡萄酿制的红酒口感分外好，停下车取出酒坛以后，酒商就像给汽车加油一样把酒坛灌满。价格按升计算，每升一美元。瓶装酒价格略高——两至五美元一升。红酒和白酒上都贴着特拉西梅诺湖或以古代勇士杜卡·迪·科格纳命名的标签，有商务部出具的优质证书，证明酒是本市生产的达标产品。

接下来是我最津津乐道的话题——午餐。许多特拉西梅诺湖的周边小镇旅游指南都未提及此项，我们只好四处转悠，看餐馆挂出的菜单来判断各个餐厅的特色。整个特拉西梅诺湖地区都采用传统的方法烹调食物，非常朴素。不过我们还是觉得以兔肉和野猪肉做成的意大利面酱有点怪异。天气凉爽时我最喜欢蔬菜浓汤，这种汤浓稠到勺子插入都不会倒。大部分餐馆的特色菜都是湖中产的鱼，譬如鲤鱼、鲱鱼、鲈鱼和 frittura（有点像桃花鱼，适合煎炸，下湖游泳时它们成群结队地围在我腿边），另外就是一种本地鱼汤 tegamaccio，味道依鱼的品种而有不同。因为当地盛产鳗鱼，人们常用鳗鱼酱汁拌意大利面。此地最声名远播的鱼在欧洲有个闻之令人食欲顿消的名字——蟑螂——如今在湖中已经难寻了。

我们决定沿着特拉西梅诺湖随性而行，先乘轮渡去马焦雷岛，然后开车到帕尼卡莱、帕恰诺和锡塔·德拉·皮耶维，路线基本是圆形。因为路程不算远，游玩一天后回家也很方便，在路上逗留一宿也未尝不可。帕西尼亚诺是特拉西梅诺湖的主要景区，在那里待上一晚是个不错的选择，住马焦雷岛也行。这些地方的酒店和旅馆虽然简单却也温馨怡人，价格实惠。

出发前我们在福尔诺糕点铺选了两种 torte al testo（在木炉的铁板上烤制而成的酥脆的面包片），一种夹培根，一种夹帕尔玛干酪。橱窗里还摆着蛇形的杏仁糕点。

图奥诺镇是第一站，我们想在湖边近距离地观察沼泽。当然，也知道这里曾是一个著名战场。一艘平板船上的渔夫一边撒网一边指给我们看当时弗拉米尼奥军队营地的所在。弗拉米尼奥扎营时怎么也没想到，汉尼拔那支由努米底亚人、柏柏尔人、伊比利亚人、加斯科人，以及沿途不断加入的其他弗拉米尼奥的反对者所组成的军队，会在黎明时分发动攻击。当时汉尼拔大军因翻越阿尔卑斯山，原本浩浩荡荡的三十九头战象只剩一头，他本人还失去了一只眼睛，但仍有四十万大军听候命令。他比弗拉米尼奥更善计谋，在一个大雾迷蒙的早上发起突袭，将罗马军队逼入湖中。这场战役让罗马军队损失了十五万之众，而汉尼拔的大军只有区区一千五百人的伤亡。除了安塞莫居住的奥西亚镇（白骨堆），圣奎尼托（血海）也让人回想起那场战争。图奥诺立有一尊丑陋的汉尼拔半身塑像，以纪念他的赫赫战功。

大学二年级时突然发现近代史始于公元一千五百年时我大为惊讶，公元一千五百年是多么遥远的过去啊。后来到意大利旅行，我才切实感受到那个时间点其实离我们很近。但我依旧无法想象汉尼拔如何在此打败罗马军队，因为眼前这般宁静的景象似乎与那场恶战之前的景象并无不同。沼泽边缘插有不少杆子，上面绑着渔网，这种捕鱼方法从史前时代沿用至今。

沿着图奥诺和马焦雷岛一侧的湖边有一条四车道的公路，我们制定的详细路线避开了这条拥挤的环岛路。在乡间小路上驱车行驶真是趣味盎然。我们留心一路上的黄色小路牌，它们有的指向一座十三世纪的教堂，有的通往一座古罗马城门或是某座古塔。有个路标上写着“产地直销”字样，说明是有葡萄酒、橄榄油和蜂蜜出售的农庄和别墅。出了图奥诺，沿着纵横交错的小路可到维纳赞诺斜塔，也可到玛里奥特拉，一座中世纪军事要塞，还可以抵达巴西提亚科格纳，那是一座从公元一千三百年便遭遗弃的大城堡。

里乔内堡占据了特拉西梅诺湖边一个最重要的位置。小镇外古城墙最坚固的部分在历经风雨后依然屹立不倒。十六世纪初期，本地流传着许多圣母的神迹，故而修建起一座精致的供奉圣母像的小教堂。教堂用清一色的灰石建成，内部构造普通，但壁画极其漂亮且保存完好，其中包括一幅据说出自画家乔万尼·巴斯塔·卡波拉里之手的圣母画像。

我们沿着崎岖的小路下山来到帕西尼亚诺镇。小镇宁静幽深，街道两侧夹竹桃林立。中世纪镇区有许多沿湖的咖啡店和旅馆。有两间商店很特别，出售附近德鲁塔镇出产的彩绘珐琅陶器制品。各种陶器全都摆在室外空地上任君挑选，而且价格比德鲁塔的还要便宜。我真想知道这么多水杯、酒壶、烛台和盘子究竟每天是怎么搬进搬出的。虽然带陶器回旧金山很费事，但我看到那些款式新颖的咖啡杯、盘子和面碗就爱不释手。巴玛苏罗家中的瓷器品种混杂，有黄油碟、帕尔玛干酪碟和茶壶——多亏有泡沫包装我才能带这么多圣诞节使用的餐具回家。埃迪到隔壁喝咖啡去了，他对陶瓷器皿兴趣不大。我把商品袋拿上车时看到他正朝一家糕点比萨店走去，那是一家土豆比萨的总店。虽然这家店的名字听着不够诱人，东西的味道却相当不错。仅次于土豆比萨的是洋葱比萨，洋葱被慢煮至几近融化的地步。

不必担心到马焦雷岛和普维斯岛途中所花的时间，因为随时都有去岛上的渡船从帕西尼亚诺、湖堡镇或者图奥诺出发。二十分钟之后我们就踏上了一片看不到车辆的陌生土地。马焦雷岛如此遗世独立，我们决定找家酒店在岛上留宿一晚。最后一班渡船离开后，我觉得这里仿佛完全与世隔绝了，复归了渔村的模样。午夜徘徊在主街上时，我感觉像是走进了一条时空隧道。岛上现在大约有六十个居民，人口最多时是在十六世纪，有六百多人。村子唯一的道路两旁分列着一栋栋金色的石头房子，房屋后面是一片片橄榄园，偶尔可以看到有女子坐在门口光线好的地方编织蕾丝织物。阳光下晒着大大的圆形渔网，当地人叫它“多非”，这种形状如神话中具有魔力的丰饶角的渔网是用来捕鳗鱼的。我们绕岛走了一圈（约一英里路程），途经圣方济各一二一一年上岛之处。在托斯卡纳和翁布里亚到处都有圣方济各的足迹，就像美国到处都号称乔治·华盛顿曾在此住过一宿一样。岛上有三座教堂对外开放。坐落于主街的布恩格苏教堂与众多墨西哥教堂一样绘有不少稚拙的壁画，这些即兴创作令人印象深刻。另外两座位于山顶的教堂建于十二世纪——分别是圣萨尔维多教堂和圣米歇尔教堂，穿过橄榄园向山上爬就能到达。

我向圣米歇尔教堂的管理员打听小岛尽头那座奇怪古堡的来历。我们经过它时本想进去看一下，但窗户肯定是常年紧闭，常春藤已爬满了窗棂，甚至使得木头开裂，根须钻进了石墙缝中——睡美人肯定在楼上的某个房间里酣睡不醒。城堡坐落在小岛弧形的边缘上，视野很开阔，城堡内可三百度观览湖景。教堂管理员告诉我们，古堡以前是一个修道院，已经废弃多年了。“能进去看一下吗？”我不抱什么希望地问道，但意大利人却以一贯的友好同意了我们的请求。教堂管理员说可以，还告诉我们那里的管理员是她的朋友，可以带我们进去参观，一小时后她经过城堡时再与我们碰头。于是我们回到小镇买了一份指南。指南里提到那座城堡建于十九世纪末，是一座管辖着一千三百二十八名修士的修道院，后又成为一座圣方济各教堂。一位侯爵为他的爱妻伊莎贝拉建造了这座城堡，后来他的家族又重修教堂，兴建码头，还请来一名爱尔兰妇女教岛民编织蕾丝。二十世纪六十年代以后城堡被弃，里面奢侈的陈设售罄。

城堡管理员转动巨大的金属钥匙打开了大门，领我们进去参观。除了她手电筒的光亮外，里面漆黑一片。借着手电光，我们看到了点缀有金色星星的蓝色穹顶、椅子、祭坛用品和堆在一起的圣坛屏。随后我们转入走廊，跟随微弱的手电光走进那些光线一间比一间暗的屋子。管理员突然推开一扇窗户，炫目的蓝天顿时映入眼帘，我们看见了挂在墙上已经裂成一条一条的锦缎，看到了那上面细节丰富的饰边和线脚。随后我们又来到一个院子里，走马观花地参观了修道院回廊，那里有一口巨大的石井。我没有数城堡里有多少房间。透过手电筒的光圈可以看到破旧的游戏室和剧院，剧院的地上堆满了画好的舞台布景和天鹅绒幕布，这里已经变成了老鼠家族世袭的城堡。这么快就再次沦为废墟，真叫人唏嘘。会有人唤醒公主吗？管理员说有个罗马人打算修复它。衷心希望此人腰缠万贯。

出了城堡，我们继续绕湖而行，在一些风景醉人的地方兜兜转转。我特别喜欢宁静的城堡小镇蒙特德拉戈，那有着厚重城墙和坚实城门的小镇俯视湖面。镇上的酒店提供美味的香草烩鲤鱼（里面搭配有烧猪肉）以及淋上酱汁的 zzurlingo。zzurlingo 是本地话，指一种薄薄的本地宽面，吃的时候要淋上鲜美的鱼酱汁。另外还有口感细腻的香草烩鲈鱼，佐以一杯意大利斯普里斯白葡萄酒时相当美味。在蒙特德拉戈可以看到很开阔的湖景。阴天时，站在护城墙附近远眺，可以看到从湖岸边起颜色渐变的湖水，从灰到苹果绿，然后是水绿，直至宝石蓝。镇上空无一人，唯有一只三条腿的小猫蜷在墙头呼呼大睡。

安崔拉和蒙特科罗诺拉一样安静。小小的安崔拉四面环墙，蒙特科罗诺拉的入口处设有双道城门，这些地方让我的时间感发生了很大变化。任时光荏苒，它们总摆出一副永恒的姿态沐浴着阳光。古兹摩托呼啸着从蒙特科罗诺拉奇怪的城门下经过（为什么不装消声器呢），早年的牛车也是由此门自由进出的。

马焦内镇虽然规模稍大，却不太引人注目。镇子坐落于一个高塔下方，看起来像被禁锢在永远矗立的脚手架里。十字军东征时期，马耳他的骑士也曾在这里留下一座壮丽的城堡，如今城堡归私人所有，周围树木繁茂，我们无法一窥究竟。我在马焦内镇外看见了另一个葡萄酒合作社，这里出售的杜卡·迪·科格纳酒的质量与邻镇的一样好。紧挨合作社的是一间大铁匠铺，铁艺是当地的传统手工艺。科尔托纳和其他许多小镇一样有不少铁艺制作的火炬和旗杆底座、拴马环，以及天窗、提灯。只是如今只余几个师傅，手艺就要失传了。忽然看到这么大一家铁匠铺真是出人意料，里面仍在制作传统的圆形灯罩铁制提灯、壁炉柴架，甚至于餐桌、床和其他一些大件物品。从仓库的大小可见铺子生意兴隆，与我们装修房子时碰见的店家截然不同，那些铺子里通常里里外外只有一个人。我喜欢意大利的一个理由是，即使在这种规模很大的店里，店主也会竭尽全力让每一个客人满意。我不喜欢壁炉栏上的花朵图案。“能不能不要上面的花？”店主马可想了想，打了个手势让我跟他走。我们走进巨大的作坊，里面火星四溅，地上堆满涂料和铁制零件。他一手拿着喷焰器，一手拿着补漆工具，十来分钟就把壁炉栏上的花朵图案清除干净了。壁炉柴架上的弧形可以改掉吗？可以，下周做好。我突然想起家里那块废弃的厚雪花石膏板，便问他们能否配合现有材料给我做一个桌脚。没问题。马可领我到他家，给我们看他为自己家设计的桌子。

他的妻子为我们端来咖啡，我们坐在露台上品尝时，马可画了一张他认为我们可能喜欢的桌脚草图。我们果然喜欢！我问他多久可以做好，心里推测可能要六周时间，但他的回答让我大吃一惊。“下周二给你行吗？”

由双塔组成的罗卡巴格里奥尼城堡和目前已被废弃的左科城堡都在马焦内附近。左科坐落在一个小山丘上，居高临下，俯瞰苍茫湖景。我们在渔村圣费里希阿诺参观了一家渔业博物馆，意外地了解到许多当地的捕鱼史。

我们似乎在翁布里亚境内快速移动着，但实际上镇与镇之间的距离不过几英里而已。接着，我们来到特拉西梅诺湖的南面找寻蒙吉奥维诺堡。到达时，钟楼里正传出响亮的钟声，接着教堂大门倏地打开，一大群孩子和修女走出在巨响中微颤的古老建筑，进入前院。似乎只有教堂岿然不动。我以前从未见过这种形状奇特、接近四方形的教堂。我们四处参观，在教堂后面发现了好几个移动板房，是本笃会修士的住所。后来我们又驾车到山顶的蒙吉奥维诺维奇奥，那里很久以前是个军事要塞，现在还有几户人家居住，不过我们连一个人影都没看到。我发现意大利有许多城堡小镇都一片死寂，仿佛最后审判日的翌日，虽然我们的确看到晾在晒衣绳上的衣物，也清楚地听到从一扇高处石窗里传来的美国歌手吉米·亨德里克斯的歌曲。我们坐在颓墙下的一片草地上，吃从车后座取出来的已经发热的葡萄。

我们在找托雷德奥兰多，一座建于公元九一七年、带有塔楼的城堡。身边这份详细的地图上，清楚标明城堡就位于帕恰诺和帕尼卡莱之间一条蜿蜒的小道上。我们驾车沿着两侧山坡上种满橄榄树的小路到达帕恰诺，步行穿过一道中世纪大门后来到午休期间全部歇业的小镇上。一群小黄猫趴在走廊上小睡，在我们经过时头也没抬一下。在一处可以俯瞰山谷的地方，有人在两张相向而立的长凳周围种了一圈薰衣草，正开得灿烂。我们坐在凳子上欣赏眼前的秘密花园。薰衣草花丛中蜜蜂嗡嗡往返，黄色和蓝色的蝴蝶翩翩飞舞——它们大概是小镇上唯一在外活动的生物。早上下过一场小雨，此时薰衣草的香味扑鼻而来。我们在旅游指南上看到，帕恰诺有一个博物馆和两座教堂，均建于大约一千年前，另外还有几座十五世纪修建的教堂，教堂都建有石雕大门，里面保存了很多壁画。不用说，现在它们也都大门紧闭。

在这个宁静得有些诡异的小镇里，我们甚至连杯咖啡都买不到，只好上车继续前行。我们在路口选择了左拐，其实应该右拐才能找到那座隐蔽的城堡。在路上的每个弯道处都能看到翁布里亚乡间开阔的山谷景象。一路上唯一的交通阻碍来自一群羊，它们在路边大口吃着青草和野芝麻菜，一条西班牙牧羊犬东奔西跑地想把羊赶上小山。我们停下车来听羊身上的铃铛声。

没过多久我们来到帕尼卡莱，波德里诺的故乡。波德里诺是个远近闻名的雇佣兵，十四世纪最有名的麻烦人物之一。周围几个小镇按月付钱给他，省得他找麻烦。他烧杀掠夺无恶不作，世人却立了块匾来纪念他。莫非现在的黑手党就是这些中世纪雇佣兵的后人？虽然走进帕尼卡莱时人们难免会联想起这个恶棍，但这里赏心悦目的地方其实并不少。穿过雄伟的城门可以到达广场中央的喷泉，在中世纪时这是口井，聪明的设计师用它来储存雨水。与许多意大利小镇一样，帕尼卡莱也有风雪圣母教堂，以纪念公元五百五十二年八月五日那场罕见的大雪。虽然画家玛索利诺出生于此地，但镇上只有他的一幅画作，就是圣米歇尔教堂的《天使报喜图》。四通八达的小街让人生出信步游逛的冲动。站在镇子高处远眺，恍若置身画中湖景。圣塞巴斯蒂安教堂有幅佩鲁吉诺的名画《圣塞巴斯蒂安殉难图》，透过画面背景处的拱门可以看到翁布里亚自古不变的风光。

佩鲁吉诺的另外两幅画《圣母与圣婴》和《荣光中的圣母》也挂在圣塞巴斯蒂安教堂里。佩鲁吉诺在弗提贾纳诺身染瘟疫而亡，之后被埋葬在城外两英里处。弗提贾纳诺的天使报喜教堂中有他的一幅壁画和现代人为他重建的墓冢，就连他长眠之处的那条路也以其原名彼得罗·万努奇命名。

锡塔德拉皮耶维是我最喜欢的小镇之一。这个神奇而富有生机的小城是我们环湖旅游的最后一站，看起来非常宜居。我们找了家咖啡馆坐下，细细感受此地的生活节奏。一大群男子聚在藤架下打扑克，一位姑娘冲着站在美丽的铁栏杆阳台上的男人喊话，几个修士提着购物篮大步走在街上，五彩横幅在广场上方随风飘扬。看完翁布里亚小巧玲珑、清一色灰白色调的石灰石村镇，这里让我们眼前一亮：到处都是红砖建筑，艳丽无比。皮耶维的瓦屋顶和人性化的建筑布局令人感觉分外温馨亲切。Via Baciadonna 是全意大利最窄的街，隔街的两个人打开窗户探出窗口就可以接吻。中央广场的形状并不规则，它与主教堂共同构成一个粗略的三角形。教堂建在古代神庙的遗址上，本身也很有特色。幽暗的教堂内部大量使用了人造大理石，包括螺旋状立柱、栏杆和壁板，颜色花纹各式各样。教堂里精美的画作都配有同样精美的画框。这里有很多名画，其中佩鲁吉诺的《洗礼》和《荣光中的圣母》最引人注目。想要看这两幅画，得先扔一里拉到盒子里，照着画面的灯光才会亮起来。

我知道锡塔德拉皮耶维有佩鲁吉诺，却万没料到德拉科格纳宫里竟然收藏了如此罕见之物：一座高大的、建于公元前十八世纪伊特鲁里亚的方尖塔。此外，那里还有不少伊特鲁里亚人的石棺。在这座城市里，本地艺术的另一巅峰之作无疑是佩鲁吉诺的《三圣贤的朝拜》，这幅名作挂在紧挨比安奇圣玛利亚教堂的同名祈祷堂内。这幅于一九八四年修复好的油画色彩十分艳丽。画家是如何调配出这些深薰衣草紫、橙黄、杏绿、海蓝，还有那明亮自然的光线的颜色呢？这是那个祈祷堂内唯一的画作，而我们又即将离开这个田园小镇，所以我舍不得放过任何一个细节，譬如右上角的天使、牧羊人、奔跑的白色小狗、茂密的树木，还有成群的骏马，当然还有佩鲁吉诺依他最熟悉的风景绘出的背景——倒映着山丘柔和身影的特拉西梅诺湖。

旅行的思考：一本黄页的启示

我人生第一次独自旅行是在六岁时。我央求父母准许我去维代利亚看望最亲爱的姨妈和盲眼外婆。他们终于同意了，于是妈妈开车带我到距家二十英里的阿比维尔搭火车。我们赶到车站时火车马上就要开了，轰隆轰隆地响个不停。我记忆中的火车灯火通明，亮堂堂的，但我们怎么可能是在晚上去赶车呢——这一点我直到现在也没弄明白。妈妈从汽车里一跃而出，大声喊道："等等！等等！"奇怪的是，火车竟然真的停了下来，我被推进去后又立刻开动了，与妈妈那辆蓝色的奥兹莫比尔擦身而过，那时妈妈的手臂还在车窗外不住地挥舞。

偌大的车厢里只有我一个人。我带着自己的蓝色小旅行包，还有一本打算在车上看的《鲍勃西双胞胎的故事》。很快就可以到玛丽姨妈家了，明天就能吃到外婆给我做的甜面包，我会仔细观察失明的她如何完成这需要手眼配合的活。外婆肯定会喋喋不休地抱怨肝脏不好、老是头痛什么的。让我数一数她到底生了多少种病。嗯，都快十七种了。她会让我用绿色把手的圆形模具在软软的生面团上压出一个个圆形。我还要钻进房子后那些潮湿的洞里，用脏兮兮的红土捏小马和小鸟。火车在黑夜中呼啸穿行——要走七十英里才能到维代利亚。我把柳条编的玩具马车和英国黑色可卡犬蒂什留在了家里。列车员会告诉我什么时候下车吗？妈妈拜托过他的。

我蜷着身子倚在窗边，肩膀随铁轨发出的重金属噪音一下一下地晃动着，望着窗外一栋栋亮了灯的农舍。谁住在那儿？我很想去看看他们，瞧一瞧乡间屋子里的生活是什么样子。

我想象着自己住在那些坚固的小房子里，不知不觉，前额都快贴到玻璃上了。这之后旅行于我那神秘而诱惑的感觉，以及长期以来我对异地民风的热衷，都应当追溯到这次旅行吧。许多年后，偶尔读到松尾芭蕉写于十七世纪末的俳句，发现我俩心有灵犀：

> 秋深矣，不知邻人作何事？

我年幼时便开始探寻到如今依旧在探寻的东西，就是松尾芭蕉先生风烛残年时仍继续追问之物。

记得更小的时候，大约四五岁，我狠狠地掐了一下好朋友简·沃克的胳膊问她："要怎么样你才能是我又不是我呢？"这个问题无意识地敲响了形而上的大门，想知道"他者"是谁，想知道那些"非我"的人如何生活，需要穷尽一生来慢慢探索。

那就出发到异国去看一看吧，于是我开始四处游走，了解更新奇的"他者"，包括他们的文化、地理和语言。但置身陌生环境中的我是谁？而那些生活在当地的人们又是谁？

如果你打算在异乡待上一阵子，即便只是小住一两周，也应该去住民舍而不是酒店，应该去当地商铺买衣服、肥皂，到咖啡馆和小饭馆里闲坐，听当地的音乐会，去教堂做礼拜，这样定能与当地产生某种共鸣，而且探寻得越是深入，就越能发现当地人的与众不同——他们看似与你差别不大，实际却并非如此。记得住在皮恩扎的那个酷热的夜晚，我看见有人为了与邻居一起看足球赛而把电视机抱到广场上时着实吃了一惊。在我生活的加州，这种事绝对闻所未闻。身在异乡，哪怕是件极不起眼的小事都在告诉你．这是一个崭新的世界。

我参加过一次旧金山书展举办的游记座谈会，其中一个主题是：世界大同之时，该去哪里寻找写作素材，又该怎么写才能得其真味？

第一个问题可以果断地回答：世界并非大同。至于第二个，我一下子就想到了杰拉德·曼利·霍普金斯的建议：长久地凝视一个物体，直到它开始回看你。四处旅行或许危险重重，因为旅行生活会反射出一道强光，令你的“真实生活”无所遁形，有时的确让人焦虑不安。你走得太远太深，天知道到底会遭遇些什么呢？

我读过许多旅行札记，还有报纸杂志上的旅行短文，但都止于表面观察，仅仅是告诉你到哪里入住、哪里用餐、哪里不容错过。这类文章不过是虚构的小说或田园诗。我曾看过一篇写德国小镇的文章，写到了当地人丰富多彩的个性、啤酒和手绘玩偶，很有意思。可惜三页后的新闻版面上赫然出现了新纳粹势力带给小镇恐惧阴影的巨幅报道，愉快的感觉顿时荡然无存。再翻到前面的游记时突然就感觉一头雾水了。经常有人告诫我写游记时不要提到贫穷和苦难。是的，这告诫有些道理。在雨声淅沥的周日上午，读者只想再多做一会儿美梦时，却不得不面对垂死女人的残酷故事或饿殍遍野的苏丹，确实有些不合时宜。

可是精力充沛的旅行者仍在寻觅。寻觅什么呢？是一些肯定能改变你但却难以用语言描述出来的东西吗？——也有可能旅行者会一无所获。“改变我，”埃迪在一首诗中写道，“把我变回真实的我。”改变——这种自我转化的经历正是旅行时人们想要得到的一种收获。

通常，我们走到哪儿都带着美国味儿。如何才能撕下“美国制造”的标签呢？我们只去看那些看得懂的东西。早在石器时代便形成的地域本能已逐渐成为力量强大的基因，正是这种基因让我们自以为是地认为丹麦人和匈牙利人晚上回家后说的也是英语。那个东西卖多少美金？这种早餐怎么这么难吃？哪里有真正的咖啡？更悲惨的是，我们走到哪里都对小偷和劫匪提心吊胆，我们以为所有的地方都像美国一样暴力横行！

不过，我们可不是唯一一个带着自己的国家旅行的民族。对熟悉事物的渴望是一股强大的动力，我曾在佩鲁贾看见一群日本人在亚洲餐馆前排着长队等候用餐。尽管意大利美味应有尽有，他们却宁愿选择做得并不正宗的家乡菜，并且吃完之后十有八九会觉得味道差劲。游客们会非常自然，甚至是无法避免地把威尼托大街与自己所居城市的主干道相比。不幸的是，这样做只会让偏激的游客加深已有的认知，而无法获得新的体验。有一位日本诗人曾这样描写自己旅游的感受：骑在光溜溜的马上，我仿佛不着寸缕。每到一个新地方，我们总是会先感到格格不入，然后便马上开始排斥自己不熟悉的东西。要是游人能够认识到这一点——不要急于评断好坏、划分对错就好了。要知道旅行本来可以向你已有的知识之泉里注入新知的活水。

我去过加州的帕萨迪纳——这个名字原本让我浮想联翩，我还专门挑了个好天气到镇上四处闲逛，却没想到举目都是“美国制造”：星巴克、香蕉共和国、GAP、威廉姆·索诺玛厨房用品，以及意大利风格餐厅 Il fornaio，所有这些高档连锁店都卖着与其他城市一模一样的东西。我这是在哪里？为何感觉不到任何不同？不过，如果我能在那儿待久一些，肯定能看见帕萨迪纳的其他模样，它也肯定有其与众不同之处。美国商业和电视的力量太过无孔不入，你只有待得更久，看得更认真，才能发现那些与众不同的地方。

在意大利就容易多了。这里的小镇、城市、城堡和葡萄园无不蕴涵着浓厚的意大利风情。它们都有自己的特别之处，像是仙女戏海豚喷泉、挂着《天使报喜图》的石头小教堂、伊特鲁里亚方尖塔，以及刻着一千五百年以来整个家族姓名的教堂长椅。

一位作家曾告诉我："要小心异国风情，它们有时太易获得。"现在我跨过一个大洋，意大利的异国风情就更是俯拾皆是。我们到处看见一身阿玛尼的优雅男士，却看不到这样的人在酒吧里边喝浓咖啡边看《共和报》。因为在意大利，人人都讲究穿着，这个优雅男士的容身之所可能只是某个杂货店后的狭小房间，但一旦要出现在广场上，绝对是衣着光鲜，带着古龙水的香味，体面而优雅。

最初写诗时我准备了一册被我称为"图片库"的相册，里面夹满了照片、博物馆的油画明信片，还有打印出来的好词佳句，只要我觉得对写作有用的都夹在里面。时过境迁，我保存东西的方式早就改变了。尽管还留着好几本夹存各类东西的本子，但现在我更倾向于把它们收藏在脑海中。旅居意大利时，我特地将所见所闻搜集起来。如果我晚年打算在佐治亚州的山区度过，整天坐在小屋门廊上的椅子里打发时光，现在一定得把世界看个够，留下足够的回忆以供日后怀念。美景、佳肴、独自漫步——没错，我肯定会想起这些，可更让我魂牵梦萦的是各地的人们以及他们的生活——一只手拉开了蕾丝窗帘，窗口出现了一张脸，嘴角撇着，阴冷的目光定定地看着窗外，然后那眼睛突然看到了我，我们四目相对，片刻后窗帘又被拉下。早晨七点，英俊的烟草店店主尼古拉就开始清洗店门口的石阶，一边扫地一边哼着歌儿。别忘了这个人，别忘了他淋浴后的湿发，他的歌声，还有他突然绽放的微笑——他独自一人时的模样。这些偶遇让我突然明白了华莱士·史蒂文斯那寓意深刻的诗行："想象中的美昙花一现，唯有赋予血肉才会永远不朽。"

庞贝古城、马丘比丘遗址、圣米歇尔山固然令人啧啧称奇，但我在科尔托纳信步而行时偶然看到的那对果蔬店的小夫妻一样叫人赞叹。阳光下，妻子用柠檬堆起一座金字塔，仔细地用抹布把每片叶子擦得闪闪发亮。系着粉红条纹围裙的她脸庞稚嫩，如此年轻，大概一直在发愁怎样才能更像个老板娘。她那修长优雅的脖颈让人想起刚刚落下的天鹅。丈夫则长得像伊特鲁里亚墓墙上的长笛手——黑色鬈发，神色天真。他正忙着把早晨从母亲院子里摘的一篮篮新鲜豆子摆放整齐，再把西瓜切成两半排列在窗前，让每个路人都能看到。小妻子在收银机上放了块牌子——要做意大利蔬菜什锦浓汤的顾客可提前一天订购，店主会从家里备货。对于每个顾客他们都悉心招呼，即使只卖三个梨子，也会精挑细选，然后交给你过目。当我短暂地进入到某个我不熟悉的地方的日常生活时，一只粗糙的手将一个红色的梨子递到我的面前，这一场景将成为永不消退的记忆。是的，永不消退。

啊，字母印花

“这周末阿雷佐有集市。”

埃迪正在切欧芹、罗勒、胡萝卜和芹菜——他正琢磨着用果蔬店老板送给我们的香草做一道特别菜肴。我好像看见他在用力眨眼睛，是因为切洋葱眼睛不适吗？“你想去吗？”他问我。

“嗯，想，你呢？”

“你去我当然去。”埃迪在剥芹菜茎的粗边。

“咱们每次都能找到一些有趣的东西。”他是不是想起了上次赶集时自己头顶一个樱桃木橱柜穿过人群走了半英里路的事？想到这里，我抬眼盯着挂在厨房墙上的那个橱柜，玻璃柜门敞开着，架子上成排摆放着来自意大利各地的咖啡杯，多是伊丽莎白回美国前送给我们的，其余则是自己平日闲逛淘来的，也有朋友来访时送的。奇怪的是，这些物品大多是我们来意大利之后才得到的，转眼间却拥有了深厚意蕴，就像是代代相传的传家宝。这让我百思不得其解。我以为一件物品唯有经历时光的洗涤才能积累深刻的意义，否则，它至少也应是至关重要的礼物才行，譬如父亲的金袖扣、祖母的银糖罐和她用旧耳环改做的天青石指环。

环顾房间，许多“新”物品却与我如此亲近。“说起来我们还淘到过一幅天使画像呢。”我说。这个十八世纪的天使现在就挂在我们的床头，我越来越喜欢这金发碧眼的可爱精灵。画上的天使穿着靴子，宽大的织锦裙摆略微分开，隐约露出下面一块三角形的蕾丝布料。天知道天使穿不穿蕾丝，它们本身不是双性合一的吗？她或者他精致的脸庞恰好对着卧室另一头墙上的镜子，我一抬头就能看见它。这么说来，我每天至少要与它打两次照面。

埃迪把切碎的香草倒进平底炒锅，随着油煎的嗞嗞声，一股混合着泥土与雨水味的香气扑鼻而来。土味来自胡萝卜，而西芹本来就不像是土里生的，总是散发出淡淡的雨水气息。

“这链子还是咱们上次赶集时淘的呢。对了，你要意式烤面包还是普通新鲜面包？”埃迪问。

那链子我猜大约有二十多磅重，不幸的是我们一大早就把它买下来了，之后才买了那三对金色的天使翅膀，一个缺了条腿的那不勒斯小天使，还有好几码原先盖圣餐台的织锦绸缎。链子是手工制作的，以前是用来把煮蔬菜什锦浓汤和玉米糊的罐子悬在火上的，现在我们把它挂在壁炉两边当装饰。“这链子我们不是都很中意吗？我要烤面包。”

阿雷佐旧货市场每月第一周开市时我一般都会去看看，除了八月，因为天气实在太热了。集市很大，遍布整个广场一直延伸到多莫大教堂，甚至圣方济各教堂四周的小巷都摆满了摊子。放眼望去，摊子上、人行道上和街巷里，到处都是精美的家具、艺术品和零零碎碎的小玩意儿。这个有着八十多家旧货店的城市一直都是一个古物中心，平日里也一样热闹非凡。临时货摊后面分列着各种店铺，有的店主为了招徕客户，干脆把店里的家具也拖出来摆到街面上卖。这里什么东西都有：别致的摇篮，整面墙大小的十九世纪静物画，一战时期的绣花明信片，花盆，整排的唱诗班座椅，一应俱全。去年开始有人卖二战的绶带、空军T恤、德军纪念品和硬邦邦的制服。我甚至看到一个绣有“JUDE”字样的黄星臂章，是纳粹上台后强迫犹太人戴上以识别身份的东西，要价十三美元。我还摸了摸臂章边缘交叉的针脚线，曾经有人戴过它吧。无论是买下它或是就这么让它随便和其他商品混在一起，似乎都让我觉得不妥。集市上艳俗的玻璃器皿和威尼斯高脚杯随处可见，人群虽然拥挤，却没有弄碎半只。看来不管什么东西，也无论它们的美丑，都不会无人问津。

我从小就爱收集东西。威尔弗雷德叔叔把他的安东尼与克娄巴特拉牌雪茄的烟盒都送给了我，我会把盒子打开放到太阳底下除去烟味。我用其中一个烟盒装我收集来的箭头，而其他烟盒有的装纽扣，有的装珠子，还有些用来装漂亮石子。我还用鞋盒收藏了许多东西，像是穿着世界各地民族服饰的纸娃娃、明信片、海贝，还有同学们扔给我的叠成三角形的小纸条。我最与众不同的收藏是宣传手册。我曾经写信给全国各地的小城市，向这些地方的商会索取当地简介，这个方法几乎从未落空，回信里不仅有宣传手册，还有当地先锋博物馆的新闻、美国未来农民协会的倡议书、休闲娱乐人工湖的广告，或者是轮胎厂开业的消息，这些宣传品看得我心痒痒的，恨不得马上就去那些地方看看。当时我一心一意想要搬到内布拉斯加州的切里镇去住，不过理由我早忘了。

我打开一个烟盒，把里面的贝壳、天使翅膀、铃铛、海胆，还有扇贝一件件地摊开，与此同时我也打开了通向某些地方或者某段特别时光的记忆之门。将贝壳排放在地板上时，一些沙子漏了出来。我把海螺放到耳边，呜呜声让我想起了费南迪纳的海浪。那飞驰的浪涛将贝壳卷到我的脚边。海螺壳面纹路的颜色一圈淡一圈深，煞是好看，我用大拇指摸着海螺里面那些深色的、状如珍珠般的凸起部位。

我清楚地记得自己的每件藏品。只要打开橱柜门就能取出一个装娃娃的盒子，里边有一个穿着花围裙和木头鞋的荷兰金发纸娃娃，对着它足够我在某个阴雨绵绵的日子中消磨掉一下午时间。对了，不能忘了那对穿着黑色荷叶边裙子、系着缎带和围裙的波兰双胞胎娃娃。

收集与写作一样，能够助人留存记忆。我有位上了年纪的亲戚，一说起她的银勺纪念品时总是滔滔不绝："再看看这把，这是一九五〇年在大烟山度假时买的……"是啊，记忆能让旧日时光重现。当我把记忆付诸文字时，仿佛又为儿时那对小猫小狗举行了一次婚礼。

记忆中，在毕业典礼上我的珍珠项链散了，珠子滚落在教堂地板上，而唱诗班正高唱着"耶路撒冷"。

记忆中，同学们全体起立，他们又一次变得年轻、充满活力。他们为一块如愿骨吵吵闹闹，一起商量吃什么甜点。关上盒子，合起相册，挂起南窗的旧蕾丝窗帘，一阵微风拂面而入，让我可以收拾心情，继续前行。

长大后我几乎没收藏过什么，有一阵子对旧门铃感兴趣，但没过多久就意兴阑珊了。我有不少画着还愿图的墨西哥锡罐，也收集了许多古代雕刻及陶制的手、脚塑像，还有许多玩偶上的胳膊和腿——但这些也并非有心收藏，要不是有人说我家里摆了不少身体部件，我甚至根本没注意到自己的收藏。自从有了阿雷佐市场，不仅我家藏品的数量日益增多，而且还延伸到了人体的其他部分，至今为止我已经买了三个圣徒像的断头，其中两个秃顶，另一个戴着金色假发，装有彩色玻璃眼睛。只要看见早年意大利人的画像我就绝不放过。我书房的一面墙上就贴满了这一类画，我还编撰了画中人各自的人生故事。其实我喜欢逛阿雷佐古物市场从来都不是因为计划要买些什么，而是因为我对古物不可抑制地喜爱。

逛阿雷佐集市不止是为了淘宝并为巴玛苏罗物色装饰品，同时也是为了看人、在路边停下来吃冰激凌，以及在这个中世纪风韵依存的市场里转悠。下午一点，不少店家用防水布或报纸盖住货摊便去吃午饭了，还有些人索性就在草地上摆开桌椅、铺好桌布，与亲朋好友围坐一起分享烤鸡块、大份意大利面和长面包。酒吧被客人挤得水泄不通，大多数人选择小三明治和比萨，也有些人上高级餐厅享用意式香肠和芦笋馅饼。

镀金的教堂烛台、橄榄油瓶、石头天使——可看的东西不可胜数，是什么把我吸引到这旧亚麻布摊子前的？我对埃迪说：“这次咱们就专门找铁门、废弃的修道院大理石水槽和刻有家族饰章的银器，别的什么都不看。我可不想再买枕套了……”

刚开始我还能言行一致，可看到满街东西后便渐渐按捺不住了。埃迪盯着一个柴架和一面镜子，而我看到画着还愿图的陶罐时也迈不开脚步了。他特别喜欢手工铁器，还有门锁和钥匙。两小时后，他拿着这些啼笑皆非地看着我。

在美国，埃迪陪我逛百货商店时发明了一个令我速战速决的高招。别的男人都舒舒服服地坐在休息椅中，埃迪却始终不离我左右。

我在女装区徘徊流连、东挑西拣时他就开始和假人模特说话，手舞足蹈地高声称赞："这套衣服真漂亮！你看起来美极了！"引得众人注目，店员们则满脸紧张。

但在意大利，他却撇下我溜去喝咖啡看报纸，回头看见我仍在一堆白色亚麻布里东翻西拣时，他脸上的表情是惊诧还是无奈，我也分辨不出来。不知他会不会暗暗惊呼："天哪，在一堆破布边竟待了一个小时！"

我在一堆标价五千里拉的布料里挑了一条做工精细的手巾，上面绣着 AP 两个字母。

无论是在加州的家中还是在巴玛苏罗，我都收集了一堆旧锦缎、亚麻布和普通的棉布制品，有些上面有首字母印花，有些没有。"你要别人的首字母干吗？"一个朋友打开我家的餐巾布时问道，"我怎么觉得这玩意有点瘆人。"

"这是我朋友凯特的祖母丽贝卡的餐巾。"其实，这解释等于什么都没说。凯特整理她祖母的房子时把祖母留下的那些亚麻布都送给了我，因为她对布没什么兴趣。这些巨幅布匹的中央都有三个花押字 CBC，针脚粗细如婴儿的手指。"我就喜欢旧亚麻布。"我轻描淡写地应道，可是这句话却让我心潮起伏、思绪翻滚。

我没有向朋友说起我的母亲，也没有告诉她至今我仍然睡在绣有她姓名首字母的床单上。我清楚地记得童年时用的白色小床，记得钻进被窝时冰凉舒适的感觉，粉色荷叶边的床单上有母亲名字的首字母，字体优美纤细，如同小鸟的骨架。母亲卧室床上铺的是蓝色字母的蓝色床单，隔周会换成蓝色字母的白色床单。我还保留了几床白床单，字母已有些模糊了，不过无伤大雅。等女儿有了自己的房子时我就把这些床单传给她。这么多年里我不知用过多少条毛巾、床单、餐巾和枕套，但只有结婚前母亲亲手绣上我名字首字母的手巾依然陪伴着我，即使如今我姓氏的首字母已经不再是K了。记得母亲把手巾递过来时我吃了一惊，我姓名字母的缩写变成了FKM。我好奇地摸着新绣上的字母。家里带字母K的物品还有不少，一些从未用过的银制餐巾环和银茶杯，还有一个面包盘及胡椒研磨器上都印着这个字母。

我们家非常热衷在自家物品上印上首字母，不只是布料，就连婴儿摇铃、银茶杯、鞋拔和餐具背面也都会留下首字母的印记，我觉得很不可思议，不过最令我感到不可思议的是在十岁那年看到自己婴儿时的衣服的那一刻。那时我很喜欢抢东西，照母亲的说法，我就是个强盗。“抢到手就乱扔！抢到手就乱扔！我再怎么收拾也没你扔得快。”有一次，我在客厅橱柜里看到父亲高中的成绩单和家里的房契，还有母亲未嫁时随身携带的珍珠钱包，里面放了一面银色小镜子。她常拿着这个包，戴着粉色绒毛围巾去参加舞会，跳查尔斯顿舞。我那时正热衷于发掘秘密物品，翻出来好几块能做衣裙或浴袍的布料，还有母亲装开司米羊毛衣的塑料袋，里面的毛衣都洗得干干净净，放在防蛀虫的雪松木柜里。有一次，我拽出一叠被压扁了的蓝色薄棉婴儿装，拿起一件打开，发现衣服上全都有MMF这三个字母。

有小孩夭折吗？还是有个私生子？我冲进母亲房间想问个究竟。

母亲正倚在床上看时尚杂志。“哦，那些都是为你准备的，你要是男孩的话就都是你的。M代表你叔叔马克，F是富兰克林，你外公的名字。”外公就是照片里那个圆脸的男人，身穿白色荷叶边裙子的母亲坐在他的膝头，可惜我三岁时外公就过世了。我本该是马克或富兰克林，而不是弗朗西丝·伊丽莎白。毋庸置疑，父母原本想要的是马克而不是我。

“为什么不弄清楚了再加上首字母呢？”

“我也不记得了，不过我们都以为你会是个男孩。”她一边回答一边用银色发夹卷着头发。我仿佛看见了那个小男孩，长着一对招风耳，瘦骨嶙峋的膝盖上疤痕累累，正用那双属于我的蓝眼睛东张西望。

我还有些不死心，“那有 FEM 的衣服都在哪儿呢？”

“没有这样的衣服。”

我立刻明白了母亲的意思。连生了两个女孩以后，一家人都非常想要一个男孩，在衣服上绣上男孩名字的首字母无疑是一种表达决心的迷信举动，是试图改变命运的尝试。又过了几年，母亲告诉我，我出生后父亲曾经“满眼是泪”，整整两天没着家。奇怪的是父亲非常疼爱我，即使在他说起自己生的都是女儿却没有儿子时，我也没从他的语气中听出半点失落。

同样奇怪的是，每当看到床单或衬衫上有姓名字母的图案时，我就会理所当然视其为一种标志。

母亲曾在我的一个玩具娃娃的薄棉裙子上绣上 AMY 三个字母。AMY 是《小妇人》中我很喜欢的一个女孩的名字，尽管私底下我希望自己名叫雷妮。我们经常把父亲的手巾、衬衫，还有枕头套及母亲的衬裙装满一个帽盒，然后送到爱丽丝家去印上首字母。爱丽丝的家十分窄小，门前那株楝树我爬过不知多少回，还在树上看到过一窝蜜蜂。有时我会带着她家那只叫沙普的小狗到前廊荡秋千，小狗的耳朵总是被虱子咬得又红又肿。有时我也会坐在她家桌前，一边吃咸饼干一边听母亲和爱丽丝聊天。爱丽丝又瘦又高，一双大手瞧着就像能和大团面的手——她要怎么穿针引线呢？她粉红色的牙龈非常惹眼，牙齿倒显得很短。她是个黑人，住在“有色人种地带”。她和母亲能成为朋友恐怕也出乎她们自己的意料。她们聚在一起时一般就是聊聊家常，喝几口爱丽丝用那只蓝白相间带有斑点的锡壶煮的咖啡。

她们总是小心翼翼地将首字母沿其轮廓剪下，然后压在我们带去的布上烫平。烫的时候，靛蓝色的字母会立刻冒出一股焦味，聚精会神的母亲总会不自觉地撅起下唇，随后便把剩下的工作和印好的亚麻布一并交给爱丽丝了。母亲喜欢用白色的丝线，松松的丝线团像个“8”字，中间用金黑相间的商标纸捆着。几周以后爱丽丝会把成品送到我们家，和母亲一起把布摊在床上，细细欣赏美丽的针线活。

六月里阿雷佐的集市比四五月时的规模还要大。一路逛来，我发现了不少稀奇之物：一尊只剩躯干的圣徒的木头雕像，手脚部分都不见了；一个贴有金箔的木十字架；一张漂亮的年轻女子艺术照，大约摄于一九一〇年，照片里的女子神情泰然地坐在椅子边缘，浑身散发着镇定沉着的美。我看到几个女人聚在一家挂着透明蕾丝和亚麻布窗帘的货摊前，女摊主大概连续几天都在忙着上浆和熨烫这些布料。她的摊子上有一堆让我爱不释手的方形枕套，装饰着蕾丝花边，背面有大珍珠扣子。我们的卧室床头没有床头板，所以就用这种大方枕来代替，靠着读书也很舒服。大多数顾客都忙着加饰蕾丝花边，没精力绣上印花字母，但这个摊子的亚麻布上却印了三个很花的白色字母“RNJ”，与我加州家中麻纱手帕和布枕套上的首字母一样。它们原本属于我朋友约瑟芬那位住在棕榈滩豪宅里的姑妈瑞嘉娜。约瑟芬把她姑妈的一条淡粉色亚麻床单也送给我，镂空绣如迷宫般错综复杂，上下两层分别绣着她姑妈的首字母。这些东西约瑟芬用了将近五十年，而在此之前她姑妈也已经用了三四十年，前前后后一共用了八九十年，却依然完好无损。为什么印着首字母的物品总能留传下来，而其他东西却被弃如敝屣呢？因为大热天里还是亚麻布最凉快，我不远万里地把家里的旧床单带到了意大利，后来在这里的集市上又添置了几床。我也喜欢那种厚实的、钩针织边的白色床单，另一种粗棉做成、拿在手里沉甸甸的朴素床单我也同样喜欢。因为是棉质的，每次洗完挂在外面晾干后都不需要熨平，用手抚平就可以折起来。

我已经被亚麻或厚棉布床单宠坏了。集市上偶尔能看到那种马特拉塞凸纹、两边带手工吊饰的白棉布床罩。其实这种床罩铺在现代的床上有些短，但我还是买了一条，不够长的地方用枕头遮住。我躺在上面遥想着过去乡村的庄园和农舍，想象着这种床单上可能发生的生死爱恨，感受人们在田间劳作一天后睡在上面的滋味，慢慢地进入梦乡。那时，脏床单都是在石槽里清洗的，晾着的床单在春风中飘荡，一发现山间飘雨便被赶紧收进屋里。带有华丽的LM和SLC印花字母的物件都是在烛光下为新娘赶制的嫁妆。有一些也许实在“太好了”而被收在了衣柜里（做什么用呢），放上馨香的月桂树叶和薰衣草小心保管。

凡是亚麻布摊都兼卖各种蕾丝、衬裙、受洗礼服、上衣和睡袍，我强压住自己蠢蠢欲动的购买欲。记得有一次我在法国买了一条长袖裙子，衣服上用红线绣着我女儿阿雪莉名字的缩写，不知是因为保守还是为了保暖，裙上的扣子一直要扣到脖颈处。穿陌生人的衣服，上面还绣了自己的名字，感觉一定很怪异。因此我送给女儿时她虽然满口称谢，还是将衣服压在箱底与旧亚麻布为伍。也许我们家族遗传的对绣花字母的执迷到她这一代已开始淡薄了，又或者是换了一种表现方式。她的艺术作品中就包括她亲笔在上面题写诗句的锦缎餐巾，以及薄纱做的可移动的薄纱壁，那上面也题着诗。

我姐姐在佛罗伦萨找到一个现在还在手工制作首字母印花的地方。他们还有一本介绍首字母印花的书，里面详细介绍了花押字的各种风格，有些朴实无华，有些却华丽如巴洛克式天花板。她在那里给新儿媳买了一大堆餐巾，可是餐巾要三个月后才能抵达儿子位于亚特兰大的家中。我每次逛市场时也爱给女儿买各种漂亮的亚麻手巾，圆形的图案中绣着名字缩写。女儿连熨斗都没有，但我希望她能喜欢这些亚麻手巾。

我把从市集上买的六条手巾晾在晒衣绳上，虽然还有点潮，但已经被晒得暖烘烘的了。我把它们都取了下来。我先前想得没错，洗净的手巾洁白如雪。把带印花字母AP的部分对着阳光仔细打量时，我才发现这些手工缝边的手巾上都带了一个小拉环，方便挂在钩子上，这我可从没见过。我想起去年夏天去意大利南部游玩时，在特里卡里科附近一座墓园中看到过一个名叫阿苏达·普莱玛维拉的女子的墓冢。墓碑旁放着新鲜的黄色剑兰和粉红色的塑料花，碑上有一张女子中年时的照片。虽然她的名字包含了一种在春天升入天堂的意味，可照片上的她却那么真实而充满活力。乌黑的头发在脑后盘成一个髻，满脸的笑容，似乎既能杀鸡宰鸭又能帮忙接生，怎么看也不像个躺在墓中的女子。她肯定只是去了哪个厨房，楼道里还飘着意式汤饺的香味呢。

我的手巾肯定不是她的，可一看到这两个字母，我眼前立刻就浮现出她的脸庞。我喜欢打开我那只大雕花保险箱，取出约瑟芬姑妈的印花亚麻布，一边看一边想象她在棕榈滩举办鸡尾酒宴会的情景：留声机里放着爵士乐，香槟酒香味四溢，小餐巾精致整洁，一盘盘夹馅面包轮番上阵——在动荡的上世纪二十年代，人们晚宴上一般吃什么呢？在我的想象中，阿苏达家的房子是石头的，房子里有胡桃木硬床，年轻的丈夫脱去衣裳趴在床上等她按摩后背。到后来上了年纪的丈夫鼾声如雷，她却辗转反侧，担心儿子能否从俄国前线安然返家，没断奶的羊羔是否适合用来待客，寒流会不会冻死她种的蚕豆。手帕上的 AP 两个字母一定是她母亲亲手绣上去的，在命名日当天送给了她。

今天我在集市上还看见了几件非常不同寻常的白色睡袍，但我没买。此刻这些睡袍也出现在脑海中。三件睡袍都有帐篷那么大，全都印着与这大小相匹配的巨大印花字母 TCC。穿这睡袍的人想必是个胖子，这位 TCC 女士肯定每次都只能滚下床来，粉红色肉乎乎的脚因为踩在瓷砖地上而变得冰凉。这么匆忙是因为双胞胎的哭声，得赶紧穿过黑漆漆的客厅去安抚他们。

印花字母是带有地域性的。每一个印花都在无声地表明自己以及同类的归属地，除此之外，印花字母也能为记忆定型。看到银杯就会回想起孩子受洗的时刻。每次感恩节聚餐时拿出结婚时获赠的餐巾，仿佛还能看到别人走过来道喜。

刻在古代石头上的“Ubi sunt”（在哪里）是一个省略句，原句 Ubi sunt qui ante nos fuerunt（我们的前人在哪里）所探寻的这个问题，千古以来有多少人都曾探求过。命名是一种深层的本能，是不愿意看到一切都将被时间吞噬而做出的努力。十八岁上大学那年，我带了许多绣着印花字母的绿色浴巾、手巾和毛巾去学校。虽然我并不喜欢绿色，但这些东西我用了不止四年，直到现在我的汽车车厢里还有两条。几十年过去了，我还要感谢艾米姑姑送我的这份“毕业礼物”，车座上洒了可口可乐时，只要摸出一条有字母凸痕的织物，一切便迎刃而解了。手上的触感让我想起很久以前，一个大学新生就是用这样的毛巾擦干了自己的湿发。我感觉到的是不是那时的湿发？不，只是洒了的饮料。

今晚我家将高朋满座。卡洛琳、阿苏达、玛丽、弗拉维亚、唐娜蒂拉、阿鲁德、弗兰克、路易莎、芭芭拉、凯特、阿尔梅达，多萝西、安妮、雷娜、罗宾、南希、苏珊、翠西还有帕西娅，他们全都会来我家聚餐。

艺术无处不在

广场对面，三个男孩正对着奥维多大教堂的侧墙踢球。这座教堂高大威严、气势凌人，阳光直射它镀金的正面时，那种美令人目眩。我沐浴在墙面反射的阳光中，品尝着午后的卡布奇诺。这个月，我们可以无忧无虑地到处闲逛。普里莫修好了坍塌的石墙，还在原来的基础上有所改进，添上了两根石柱好让花草攀爬。他和工人们又把酒窖的石墙“重嵌了灰缝”，将灰尘和老鼠可能落脚的罅隙全部封死。我们原计划的工程打算七月再动工。

虽然科尔托纳到奥维多只有一小时的车程，但给人的感觉却相当遥远。我在加州一贯的距离感到了意大利以后莫名地延长了许多。在美国时，六十或八十英里通常根本不算什么，但是到了托斯卡纳，因为每一小段路上都有东西值得你探索、研究、品尝或享用，使得人直奔终点的注意力不经意地被分散了。从某种意义上来说，十六万平方英里的加州似乎比九千平方英里的托斯卡纳还要小。

走进大教堂，我再次观赏大画家西尼奥雷利最引人注目的那幅湿壁画《审判日》。画中一具具骷髅正爬起来，准备与业已复原的躯体——身体最强壮时的躯体——融为一体。能亲眼目睹肉眼本无法看到的场景，我非常开心，看到“躯体和永恒生命的复活”这句话变成了栩栩如生的画作，也感到快慰。这是人们已知、向往或者不相信的东西，但不管怎么看这问题，大概都想象不出“复活”是什么样子，可画家却用画笔将其鲜活地加以呈现。

我抬头看了许久，脖子都酸了才转身去看教堂别的地方。我从一个正在祈祷的妇女身边走过，她身边放了只菜篮，里面装满各种蔬菜。她脱掉鞋，热乎乎的双脚直接踩在冰凉的瓷砖地面上。不远处，有个小女孩正在为同伴编辫子，她们的布娃娃坐在同一张长凳上。一位年轻的神甫悠闲地翻看桌上的一本杂志，那桌上放了许多基督教的家庭读物。

这些人对这座恢弘建筑的每个角落都很熟悉，这里的一切都已经渗入他们的毛孔中，像呼吸般自然地存在着。

佐治亚州的菲茨杰拉德镇上有一座朴素的卫理公会教堂，我至今仍记得那里的一草一木，仍看得见那块破旧的深红色地毯和那盏白色玻璃灯，仍为放葡萄汁杯子的木头杯托着迷，那些葡萄汁流入我嘴里时会奇迹般不动声色地变成基督的鲜血。

我悠然自得地坐在地中海灿烂的阳光下，突然冒出一句话：“如果你从小对着奥维多大教堂的外墙踢球，生活将会截然不同。”埃迪正在看《共和报》上最新的政坛问题报道，没听到我的话，于是我拿起勺子舀泡沫牛奶喝。要是那些复活的肉身是画在我家乡那些身穿白袍、吟唱着“玫瑰含着露珠，我独自来到花园……”的唱诗班头顶上方，结果会怎么样呢？要是那样，不管是七岁、三十七岁还是七十七岁，总之，在我人生的各个阶段都可以着迷地欣赏着它了。我在脑海里快速回忆了一遍家乡教堂的内部，没找到一件艺术品。

小时候，我家客厅书架上放了一本母亲读佐治亚女子国立大学时的课本：《日常生活中的艺术》。我记得书中有一些粗颗粒质感类型的照片，照的是桌上的水果盘。这些照片肯定是为了作静物画的参照而拍。当时才七岁的我不知道照片里的东西和某种绘画艺术相关，以为只是和餐桌布置有关。我确实看见母亲在桌布、银餐具和花瓶的摆放上费了许多心思。

说到艺术，我就会想起沙发上方的那幅英国人狩猎图，我卧室中穿着粉红芭蕾舞裙的演员的照片，还有那幅我自己的肖像画——这张油画逼真至极，我自己看了都发怵。画中的我静静地坐着，穿着那件难看的扇贝领蓝裙，薄嘴唇微微张开，露出一排小牙，两颗尖门牙就像动物的一样。镇上有位女士每周三在自家前廊办艺术培训班。我按她教的方法一板一眼地浇筑牧羊女或小丑的石膏塑像。第二周，石膏像干了硬了之后，如果老师的孩子或小狗没有把牧羊女的羊羔或小丑的大鼻子打碎，我便用鲜艳的瓷漆为它们着色，可这些颜色不知怎的总会被石膏吸进去又混在一起，斑斑驳驳的叫人失望。

在弗吉尼亚上大学时，我发现相较于我这个在农村地区长大的女孩，班上大部分同学都显得不可思议的高雅。他们知识渊博，谈论的尽是立体派、表现主义和纽约学派。幸好没过多久，我也和他们一样喜欢流连于国家美术馆，甚至更进一步将触角伸向了现代艺术博物馆。我把钱全部拿去买艺术类的书，气得祖父火冒三丈，他这辈子最多也就是跑跑公共图书馆了。罗特列克、杜菲、诺尔德、马奈，一个个名人大师让我仿佛坠入爱河不能自拔。我与艺术变得密不可分，直到现在依然如此。

光线在奥维多教堂的正面缓缓下移，我放慢呼吸，一边听男孩们踢球的叫喊声，一边看邻桌男子和两个穿白色长袍的修女玩字谜游戏。大教堂三角形的影子斜跨过广场，形状如同日晷的指针。我感觉自己的脑子在不停地转动。在意大利，不对艺术感到亲近是很稀奇的事。在这个美无处不在的地方长大，思考美再正常不过。

我所欣赏、热爱并追求的艺术其实一直是一种外在的东西，并不自然。美国的小镇大多缺乏艺术，因此都异常丑陋。校园里的艺术通常属于奢侈品，只要预算的大斧一挥，便立刻坠地而亡。艺术、音乐、诗歌，这些我们天生喜爱的美好事物成了可以牺牲掉的花哨的附加品，毫无实用价值。肃静的博物馆使得艺术越发显得不自然，而我们多数人都是在博物馆里体验艺术的。然而在意大利，许多艺术作品却展示在教堂中。意大利人在教堂中只比在广场上略微安静一点。艺术和弥撒并非高高在上，而是带着一种熟悉而亲切的味道。

科尔托纳有一个艺术展览馆，大门正对着西纽雷利广场。西纽雷利的半身塑像从高处俯视广场。展览的内容每周都不一样，作品有的精美绝伦有的粗俗透顶，应有尽有。展览馆就这样紧挨着服装店、香烟店和鲜花店，与它们仿若一体。开画展的艺术家本人就站在展览馆里，面对每一个驻足观看的参观者。夏日时，附近的西纽雷利酒吧会把桌子挪到户外，碰上无人参观时艺术家也可以出来坐在桌前喝一杯咖啡。顺着主街往下走，在一座气宇轩昂的宫殿里，各种主题的摄影展常年不断，路人只要有兴趣都可信步走入。艺术家咖啡馆的四壁也为青年艺术家们提供了一个随意展示的空间。

这些艺术展览馆较之苏活、切尔西或旧金山那些密闭式的、冷冰冰的展览，简直有天壤之别。在那些地方，即便观赏也常令我觉得自己像个非法入侵者。虽然乡村和都市确实存在差异，但在我老家的乡村小镇上，就连主街上也找不到一个充满活力的艺术画廊。这种对艺术疏远的态度其实很可悲，可在美国确实是一种普遍情况，不是吗?

科尔托纳有个雅号，“Città d’Arte”（艺术之城），而这个雅号从古至今都名副其实。科尔托纳是十二个伊特鲁里亚古城之一，从十七世纪起镇上便有了一座展品丰富的伊特鲁里亚博物馆。博物馆的镇馆之宝是十九世纪时在沟渠里发现的一件古物——一盏沉重的铜制枝形吊灯。吊灯工艺精湛，上面一个个蜷伏的人物造型有很浓的情色味道。几年前，考古学家新发现一些具有重大意义的古坟，因此现在的博物馆又新添了一件巨型卧姿动物塑像，精美的金饰、雕刻和陶器藏品的数量也在不断增加。去年有位采石工人还发现了一块刻着伊特鲁里亚文字的铜版。

我也有件古董，是一个伊特鲁里亚人脚雕塑，它不是我自己找到而是别人赠送的。雕塑后脚跟部皱褶的黏土板上，工匠的手印仍清晰可见。我抚摸着雕塑趾甲上的刻痕，还有大脚趾骨和脚踝的骨关节。雕塑的折断处是在小腿的中间位置，腿里面是中空的，只有少许远古的泥土留存。看着它，我不由联想起几千年来奔忙于巴玛苏罗这片土地上的人们。我知道，在意大利拥有这种小古董的人数不胜数。我就曾在邻居家里见过一个古罗马杯烛、一只伊特鲁里亚小玻璃瓶、一座大理石头像，以及一扇中世纪雕花大门。意大利人对待古董的态度相当随意。许多人家的车库以前是绘有壁画的家庭小教堂，但主人一般缄口不提，因为不想被艺术委员会获悉以免将珍爱的车库拱手相让，那里面可还停放着他们的爱车呢。

就连意大利博物馆里的保安大多都满腹经纶。记得我们参观锡拉库撒的博物馆时遇到过一位保安，他就对卡拉瓦乔的名画《圣露西的葬礼》发表了一番高见。冬日里，保安们通常都在潮湿阴冷的走廊中围着小取暖器烤火，即使如此环境下也能热烈地谈论起某个正在修复的遗址或某件古董的归属权。

据说在契马布埃的维其奥镇发现了少年乔托牧羊时画在石头上的绵羊——这当然是后人附会的，但它所指涉的那一历史时期的确令人称奇。当时的意大利，不管是牧羊人、学徒、职员或是贵族家的男孩，手中拿的不是画笔就是凿子。那时中产阶级的势力越来越强大。托斯卡纳方言开始运用在文学作品中。画家创作的主题主要集中在宗教题材上，为教堂效力的画家像家酿酒一样随处可见。虽然创作内容由教堂限定，一般是天使报喜或圣人的生活，但画家也开始在壁画中增添一些甜美的家庭氛围和 campanilismo 的感觉。Campanilismo 源自 campanile（钟楼）一词，指热爱同一社区的左邻右舍。

这种平易近人的画风始于十三世纪，当时的著名画家杜契奥在描绘圣母及卸下十字架的基督的脸部表情时让我们有了几分常人所有的情感。这种清新的风格打破了受拜占庭镶嵌画影响至深的那种死气沉沉的绘画风格，人们开始追逐一种崭新的、更具表现力的风格。试想在这种新的绘画手法被口口相传、村村相授时你走入画室中的感觉吧。站在博物馆中，我们很难想象杜契奥同时代人面对新画法时会惊诧到何种地步。后来，乔托把这种新手法梳理清楚写入绘画手册，皮萨诺及其子乔万尼又将它运用到雕刻艺术中。跟随他们脚步的艺术家不胜枚举：马萨乔、弗拉·菲利波·利、弗拉·安杰利科、安德里亚·曼特尼亚以及米尼哥·基尔兰达约等均在其列。

艺术史学家通常把意大利艺术史上这次急速传播的现实主义画风解释为新情感和新视角的产物，其实他们的看法只是冰山一角。

当观画者看到一只傻乎乎的小狗正在画作前景中游荡，觉得它似乎马上要向自己摇尾，而这种感受立刻就能使观画者进入到艺术的想象空间——这比其他什么法子都来得直接。一四三〇年，当多纳泰罗的大卫俏皮地戴起帽子、撅着铜屁股出现在观赏者眼前时，谁也无法对他青春躯体下旺盛的生命力视而不见。

受雇的画家拿起画笔装饰教堂、礼拜堂、谷仓、银行、修道院、市政厅、信徒聚会厅、卧室、公墓纪念碑和街上的各类店铺。雕塑家们拿起凿子为富人装点门面，还给家乡的广场增添趣意盎然的喷泉。人们开始每天都呼吸着艺术。日常生活中的艺术。不再只是高高在上用来崇拜的东西，也不只是摆在餐桌上的果盘。

整个意大利以天使报喜为主题的画作应该不下十万幅。天使望着斜射的圣灵之光照向惊恐的（谁碰到这种情况能坦然自若呢）圣母。画面的这些信息都是固定不变的，可是不同的画作中都会融入一些本地元素。比如某个当地妇女，身边放着菜篮子，她为远离家乡与教皇党作战的儿子祈祷时抬眼看到天使报喜图，却一眼看到背景上的湖是丈夫正在打鱼的那片湖，还看到了她熟悉如自己臀部曲线的青山轮廓。

在卡罗维利笔下的《天使报喜》中，圣母本人是中心，自天国投下的受孕灵光像极了飞机过后的尾迹，照在她十指交叉的双手和宽阔的额头上。那位带着菜篮的妇女迟迟没有收回目光——圣母家门外放的是什么东西？显而易见，一个苹果和一个南瓜。她头顶的架子上摆着六只碟子、一盒干酪、一瓶油（绝对纯净，毫无疑问），还有一座烛台。楼上的窗户上挂着一个鸟笼，里面关了一只雀鸟。石栏杆上搭着一块东方地毯，上面还摆着一盆正在晒太阳的植物。蓦然间，观画者好像回到了自己家中。

意大利各地的教堂里都有这样熟悉的生活场景。侧墙的壁画中，一匹马走进小溪中，一个男人滑下楼梯，一面坍塌的石墙砸到了一名修士。婴儿时期的基督如同邻家小孩，身上根本没有天父的影子。甚至还有丑兮兮的小基督手牵着绑小鸟的细绳。还有一幅画中垂垂老矣的圣杰罗姆坐在他的书房里，隐约还可见到他的忠实伙伴——狮子。钉子上挂着浴巾，桌上钉着一张便条，还有一只小猫。他的屋子仿佛就是我们自己的屋子。

科尔托纳有一座大宅邸被分成了十三个套间。文艺复兴时期建造的正墙后面还完好地保存着中世纪建造的房屋。建筑师将迂回的走廊和没有过道相连的房间改造成套房，当中肯定遇到了很多麻烦。这天，我们在维多里奥家吃晚饭。他家的厨房以前一定是间起居室，夫妻俩在厨房白墙下发现了一幅有二百年历史的花园图。一排用幻觉艺术风格绘制的铁栅栏挡在观者面前，后面是簇簇鲜花和隐隐青山。我们一面把茴香片浸入维多里奥父母自榨的橄榄油中，一面欣赏着画中美景。“这栋建筑中所有住户的房间里都找得到壁画，”维多里奥说，“只是多数人不想修复罢了。”他领我们到其他屋子，四壁隐约可见粉红和海蓝,是他们尚未修复的壁画。家里有这种好东西，他们怎么能视而不见？要是我肯定觉都不睡，用海绵和牙刷除去涂料，一睹为快。当年我们在巴玛苏罗的餐厅里偶然发现壁画时还以为是天降神迹。家里居然有一幅壁画！后来我们才知道，在科尔托纳随便哪面墙下都可能隐藏着一幅壁画。

住在这栋宅邸中的安东尼奥顺便进来喝了杯红酒，他带我们到他长大的神秘套房中参观。我们走进一个大房间，接着又是一间。他已故母亲画的肖像画和风景画挂满房屋四壁。她母亲的钢琴、家具和放在壁炉架上的照片原封不动，其中有一张是四岁的小安东尼奥坐在圣诞老人膝头的照片。几年前他拿东西刮了刮墙根处，发现下面一片栗棕色和绿色——到底是什么？我看着像是圆圆的马屁股。显然这房间一直空着。我们穿过一条曲折低矮的走廊，来到屋檐下方的大房间里。站在这屋里，远处的广场一览无余。安东尼奥领我走进一间侧屋，里面堆满了他的画作。主屋内放着一张长桌，上面堆满绘画草图和颜料告罄的空盒子。两只小猫在屋子里跑来跑去，累了就蜷缩在十五世纪起就开始供暖的大火炉旁。许久以前手拿画笔面墙而立的究竟是谁？他们画的是什么？又是谁厌倦了这些壁画而在上面抹了白色灰泥？安东尼奥和那两只爱闹腾的猫一起坐在通风良好的壁炉前喝咖啡画画，休息时便走到窗前眺望广场的景色。

他家还有几个房间，但房门紧闭，我们没有进去。置身颜料和炉火的气味中，我想象墙里面还藏着其他的花园、报喜天使、神话中的幽会场面、美丽的女人、远处的城堡，还有圣人的生活场景。但安东尼奥却给我看他替别人设计房屋时的装饰边线，是旧屋新装，墙壁业已粉刷一新，他打算用红色镶边的金色镂空树叶图案装饰这些墙壁。也许百年后的某个清晨，一位女子在这间房中醒来，看到房顶上方的边线突然心生不满，因为她想要看到美丽的花朵，于是安东尼奥的大作就被玫瑰花取而代之了。

我俩打算今年重新装修家里的一间卧室，于是问安东尼奥是否能和朋友弗拉维亚一起为我们设计一种边线。我特别喜欢漂亮的伊特鲁里亚波浪图案。安东尼奥画了几幅草图给我，我们决定选浅蓝加两条杏黄边线的那一种。

第二天，我信步走进一家艺术用品商店，看见干净的水彩画纸、取了各种好听名字的颜料盒、厚厚的草稿本和一盒盒彩色铅笔时，眼睛就舍不得挪开了。记得女儿还很小时，我和她常在后院里摆张桌子，画一个早晨的画。女儿对色彩很敏感，想象力非常丰富。她画过巨大的紫色大象，背景是色彩艳丽的色块。还画过身穿粉色蓬蓬裙的公主，阳光斜照着公主的小屋，院里有人影，窗户上还有只小猫。侧面画的是什么呢？噢，是一辆黄色敞篷车。那时我画的水彩画早已卷起来藏到床铺下面去了——静物画中那些装着橙子的蓝碗毫无生气，挂在石墙上的珊瑚钟不含质感，似乎一触即碎。相比自己作画，我更喜欢坐在阳光下，看着女儿把深红色稀释成浅粉色，然后浸入细细的笔尖，在雪白的纸上创造生命。她是如此无拘无束、运笔大胆，而我却无法像她那样发乎自然。

我在这间艺术用品商店买了些彩色粉笔和一叠手工画纸。在奥维多产生的那种模模糊糊的想法此时已然成形，我要每天用画笔画下周围的一切：欣然绽放的紫色野兰花、清晨在榛树上放声高歌羽毛艳丽的戴胜鸟，还有书房窗口远眺到的那仿佛绿色天鹅绒裙的褶皱般交错层叠的连绵青山。我一直都在如此的美景中呼吸，如果我能更深地呼吸这艺术的气息，没准就能用画笔把这些每日晨曦中尽情高歌的小鸟的感受描绘出来了。

我渴望创造艺术，而这种渴望现在与大自然结合和碰撞了，我喜欢这样！我惯用文字来表达，怎么做才能形容湿漉漉的山梅那穿墙而入的香味呢？是借助钢笔的墨汁，还是电脑的键盘？黎明时分的百鸟齐鸣——它们的歌声汇集在一起难以分辨——听似杂乱无章，却与音乐、艺术、文字何其相似。那声音宛如碧水沙洲，又像可以唤醒日光的潮汐。可是，鸟儿们怎么学会唱歌，又为什么要歌唱呢？究竟该如何描绘艺术体验和创作带给人的如同重生般的欣喜之情（虽然这样的活动风险重重）？究竟怎样才能画出或写出小鸟们唤醒天地的演唱？冉冉升起的朝阳，似用银笔勾画的黝黑山峦的轮廓，慢慢消融的玫瑰红和淡蓝色霞光，以及仍在引吭高歌的小鸟，又该如何下笔描摹？

我半梦半醒地躺在床上，一时间不知魂魄何在，否则怎能看到如许景色？昨天在花园搬了一天的石头，腰部隐隐作痛，这让我知道自己还活着。地球重新披上了七彩衣裳，小鸟们纷纷离开合唱团，开始了婉转悦耳的独唱。这般美景，我多么渴望能够用笔将它捕捉下来。

平日里，艺术就是这样一闪而逝的吧。

疯狂的七月：嗡鸣的古瓮

连续七十一天，家中都有客留宿。第七批客人就要大驾光临。普里莫·比安基过来告诉我们他打算开工了，于是我们赶紧给要来访的亲朋好友致电，告知他们家中装修，不便留宿。“我们很想看看装修的过程，”我以前的一个同事说，“不会给你添麻烦的。”在旧金山时我们难得一见，我甚至记不清楚上次我们在一个共同好友的签名售书会上谈了些什么。不过，似乎是在听了我的话后，他就决定带女友到意大利来玩了。

“可能真的不行，有两个浴室要拆掉重装。我想你们住旅馆会更舒适。”

大西洋彼岸沉默了片刻。“你家没有第三个浴室吗？”

“有是有，但是得经过我们的卧室。”他犹豫了半晌，终于同意让我替他们找个旅馆。

读大学时我经常幻想自己有一栋坐落在树荫浓密的街道上的黄色屋子，在普林斯顿、盖恩斯维尔、帕洛阿尔托、埃文斯顿、圣路易斯-奥比斯波、博尔德，或者查珀尔希尔都可以，最好是在自行车是首选交通工具的大学城中，屋后的院子里种着土豆，朋友们可以不请自来。书桌摆在楼上的一扇窗边，这样我可以边看书边照料玩耍的孩子们，还能及时跑下楼查看烤炉中的食物。我希望能有几间贴着蓝色亚麻墙纸的客房，一间有天窗的儿童房，里面摆着一张儿童床，还有一个带法式房门的餐厅。朋友们想待多久都行，他们的孩子可以和我的孩子一起坐在大圆桌旁吃饭。还有一种生活也是我向往的，就是独自一人住在一座迷人的城市里，比如巴黎、旧金山或罗马，我可以身穿黑色紧身针织衫，趿一双拖鞋，戴着墨镜坐在咖啡馆里，一边抽细长的雪茄一边在一本皮面本子上写诗。

岁月流逝，我的梦想有的已经变成现实。但直至今日，我才真正拥有了不止一间客房和三个备用卧室，梦想中的大餐桌和时刻敞开的大门也终于变成了现实。

不过我现在更需要一扇旋转门，梦想也需要时时调整。前六批客人住在家里时，我真希望能够从镇上拉一条运面包和鲜肉的传送带到家里来。客人走了以后，我扯下床单扔进洗衣机里，它一连好几个小时都在不停地工作。我只能一切从简，午餐只准备固定的套餐：三色沙拉（马苏里拉干酪、罗勒、番茄），圆面包，各种腊肠和火腿，蔬菜沙拉，干酪和水果。“又吃这些？”埃迪问道。

“是！客人们又不知道咱们已经一连吃了四天。再说今晚我们也一定会出去吃。”

我已经准备把去蒙特圣萨维诺古玩店和佩鲁贾的伊特鲁里亚古墓的路线图画给他们了，可他们总说：“我们只想待在这儿，在罗马那四天实在累坏了……”

不知从什么时候起，我的心情从“很高兴见到你们”变成了“噢，天呀，你们到底还要住多久”。应该是在开始接待的第十天左右吧。

埃迪第五天时就不行了，他比我更喜欢独处，需要私人时间写作或到田里干活。来来往往的客人仿佛在他脑子里装了个断路器，让他头痛不已。当第三批客人来袭时，我们连说话的力气都没有了。到第四波时，干脆转入“自动驾驶”模式，只打手势不说话。“去锡耶纳的大巴快开了。”我站在客房门口轻声对客人们说。这个幽默简直毫无感染力。本来我们说好早上八点走，免得晚了太热。为了早点动身，埃迪早就给车加满了汽油。我们七点半就冲好凉，做完一切准备：餐桌上摆了好几碟甜瓜，咖啡壶中的摩卡冒着热气。可客人们睡到九点半还不起床。要是十点出发，到锡耶纳后只剩短短一个小时就到了关店午休时间，客人们肯定会对这落后的风俗大为光火。他们似乎永远抓不住意大利生活的节奏。“我们是在度假，不想受计划的约束，你就让我们随便吧。”其中一个客人说。“没错，”另一个附和道，“再说，不是还有很多地方中午不关店吗？”我本想说不是的，所有店铺都关了，但话到嘴边又被咽了回去。

等客人走后，我连向邻居家灰猫打招呼的力气都没有了，它经常会来我家讨牛奶喝。

“我们想在你这儿住十天，时间会不会长了点？”

“和我们一起旅行的朋友听过很多你们的事。如果我们六个人过来小坐片刻，吃个午餐，会不会很叨扰？”

“我儿子的室友和他表弟旅游时会经过你那里，见见这几个第一次到意大利旅行的小伙儿吧。”

虽然很难说出“不”字，但我也学乖了。“我家正在装修呢。”可说完这话后我听到的却是：“噢，不用管我们，我们不会打扰你的。你写你的书，我们白天自己会出去逛逛。”如果我说很抱歉，家里已经没有空房了，得到的回复却经常是：“那么告诉我们一个时间，我们会把假期调整一下。”

普里莫，欢迎欢迎。普里莫可能不知道我有多欢迎他。从买下房子的那一刻起，我就一直想重新装修那两个旧浴室。但是它们还能将就使用，而别的工程却刻不容缓，只好把那破旧的瓷水槽和水花四溅的古怪淋浴喷头暂搁一旁，仅仅添置了铜浴巾架和从阿雷佐市场上买的古董镜，后面便把所有时间和现金投入了中央供暖系统和电线布置的工程上。不过，改造浴室不像前面的工程那么可怕，没用几天便旧貌换新颜，让我们异常欢喜。

当第一批客人往背上涂抹厚厚的防晒霜时，我和埃迪冲出家门，去镇上订购了马桶和灯具。第二批客人滞留时，我们正在四处寻找瓷砖。是时候做决定了；必须下定单。凯伦和迈克尔从楼上的露台向我们挥手告别，我在那里放了一盘水果和一大罐肉桂冰茶，为了我们不在的时候给他们打发时光。

在意大利，挑选瓷砖是非常艰巨的任务。我那两个花一整天时间看布料、灯具或墙纸都不会厌烦的姐姐，到了意大利也一样束手无策。建材供应商除了有漂亮的展厅之外，还拥有灰尘满地的仓库。展厅里放着太空舱似的密闭淋浴房和开关密布的旋涡按摩浴缸，如果在这些样板浴室里找不到中意的东西，顾客就会被领进仓库，独自在那一堆堆、一叠叠、一盒盒的瓷砖中慢慢寻找，从玫瑰蜜色的地砖到雅致的石灰石方砖，各种款式一应俱全，数以千计的蓝色或白色的手绘小鸟和鲜花图案瓷砖，或是简单的原色地砖通通美得不行，还有——天啊！我们打算扫地出门的粉色和蓝色蝴蝶图案也在其中。不一会儿我就发现自己更偏好有匠人的痕迹，表面比较粗糙，设计传统的瓷砖。可供选择的大理石和天然石砖同样令人瞠目，平生第一次，我完全不知从何选起。盖第一间浴室时，我知道自己想要的是大理石大方砖，幸亏当时决定后就没有再继续寻找。

最后我们选了几款，决定考虑几天后再最终敲定。回到巴玛苏罗时，凯伦和迈克尔正穿着专为游玩而买的亚麻衣裳，清清爽爽，神采奕奕。而我和埃迪刚从集市仓库出来，满身的灰尘，更惨的是我的皮肤因沾染灰尘过敏了。尽管这样，午餐还是在几分钟后就准备妥当。下午我们四人参观了伊特鲁里亚博物馆、科尔托纳上城区的教堂，还有那家仍在展出圣方济各窄床的修道院。

“真是甜蜜的生活。”他们异口同声地说。苍茫夜色中，他们倚在墙边品尝格拉帕醇酒，而我则盯着堆满碗碟的厨房发愣。“嗯，我想我该上楼了。这里实在太舒服了，你们真有福气，足不出户就能看到这么美丽的景色。”可爱的客人们上楼去了，没看到我和埃迪正挽起袖子，准备与油脂和肥皂水恶战一场。就在我们洗刷清扫时，头顶客房的床开始有节奏地撞击墙壁。

等到他们离开时，我们对瓷砖的选择又变卦了。终于能用一整个上午慢慢挑选，不用老想着得赶回家煮东西给饥肠辘辘的客人享用。我们挑选了一种玫瑰红的天然石砖，再配以同材质的浅黄色石材作边线，来装修那间被我女儿称作“丑八怪”的浴室。至于那个贴着梦魇般蝴蝶图案的浴室，我们决定改用白底蓝黄图案的西西里手工砖。

年轻时那个拥有黄色屋子的梦想如今并未消失，我喜欢亲朋好友造访此地。在异国他乡时，我们看待对方的方式迥然不同，对彼此有新的了解，感情也越发深厚。好友们一到我家就很高兴，总是欢欢喜喜地陪我们一起走到市场买草莓。回到家里时他们已想妥了晚餐的菜谱，然后一起说说笑笑地炸夏南瓜花、做西瓜冰糕。听我们说起这儿有一条罗马古道时他们便会起身一探究竟。有时他们也会帮着煮咖啡，甚至给芦笋地除草。坏客人在哪里都不懂规矩，好客人却知道每个地方都有自己独特的韵味，并且会顺应新的生活节拍。

这次来的是旧金山的托尼和肖特西，他们事先列了一串打算前往参观的地名，有些地方我们也是头一次听说。到来的当晚，他们看着园中小径上飞舞的萤火虫，兴奋极了。陪他们进镇的一路上也给我们带来了新发现。经过因修复而关闭的圣方济各教堂时，肖特西看见一位神甫站在教堂侧门，便问了句："可以站在门口看一眼吗？"神甫因我们对教堂感兴趣而感到高兴。他的半边脸被一块紫色胎记盖住，目光直率，走路时脑袋晃来晃去，黑色的袍子拖在地上卷起阵阵尘土。我们在这座阴暗的圆顶教堂中待了一个小时，看到那里原先的朴素正被繁复的巴洛克取代。神甫领我们走进一个房间，里面放了不少橱门紧闭的柜子——他要给我们看些特别的东西。我们先是看到了几个罗马殉道者的颅骨，那些应该都是十一二岁小孩的头骨。架子上摆满了一束束的头发和碎骨。他虔诚地取出一小片布料。"圣玛格丽特仅存的衣服碎片，极其珍贵的圣物。"接着又给我们看了一件圣方济各的衣服。这座以他的名字命名的教堂是由他的朋友伊莱亚斯修士建造的。世人对伊莱亚斯修士知之甚少，只知他有时隐居在教堂上面的山中。神甫和我们握手道别时说道："我可能会下地狱，但你们都会上天堂的。"

圣克里斯托弗广场附近有一个男人正在摘树上的樱桃，看见我们便招呼道："Buon giorno."（你们好。）然后抛下几串给我们品尝。走走停停这么久，竟然还不到十点钟。然后他俩自己游玩去了，回来后带了许多有趣的故事。离别时，我们很是不舍。

去年初夏埃迪的春季授课还没结束时，我的两个姐姐过来陪我住了两周。母亲住进养老院已经很多很多年了，平时我们姐妹相聚，不是因为老母亲生病急救，就是在定期探视期间。长久以来，这是我们姐妹第一次开心畅谈，聊着与母亲无关的话题。我们相伴走遍了整个托斯卡纳地区，一起煮意大利面，一起在园中干活。

在那之前姨妈海兹尔刚刚去世，留给我们每人一小笔遗产。我们决定挥霍掉，毕竟我们从没想过会有这么一笔意外之财，尤其是我。小时候，只要我有任何自私的举动父母就会说："你不想长大像海兹尔那样吧？"外祖母去世时，海兹尔以伤心过度为由没有出席葬礼。等我们回到外祖母家中时，却发现她的好东西全被海兹尔装到了自己车上。因为另一个我难以启齿的痛苦经历，上大学后我就再没和她说过话。

我们姐妹三人挑选最好的餐馆用餐，餐后说声："谢谢你，海兹尔，味道好极了。"我们对她的态度友善多了。我们买完鞋、碗碟和围巾走出商店时，心中念道："海兹尔，你真好。"虽然我非常讨厌她，但我慢慢发现，她最后的善举还是唤醒了祖先根植于我心中的信念：血浓于水。我开始原谅她了。

有一天，我们信步走入佛罗伦萨一座中世纪的幽暗建筑，里面名牌皮包和珠宝琳琅满目。姐姐看到价格以后又惊又喜，开始一刻不停地挑选金手镯、钱包和夏日手提袋。我突然意识到这里的商品都是赃物，但没敢吱声，因为把我们从她家铺子领到这里来的女士听得懂英语。我只希望她们能在警察破门而入之前结束抢购。最后我们带着 GUCCI 和 CHANEL 离开了那里，姐姐知道这些都是真货。"刚才没被警察逮着，真够幸运的。"坐进出租车以后我对她们说。奇怪的是，给她们付的支票，却一直没人兑现。有时一句漫不经心的话会把我们拽回熟悉的地方。我们住的酒店有个庭院，庭中喷泉水花飞溅，我们喜欢在那里用早餐。有一天正吃着美味的甜瓜时，一个姐姐突然说了句 ："不知妈妈喜欢吃这个吗？" 能够在新的地方与过去重新相连，还是挺令人欣慰的。如今我们姐妹互赠礼物时总会附上一张小卡片，上面写着 ：爱你的海兹尔。

浴室，罗马人对它们情有独钟。他们在浴池四周装饰上黑白的海豚马赛克画和风格独特的海洋动物画，无人能出其右。可惜古罗马人充满想象的设计风格一点都没有影响到以前巴玛苏罗浴室的设计师。前几年我们重修房屋时发现旧浴室不仅丑陋，污水处理设施也不够完备，只要家里多住几个人，那唯一的化粪池就显得容量不够，浊气和蝎子从下水道中跑了上来。我们看了些家庭供水和乡村污水处理的书籍，还复印了一些化粪池的图片。普里莫在屋后挖了几小时后发现，三个浴池和洗脸池的水都是直接排入化粪池的，大量清水的排入使得污物在净化之前就流了出来——这可是在污染自己的土地呀。至少我们看的书中是这样说的。"都是这样的，" 水管工肯定地说，"你们的系统没问题。" 但我们却不敢苟同，反复告诉普里莫必须想出更好的法子。我们希望浴池和洗脸槽的水能绕过化粪池，化粪池的排出管道必须加长，沿途再加入几个沙石坑，以便彻底净化。

普里莫和工人一到，我和埃迪便赶紧走出门去找他们商量装修的"压轴计划"。我们花了几十个小时来清洗干净浴室的地砖，又花了几十个小时才剥除掉门上的油漆。不过要面不改色地待在被撬开的化粪池边，这兴许才是真正的考验。普里莫想告诉我们污水是怎样净化，又是从哪里排出的。“这个池子还行，我只需要在里面另外隔出个小间。瞧，脏水从这儿进来。”他指着从浴室出来的那条水管说。接着又抹去化粪池盖子上的砂土，把它撬开来。我倒吸一口气，匆忙后退几步。太难闻了！我实在是待不住了。但普里莫却岿然不动，指着另一边说：“Acqua chiara out.”（黑水进，清水出。）——其实看上去都很脏。普里莫敏捷地跳来跳去，像餐桌上的猫一样。埃迪也捂着鼻子退到后面。“先到这里，然后到那里，最后流出去就都干净了。”他重新盖上盖子后也忍不住干呕起来，跳到一旁。我俩忍俊不禁，笑着跑开了。

我们的房子依陡峭的山壁而建，必须用起重机才能把大水池吊过围墙，因此普里莫建议保留屋后那个旧的化粪池，再在柠檬荫下挖个新的。他摇头耸肩，说：“给一座高楼用都够了，甚至足够对付一所医院。打电话叫粪车来，让他们今天就到位。”

他出去取配件时其他工人都爬上二楼。一早动工，拆个浴室不费吹灰之力。弗兰克和埃米利奥（他们挤在那里面是怎么工作的）推出一车车废瓷砖。普里莫的阿普小货车究竟为什么没被压扁，我不得而知，但他的确成功地开着装了巨大水泥化粪池的小货车慢慢地驶过黄杨小道和屋前的梯田。化粪池必须埋到地下。旧马桶已经放到阿普车上了。波兰人泽诺开始挖地沟，埃迪忙着把挖出来的石头搬到专放建筑垃圾之处，如今这些废石料都够盖一间小屋子了。粪车在下面的路上鸣着喇叭。我从窗口望出去，看见一个男人站在一辆放了个锈迹斑斑大箱子的拖拉机边挥手。埃迪跑了出去。那司机扔了根软管给他，埃迪把软管拽了上来。司机斯孔多也走了上来，留下路边的拖拉机喘着粗气。他长了一头棉球似的头发，走起路来虎虎生风。他像见到老朋友一样问候埃迪。之前领教过化粪池后，我是不愿再出去看那个所谓的除污系统了。我听到了机器吸抽的声音，不一会儿又听到埃迪跑去洗澡了。他在浴室里大声笑着。

“笑什么呢？”

“太不可思议了。真的，我以前绝对做不到跑上跑下，帮忙清理粪便。池子已经空了，也清洗好了。我真的喜欢斯孔多，他说想看看我们家的橄榄树，还说会让儿子过来帮忙犁地。”

虽然有客在家时我几乎找不到时间写作、学意大利语或者看书，不过浴室装修却没有妨碍我。普里莫的工人干活时我也干活，埃迪也是。他起床两小时后工人才到达，他喜欢在晨曦中写作，创作了一组诗歌，每首诗的开头和结尾都是一个意大利词。通常，每个意大利词汇都有一个英语词汇与之对应，比如 ago（针）、dove（哪里），等等。他学意大利语的乐趣之一就是要把意大利词运用到诗歌中，因此常常为了一个词花上好几个小时细究其源。

每天早上我都要步行进镇，以此揭开新一天的序幕。在固定的酒吧里喝卡布奇诺。酒吧里的电视上正演着《神奇女侠》，意大利语配音的神奇女侠嬉笑怒骂，好生热闹。一边听新闻一边看电视剧倒也不错。昨天的头条新闻是“冷冻菠菜中惊现蜥蜴”。一个身材矮小、脑袋像雪纳瑞犬的男人每天清晨也会进入这家酒吧。他要的是玛奇朵咖啡，这是一种加了牛奶的浓咖啡，可嘴里说的却是：“Macchiame, Maria.”（帮我着色，玛丽亚）。但玛丽亚眼都没有眨一下。

早上八点工人们过来时，埃迪已经完成了一天的创作。他穿着短裤和靴子，本来打算去清除最上层梯田里的灌木，最后却去了菜园除草。菜园又回到我们手中了。安塞莫得了肺炎正在住院。七月里这个病十分少见，他用手机打电话吩咐我们要在早晨浇水，土豆得全部挖出来，铺开来风干两天，再贮存在阴暗处。

我们带了束鲜花去探望时，发现他和其他七个病人挤在一间病房里，穿着病人服坐在床边。他一向爱说爱笑、精力充沛，这会儿却很虚弱，腰带上露着圆圆的小肚子。他把菜园的事情仔细问了一遍。甜瓜结了几个？夏南瓜每天都摘了吗？我们知道他认为我们割生菜的方法不对。我们把买来的黄色秋海棠摆在他床边，临走时听到他在通电话："听着，房子在多格那路上，下周我可以安排你看房……"

普里莫的手下都是 muratori（泥水匠），奇怪的是他们竟然也懂得铺水管。我们一直认为这些活儿应该交给水管工才对。等到安装电线和灯具时，水管工兼电工的马里奥和埃多勒才露面。两个人手脚十分麻利，效率高得令人诧异。马里奥喜欢高声说话，但埃多勒却不爱言语。他们跑来跑去，动作灵巧，简直棒极了。

"电话铃响了。"马里奥透过窗户大声喊道。他的大嗓门天下少有。响铃声加上电话机发出的刺耳尖音让人很不舒服，保罗带来个坏消息。"那些西西里瓷砖真的太好看了，商家很高兴有人眼光这么好，选中了他们的货品。但不幸的是发生了事故，运货的卡车冲进了海里。司机没受伤，但瓷砖……"

我一下子没明白过来。"你是说我的瓷砖掉进水里了？"

"Si,mi dispiace; èvero."他在道歉，这是真的。怎么可能发生这种事儿，太不可思议了，我们忍不住笑出声来。小鱼儿这会儿是不是正在拱着海底的瓷砖箱子？事故中卡车整个地翻了个个儿，最后嵌在沙里。"我们得重新生产，不过很快就是八月长假，到时就没人上班了。"

我们的挚友恰巧来访。虽然时机不凑巧，但他们随时都受欢迎，只是希望远道而来的客人看到混乱的房子时不会介怀。我们冲进保罗的店里，他正为瓷砖的事儿对着电话大喊大叫，那架势简直就像在和火星人说话。他摔下话筒说："他们不给承诺，只说会尽量准时送货。"

"要是两周内到不了，我们的工程就进行不下去了。"

"怎么办呢？"保罗一连做了几个无能为力的手势，"西西里人就这德性。"

幸运的是那间蝴蝶砖的浴室还没拆。为了安抚我们，保罗领我们去看他的大卡车，上面装着我们订购的其他材料和装水龙头的箱子。离开保罗的店铺后我们去超市买了些食材，想为从华盛顿远道而来的朋友——希拉和罗伯——做橄榄酱鸭脯小方饺。

回家时客人们已经到了，六瓶布鲁内罗葡萄酒在墙头一字排开，欢迎我们的归来。前院中央放着两个马桶、两个洗脸池、一个浴缸、一个淋浴盆和一堆四英尺高的箱子。"丑八怪"浴室里的浴缸已经被移到外面，有人在里面放了一只闭壳龟。乌龟奋力想爬上陡坡，力气不支又滑了回去，爪子死命挠着浴缸的釉面。我理解它的感受。柠檬荫附近铁锹敲打岩石的声音清晰可闻，弗兰克与埃米利奥的谩骂诅咒声也不时传入耳中，似乎他们挖掘的是《圣经》中食人巨兽的坟墓。大坑已经及腰高了。水沟还有好长一段没挖完。埃迪把乌龟放进草莓地里，希拉和我开始剥豌豆，罗伯则将正义兄弟的CD放进机器，把《人鬼情未了》主题曲的音量调得很高。工人们点起便携燃气，加热自备的意大利面午餐。泽诺拿起橡皮管冲洗脏脚，我坐在石墙上晒太阳，心情很好。邻居普拉切多在路上大叫："埃迪，弗朗西丝，我为你们的房子起了一个新名字，Villa delle farfalle（蝴蝶之屋）。你家的薰衣草花丛上落了很多蝴蝶，就像五彩纸屑一样。真神奇，蝴蝶们每天都在那里聚会。”黄蜂已经在我身旁的陶瓮中安了家。这只古瓮的把手断了，我们用水泥把它嵌在墙中，狂风都吹不落。一只只黄蜂忙碌地从小缺口中飞出，如同直升机从停机坪斜飞升空。罗伯砰地打开一瓶布鲁内罗葡萄酒时，我听到陶瓮里嗡嗡作响。罗伯一面倒酒，一面告诉我们他俩绕着罗马环城路走了两遍的感受。这时诗人埃迪凑到我耳边：你喜欢它吗？那只瓮像不像咱家的屋子？他把我的手掬成杯形放在瓮上，我能感觉到瓮身的震动。

我们的英国友人辛西娅已经在托斯卡纳生活了四十年。希拉和罗伯——今夏留宿的最后一批客人——离去的当晚，辛西娅请我们到她家吃晚餐。我以前的同事下周会来意大利，但他们住旅馆。这会儿，整座房子灰尘满地，搞得我们从头到脚都灰扑扑的。瓷砖仍不见影子。不过只要瓷砖到位，工程就耽误不了。

饭桌上我们遇到了别的stranieri（老外），都是英国人。埃迪提到我们不能邀请他们来做客，因为家里总是客来客往，腾不出时间。没想到大家一下子找到了共同话题，七嘴八舌地说开了。“客人大致可分为两种：极好的和极糟的。多数属于后者。听过那句老话吗？客人就像鱼肉一样，最多留三日，否则就会变味。各种语言都有类似的说法，远至太平洋小岛和西伯利亚，哪里都一样。”

辛西娅正好端了一条大鱼上桌来，盘子四周的橄榄薄片像鱼鳞一样摆放着。“听我说，有一次我那个同父异母的弟弟带着两个感冒的孩子来我家，路上他的车还出了问题。一到我家就把脏兮兮的行李箱往雪白的床单上一扔，接着把脱下来的内衣裤扔作一堆。我可是十五年没见过他了。他在我家住了十天，从没带回过一枝鲜花、一瓶酒或一盒干酪，甚至连个‘谢’字都没留下。只在冰箱里放了约六十美元和一张字条，上面写着‘伙食费’三个字。这种人绝不绝，再也找不到第二个了吧？”辛西娅眼里快喷出火来，“可能这些年来我一直高看了这个可怜的家伙。”她切下鱼头，放到一边。

她的朋友推理小说家昆顿边斟酒边说：“我从不接待客人，太不方便了。”

“谁说不是呢？”皮特附和道，“记得有一回，几个朋友坐火车来这里，我立刻动身去接那趟一点零五分从佛罗伦萨来的火车，却没看见他们下车。我一直等到两点十四分的火车到站才放弃了。结果呢，四点左右，正在又热又闷时，他们从火车站给我打电话了。”

“有个客人把一路上从各个旅馆收集的小果酱瓶、塑料浴帽和擦鞋布送给我当见面礼。有些果酱已经开封了，盖子上还粘着黄油。”我又举了个例。

“这人真可爱。”辛西娅说。

“垃圾。”昆顿笑道，“不过这些人在家里可都是人模人样。”

“她把香皂留给自己了。”我补充道。

“在异国旅行时人就放松了，没那么多讲究，”埃迪说，“‘我们要去意大利了’这句话似乎会让他们释放出本性。就像我们大家，奇迹般地跑到这个国家，奇迹般地聚在了一起。”

昆顿觉得这话有理。“我们就像堆篝火，他们则是顺利走过寂寞荒野安全抵达这里的流浪汉。”

“他们不认为我们有正事要忙。只要在意大利，你就是在度假，没有别的可能。”皮特瞅了一眼手表，“说实话，明天就有一个老朋友来访。”

邻居普拉切多过来问我们想不想从镇里接自来水，从镇上架设水管过来的费用大家一起分摊。现在是盛夏时节，他家的井水本来就不够用，何况他又新铺了一块草坪，缺水说不定就活不了了。当初购房时我们曾做过相关调查，发现引水费用极其昂贵。安塞莫已经为我们打了一口约三百英尺深的水井，并保证井水绝对不会干涸。但普拉切多认识一个朋友，他开出的装自来水的费用只有之前报价的四分之一。我们想了一下，这件事似乎有助于邻里友好，再说要是遇上个百年不遇的干旱，也不至于无处求援。何乐而不为？我们可以先把水管引进来，把出水口封住，等到需要的那一天再启用。而且我们恰巧在挖水沟埋水管。

直到后来我们才知道，这是在一个庞大工程的半道又引入了另一个庞大工程。一辆巨大的黄色挖土机开始挖一条从镇门直通我家的水沟，距离是一公里。挖土机整天都没歇着，不停地挖，不停地把泥土倒在路边。身穿无袖衫的工人一边铺管道一边叫喊着。袭来的热浪如同一路狂奔回家的狗的呼吸。家里的工人们有的在搬碎石，有的在挖沟渠，还有的在敲打岩石。我们脑海里不由得闪现出两年前装修客厅时运出的那一堆堆垃圾，而现在工人们需要对付的却是山上的岩石。安放新化粪池的大坑可以容纳一辆菲亚特500。他们用绳索捆住粪池，四人合力慢慢移到坑边，再稳稳地吊入坑内。粪池安放好后，没过多久管道就连了过来。之后所有的人一起帮泽诺挖水沟。他们干得热火朝天，房子的污水管和进水管装好了。电工在管道内埋上电线，以备我们在户外更远的地方用电。同时安装好的还有燃气管道，这样我们就可以把那个巨大的酿酒机移出柠檬房，把空间还给柠檬树。

第三天，挖掘机终于挖到了我家门前，硬是从山上挖出一条沟来安放水管。我们只能站在一旁观看，简直肃然起敬。我们从没想过有朝一日会挖出一条长达半英里的沟渠来。

今天是安塞莫重返岗位的第一天。头戴红色贝雷帽的他显得很苍白，吃力地爬上台阶来到园子里，检查我们给他的园子造成的混乱。蔓延的甜瓜藤没有理顺，缠在一起了；番茄的横枝没有修剪；胡萝卜显然没有浇够水，土壤硬得和石头一样，影响了生长。我是一个好学生，不停地点头发问。我们早就明白他老人家总是对的。他拨弄了一下洋蓟地里的杂草，剪掉快要结籽的洋蓟。他和普里莫意见一致，认为再装一个化粪池是件愚不可及的事，但他也认为应当另找别处排放污水。

在我家干活的工人一共九人。知道我们不能抽身去科尔托纳，我们的意大利语教师阿玛莉亚登门前来授课。看到她应我们要求从二楼露台俯身去听工人谈话的内容时，我们很感动。“我不知道你们是怎么和他们沟通的。我几乎听不懂他们的话，下面在说着四种方言呢。”这时“丑八怪”小浴室的灰泥正在风干，内嵌的照明灯具和浴缸也已摆放就位。普里莫的砖瓦匠明天就能到位了。

七月的花园美极了。我们栽种的花草全都长势喜人。薇塔·萨克维尔-韦斯特曾用“大丰收”来形容她的花园。我家的花园丝毫也不逊色，争芳斗艳，美不胜收。唯有大丽花萎靡不振，白粉病让叶片上布满了斑纹，花苞尚未开放就腐烂了。但其他的花草全部在肆意地蔓延、生长、绽放。我从楼上的窗口看着园中的风光，蓦地想起园艺大师汉弗莱·雷普顿，说不定我家这个将英意两国园艺风格合而为一的设计能深得他意呢。就连墙上怒放的天竺葵似乎都是汉弗莱喜欢的风格。我在每个墙角都种了牵牛花，花藤翻过墙头顺墙而下，有的爬上户外的灯柱，有的爬到了石头上，它们总是会迎着朝霞绽开紫色的笑脸。我在别处找来了一座旧石雕，是一个手执麦穗的女子像。我把它立在绣球花盆的中央，以此向传统的意大利花园致意。奥西亚镇的铁匠伊吉斯托为我们修好了原来的大门，现在正在做湖景小道入口处的葡萄架。我们还想为花园增加些水的灵气，譬如加一个小池塘或一座喷泉。我曾在翁布里亚的一个古董店里看到过一张锈迹斑斑的弧形铁长凳，混在一排同样锈迹斑斑的铁门和铁床中间。当我向店主打听它的价格时，店主显得非常吃惊：他从未指望这个废物能卖出去。我们把长凳绑在车顶上翻山越岭地回家，一路上我把手伸出窗外抓住一条凳腿，一旦发现长凳倾斜就可以及时停车。

安塞莫种在花园里的柠檬树是纯正的意大利特色，他把它们修剪得像竹鸟笼似的。“柠檬得赶紧采下来，赶紧。”他一直催促。我没有听他的话，因为黄澄澄的果子挂在绿叶间实在太美了，我下不了手。两丛美人鱼玫瑰热热闹闹地绽放过几日后终于安静了下来，现在只零落地开出几朵奶黄色的小花。我种在薰衣草丛间的白玫瑰就如同花园里的拉拉队队长，白色花朵大得像拉拉队的彩球，那些开着颓废的淡紫色花朵、有些弱不禁风的姐妹快要被它逼得无处容身了。埃迪偶然拍过两张花园的照片：一张是在我们刚买房子时拍的，荒草萋萋，另一张是我们入住后的某个夏天拍的，只看得见一片空荡荡的泥地，四周围着黄杨木。当时的我要是能预知花园未来的面貌，就不会有那么多不眠之夜了。我喜爱花园现在的样子，就像喜欢重新装修过的房子一样。这片绿意盎然、鲜花绽放的土地使得房子与大自然浑然一体，难分彼此。在天然的灌木丛、金雀花、野芦笋和野玫瑰的前方，人工种植的橄榄树、葡萄、柏树和薰衣草已经创造了一条连接大自然的纽带。我喜爱这层层递进的空间，把家与狂野的自然紧密相连。“每棵橄榄树都有自己的故事。”安塞莫告诉我们。

“玫瑰也一样，我一直和它们谈心来着。”我开玩笑说。

但安塞莫对玫瑰毫无兴趣。“Mah？”（是吗？）他随口应了句就转身走向菜园了。

那些五英寸宽的方石料似乎已经成了“丑八怪”浴室的一部分，里面黑色和暗褐色的水泥石砖终于不见了。洗脸池已经嵌进了石墙。它上面原来被镜子挡住的空洞证明了第一位屋主的身高。即便是只有一米六五高的我，在照镜子时都得略微弯腰。普里莫把这个洞的位置挪高，做成拱形，我则找到一面斑驳的旧镜子，和那个洞的大小刚好一致，嵌在里面天衣无缝。浴室经过这些小小变化，原先的压抑感立刻消失无踪。安东尼奥和搭档弗拉维亚一起过来帮忙制作墙的边线，他们最拿手的就是设计装饰图案，已经做好一个伊特鲁里亚风格的蓝色波浪模板，准备用来装饰墙的四周。我们坐在屋外，一边品茶一边调画边框的乳蓝色和玫瑰红。应该把弗拉维亚画下来。她肤色浅黄，长了一对会说话的棕色眼睛，盘起的长发外包着一条围巾，像极了准备骑上毛驴远行的圣母。然而一绺头发跑出她的头巾，垂到了蓝色颜料中。安东尼奥却一点都不像约瑟，他太喜欢插科打诨了。他们对颜料比例的意见不一，争吵了一番才最终定下了波浪塑料模板的颜色。他们先用铅笔在塑料模板上画边线，再手工上色，没费多少工夫就完成了。我们没有动原来的木窗，因为窗台又宽又大，六月份时画眉鸟会在那儿孵卵。我们决定仍然使用坐式浴缸，但原先那个不能用。我们问保罗在哪儿买得到这种浴缸。保罗不屑地说："现在还有谁买那玩意儿？""我会买，它看起来和我们的房子特别相配。"

安东尼奥每隔几分钟就到我身边问一次："喜欢吗？真的喜欢吗？"他点上一根香烟，我和弗拉维亚拼命用手扇走烟味，他只好在颜料罐中掐灭了烟头。

"喜欢，你们能给我家的每个房间都画点什么吗？"

我走上楼打开浴室门瞧了一眼。"亲爱的阿雪莉，"我写道，"'丑八怪'变成'小美女'了。虽然这间浴室最小，但我为它配备了含羞草浴盐、最厚的美式浴巾、夜来香香皂，窗台上还放着一个被遗弃的鸟巢。什么时候你会过来这里洗澡？"她很苗条，这个只有一般浴缸一半大小的浴盆装得下她。

趁安东尼奥在场，我画了一个厨房架子的草图。架子与厨房等宽，放在砖凸缘上。最上面一排用来盛放我收集来的浅口盘，中间那排则用来放置我能随手取下、装菜用的盘子。安东尼奥看完图后量好了尺寸。我们在房子里四处走动，直到我确定了喜欢的涂料色彩。"Ecco fatto."（成。）他说道。

七月行将结束，那间蝴蝶浴室仍未完工。瓷砖已经在运输途中了，可到了普里莫的工人开始休八月长假时还未抵达我家。既然我们八月底也打算外出一段时间，就只能把装修材料暂时存放在柠檬屋里了。我们还给瓷砖预留下位置。"Pazienza,signora."（耐心一点，夫人。）普里莫说，"明年又会有明年的问题。"泽诺盖好了地沟。工具已经清洗干净并装入小货车里。我的前同事没有按约前来，说要等我家能留宿时再过来。安塞莫在酒窖里挂了几串洋葱和大蒜。安东尼奥像变戏法一样转眼就给厨房装上了漂亮的架子。我把疲惫的身体沉入新浴缸里清凉的水中，我的洗澡水将通过下水管道、石头和沙子，毫无危害地流入这片土地。

耽于翻译

在人类的胚胎发育初期，可以看到咽喉附近有鳃裂的痕迹，这隐隐提醒着人类，我们曾经是在江河湖海中畅游的种族。我常觉得自己正处于另一种退化进程当中——因为被一种语言禁锢了。那些会说多国语言的朋友试图让我相信：一个人一旦学会一种新语言，马上便能拥有一种新个性。这的确是值得期待的一件事。我希望新的我长发飘飘，能够在与人聊天时跟着话语的抑扬顿挫甩动长发，就像那些戴着有色太阳镜的意大利女人那样又性感又知性。当流畅的意大利语赋予我意大利人举手投足的韵味时，希望我那与生俱来的保守会分崩离析，从而敢于使用课本里教授的那些实用句子。比如，“洗好澡了吗”或是“先生，你侮辱了我！我要求补偿”，还有“再这样下去，迟早我会精神失常”，“凯瑟琳，你去看过气压是否下降了吗”，“我们那里有人去世时，大家不会聚会”。可上次普里莫·比安基和我们谈论化粪池的复杂原理时，这些句子全都派不上用场。

每周两次，我都会到科尔托纳一座宅第中的一间白色房间里报到，并在那里待上两小时。每次我都充满期待又忐忑不安。途中会经过一家古董店，笼中的八哥卡鲁索会以纯正的本地口音对我说

"Ciao."（您好。）这只小八哥的听力也比我好。老师阿玛莉亚发了好几份试卷给我，要我当场完成。她想让我明白一般过去时、未完成过去时和过去时之间的区别。我想这三种时态差不多是这个意思：我购物了；我购物了并且还要继续购物；我购物了，但最后停了下来。那间屋子有三扇大窗，可以从那里俯瞰科尔多纳层层叠叠的屋顶。我们坐在长桌旁，面对着黑板。我一心想学好意大利语，所以十分专注。我们从会话开始。阿玛莉亚将语速放慢一半，清楚地向我介绍了一部贝尼尼的电影、一个政治犯和当地的一种风俗。我们聊了聊以前去过的地方并且复习了上堂课学习的主要内容。

我结结巴巴地出了不少错，也听不出她的 oggi（今天）发音和我的有什么不同。这个房间的屋顶很高，所以我们说的每句话都会在屋里轻轻回响，这让我越发难堪。使用动词时，我一张口就知道自己又犯了错。不过奇怪的是，有时候阿玛莉亚说的话我几乎全部听得懂，我们谈论死刑、意式方饺和黑手党。我很庆幸自己有时也能问一些聪明的问题，也许她能注意到我只是说得不好，并非脑子太笨。可有时我觉得自己的脑子就是一个硕大的马铃薯饺子或一大团干酪，她说的话我一大半都听不明白，甚至一个字都不懂，天知道她说的是哪国话，我难过得很想大哭一场，或者干脆逃之夭夭。

尽管如此，学习新语言还是挺有趣的。每次等银行转账或坐在加油站里等待洗车时，我就会拿出过去分词表来背诵；午休时分我有时也会关上百叶窗，听会儿磁带中的对话。我的磁带大多数是讲烹饪知识的。窗外蝉鸣不休的炎炎夏日里，躺在床上听烹制焗饭或樱桃汤的方法，很是惬意。我开始想象自己上辈子说的是意大利语，在脑海深处我懂这门语言。约翰·霍纳·伯恩斯写了一部很棒的二战小说《画廊》，他在书中写道："意大利语很好懂，因为它的发音与内容十分吻合。这门语言像呼吸般自然……它靠本身固有的驱动力在运作……它笑声朗朗，但同时又力量十足，也能极好地传达悲愤之情，有些名词本身就可以风趣地勾勒出人物的性格。这是一门声音能抵达各个层面的语言。你像唱歌一样说话，手势表达出你的感情。"

我和埃迪很喜欢一个情感名词：galleggiante。我们喜欢它的读音，这个词把 gallant、gigantic 和 elegant 三个词的语音巧妙地合而为一。埃迪说："你今晚看起来真……该怎么说呢？真 galleggiante。"我们买的那张旧铁长凳摆在花园里，真是 galleggiante 极了。galleggiante 的本意通过一件极琐碎的家务事首次进入了我们的词汇库。记得有一回家里的马桶一直漏水，埃迪爬上梯子去检查水箱。他把浮球抬起，漏水声马上停了。埃迪在字典里查不到"马桶浮球"的对应词汇，到建材店买它时只能靠画图和打哑语。折腾了好久，店员才恍然大悟。"噢，你要买一个 galleggiante。"对极了，我们要的就是这玩意。

因为边在意大利生活边学意大利语，公共场合也成了我的老师。有一回在酒吧，我想点一杯柠檬冰沙（granita），结果说成了一颗手榴弹（granata）。本来想夸桃子（pesche）鲜美多汁，赞扬的却是一篮子鱼（pesce）。试想一下手指一棵紫甘蓝（cavolo nero），嘴上却说要一匹黑马（cavallo nero）时的窘迫吧。这些单词虽然形似，意思却天差地别。更糟糕的是在一个葬礼上，我本想说已故之人是 scapolo（单身男子），却说成了 sbaglio（过失）。

这些都是我初来时犯下的错误，现在我对意大利语了解更深，却也有了出更大洋相的机会。我自以为懂不少，于是企图用意大利语讲述自己参观香醋厂的经过，却忘了有一个复杂的问题必须面对，我得从脑海中把那些从未用过的动词时态找出来才能表达清楚。我真能把它当成一种新方言？今天，我在水果店里告诉马里奥，昨天夜里有个什么动物吃了我家地里半熟的甜瓜和玉米。可能是野猪或是一只豪猪——这两个词我说得来，可接下去麻烦就来了。我想说的是“咬断秸秆，推倒玉米”，但是，“咬断”不能用“吃”的过去时来表达，而“秸秆”的对应词——噢，糟了，我是一点头绪都没有，至于“推倒”就更别提了，我唯一能想到的近义词就是“砍”，可是这个词明显牛头不对马嘴。我掌握的所有同义词都不能传达“咬断秸秆，推倒玉米”这个意思。当时我甚至想将那幅场景表演出来——拿一根芹菜做玉米，由我扮演豪猪。幸亏羞耻之心拯救了我，避免了我当众出丑。

话说回来，这已经是一种进步了吧？正是因为掌握了不少词才需要提高表达的准确度吧？水果店里的另外三个人加入了我们的谈话，我得救了。但他们对肇事者的身份各执一词。刺猬和河狸鼠都可能是罪魁祸首，但后来多数人达成一致，认为是豪猪干的，只有一个人坚持认为肇事者是野猪，因为番茄完好无损，如果是豪猪，那肯定得殃及番茄。我买好桃子离开了店铺，没再犯以前的错误。虽然因为词穷插不上话，但他们说的每句话我都听得明明白白。

有时我也能不再把词在脑中译成英语后再去理解了。arancia（橙子）就是arancia，听到这个词的时候，在我脑海中浮现的是橙子的模样而不是这个词语。究竟是什么时候开始，横跨在意大利语和其所指意义之间的英语单词消失了，这是个未解之谜。我高兴地在镇里四处转悠，到店里用意大利语来一小段对话。一个意大利游客向我问路，问我这个老外！我自信地把方向告诉了他。虽然我指给他的教堂可能错了，但我相信他不会失望而归。

旧世界那些富有教养的欧洲人和十九世纪下半叶前往美国的移民大军，看起来虽然截然不同，却有一个共同点，都能在不同语言之间自由转换，但现在大多数美国人都在文化上被孤立了，生活在北美这片大陆上，只懂得说英语了。我们成了一个新的少数民族。再过几代，我们的子孙一定会这样对他们的孩子说："从前有一些人只懂得一种语言。"孩子听了也一定会无比惊诧。不过我已经打定主意要全力走出这一困境。

又出了几个洋相怒气冲冲地回到家后，我有了充裕的时间仔细分析问题所以。我渐渐明白我学意大利语如此困难的原因了，这可能也是我学其他语言时同样笨拙的症结所在。

我有一个坏习惯，喜欢把一切都生搬硬套成英语。虽然英语和意大利语的语法结构相同——其实语言在口语表达上都有相通之处——但用英语的模式是无法理解意大利语中的代词省略、动词前置和名词的阴阳性的。不过意大利语的成语我总能很快领会，因为这些成语总是采用隐喻的方式。我特别喜欢生动形象的表达法，比如"水在嘴里"的意思是"我会守口如瓶"。"四只眼睛的事情"是"两人心照不宣的事"。"我觉得压抑"或"郁闷"可以表达成"戴着铅帽"。最后这一说法不仅形象生动，而且铅（piombo）字的读音听起来都令人沮丧，如同贝斯弹奏出的三个低音。英语中的"在钱里打滚"和意大利语中的"在金子里游泳"看起来虽然相似，寓意却并不相同。

声音经常无意识地传达出词语本不具有的意思。譬如 stinco 意思是一小块肉或一片薄面包，但即便我们知道 stinco 也代表胫骨，它的发音也很难勾起人的口腹之欲。而下面这个谚语听着就很古怪，

“Non è uno stinco di santo”，他并非圣人的胫骨，意思是他不是圣人。再比如，看到英语中的 bar，就会想起坐在吧台上默默面对着鸡尾酒的孤独身影，或是更杂乱的场景，但意大利语中的 bar 却大不相同，那里主要供应咖啡和快餐。可以确定的是，意大利的 bar 不是 pub（酒吧）。

还有一个两种语言中都有的词 piu，一个以英语为母语的人说出这个词以后很难不联想到臭味。因此我总是撅着嘴说今晚在 Amico Più（山谷边的一间餐馆）用餐。大概是为了配合我耳朵的感觉，用餐时对面农场的猪粪味果然飘过杂草丛生的户外用餐区钻进了我们的鼻子。

我的朋友德布谈起英俊得足以造成交通堵塞的席尔瓦诺时说：“你那位朋友帅是帅，但对他家的狗太凶了，老是叫那只可怜的小狗去死。”席尔瓦诺一直想和德布说话，可是他家那只好动的德国牧羊犬缠着他不放，要他一遍遍地扔棍子陪它玩耍。“Dai（给你），雨果，dai。”他一边扔棍子一边对小狗说道。“dai”听着与“die（死）”一样，实际的意思却是“给”——他是说：“够了，别玩了，雨果。”

我从法语中清楚得知，如果饿了或渴了，可以说我有饿，我有渴。从法国初次旅行回来后这一点就深深地印入了我的脑海。有一次我一个人到饭店吃饭时坐在一个靠门的位置，冷风阵阵吹到我脸上。我对服务生说我很冷，请他替我换一张桌子。回到酒店后我才意识到自己说的不是“j'ai froid”（我冷），而是“je suis fraise”（我是冷）。但好心又聪明的服务员还是把我领到壁炉边一张舒适的桌子前坐下。

奇怪的是，意大利语形容猫咪满足时发出的呜呜声与英语不同：一只猫“发出呜呜声”在意大利语中就成了“ha sonno”（有呜呜声）。

当然现在这个用法我已能张口就来了，但有些用法我可能一辈子都学不会。比如，我总是把“现在我得走了”说成“现在，我自己必须走了”，又或者把“我忘了”说成“我自己忘了”。翻译出来只能近似原意。有些话本国人是绝对不会那样说的。

马克·吐温对语言是极其敏感的。有一次他为了好玩将自己的演说词逐字逐句翻译后送给了维也纳的一家记者俱乐部，结果佶屈聱牙、结构混乱，令人不忍卒读。

直到最近我才领悟到英语是一种“说”的语言而意大利语则是一种“唱”的语言。斯波莱托镇的一位歌剧教师告诉我，她在课堂上让美国学生一边听人说意大利语，一边跟着说话人的音调啦、啦、啦地唱，然后又让他们跟着说英语的人做同样的事情。她发现英语发音的曲线频率更缓和，是有规律的上下波动，而意大利语的音调忽高忽低、变化急剧。其实这一点，我凭直觉也已经知道了。假设有人从远处朝我走来，在听清楚他说的内容之前我就能判断他讲的是英语、德语，还是意大利语。另外，从我自己语调平淡的 buon giorno（早上好）和意大利人起伏跌宕的应答声中也能明白个中区别。如果是一个母语为英语的人在说意大利语，我就更容易听出来，即便他的语法完美无缺，语调却依然是英语的。然而，要掌握意大利语的语调又谈何容易！极少数的幸运儿天生就能掌握其中的节奏韵律，即使他们语法不精，意大利人却也听得明白。

学完一大堆“间接代词”、“glielo（他）的发音”和“施工术语”后还是掌握不了这门语言，心里其实相当难过。我只好勉励自己：罗马不是一天建成的。朋友的儿子但丁才五岁，妈妈是美国人，爸爸是意大利人，他却能轻轻松松、不假思索地穿梭于英语和意大利语之间。我在电话里都骗不了他，我说："Posso parlare con la tua mamma."（我想和你妈妈说话。）他立刻用英语回答："行，妈妈就在旁边。"

最近我在报纸上读到一篇文章，说小时候就掌握了多种语言的人是通过与母语同一块的大脑语言学习区去学习这些语言的，而我们这些成年的学生则必须把新语言贮存在大脑某个新区域中，而这个新区域大概和冻土地带差不多吧。我学意大利语时对此深有体会：新单词被匆忙地送入真正的语言区（大脑中上部），翻译后又被扔到新区域里。这片新区域大概是在右脑后部某个荒凉角落处开垦出来的。在转换过程中，许多新单词纷纷跌落在遗忘之沟或黑暗深渊里，从此不知所踪，只有少数幸存者回到新区域并最终变得自然。Gioia不再只对应英语的 joy（高兴），而就是喜悦时那种轻快又飘飘然的感觉。成百上千的单词都回归了它们的原意。尽管如此，我读帕韦泽的小说时，才到第三段就不知所云了。Piano，不急，piano。我安慰自己，又不需要考试。我无意识地集中全部精力想把不懂的地方搞懂，仿佛迎接期末大考似的。我又花了好几小时，把需要使用未完成过去时的种种情况罗列出来，然后针对我不理解的情况来造句，而已经弄懂的则暂时抛在一边。

学习意大利语，除了有些奢侈地渴求能与人自然交流之外，我还渴望了解用另一种文字书写的文学作品。我一直以来的习惯是在逛完书店时拎着一大袋新书回家。不过这个习惯可没敢在意大利发扬光大，我只能饱饱眼福，欣赏下每本书的封面设计。

作为一个在意大利旅游和生活的老外，我总是津津有味地品味着意大利人每日在大街上和咖啡馆里展现出的蓬勃生气。每次路过敞开的窗户，屋内飘出的番茄肉酱的香味和各种声响总令我流连忘返。虽然我常亲眼看到意大利人丰富多彩的外在生活，但我知道要想了解他们的内在生活，最直接的途径就是文学作品。小说、散文、地方志、哲学、诗歌——全部蕴藏着这片土地的丰富信息，都是我在这个美丽的国度暂住时不易发现和了解的东西。

如今，我的夏日读物逐渐转向了意大利本土作家的作品，比如埃乌杰尼奥·蒙塔莱、安伯托·艾柯、伊塔洛·卡尔维诺、娜塔利娅·金兹伯格、普里莫·列维，这些重量级作家作品的英译本我全部买回家，一本没落。有时我也会买本用意大利语写的东西，就像一个买了条窄裙的女子，奢望能在一个夏天内减去十磅赘肉。

我们最早阅读的意大利原文书籍是旅行指南。埃迪看完整套《慢食手册》，尤其是《意大利葡萄酒年鉴》后坚定不移地认为：意大利人对食品和葡萄酒的观点与我们完全一致。依靠红虾饭店出版的餐厅和酒店指南，我们找到了不少并不拥挤却品味纯正的地方。书上的评价等级标示清楚明晰，按图索骥并不费力。

接下来阅读的是诗歌。我们选择诗歌，纯粹是为了享受高声朗读的乐趣，即使读错了作者的名字，快乐也不会减少半分，就像我们长期读错卡西莫多的名字却照样兴味盎然。我在帕韦泽的笔端读出意大利乡村生活中灰暗忧伤的一面，在皮耶罗·德拉·弗兰西斯科和佩鲁吉诺的风景画中却没有这样的感觉。莱奥纳多·莎沙的小说让我触到了西西里的心脏，我一度对它充满恐惧和臆断。“很久以前，西西里的古宅中都会有一间特别的屋子，叫做‘热风屋’。屋中没有窗户，除了通向房屋走廊的一扇窄门，再无其他与外界相连的方式。这间屋子就是沙漠热风来袭时一家人的避难之地。”我就是想通过阅读这样的文字来了解西西里岛，在那里，每户人家的每个小角落都反映着当地的气候和地理状况。感谢莱奥纳多，因为他的小说，我到西西里旅游时才不会整天担心黑手党，而能腾出心思欣赏风拂过成片的棕榈林海的景色。

意大利的书籍设计同鞋和汽车的设计一样华美。最令我心悦诚服的是艺术类书籍，不管是介绍单个艺术家的廉价小册子还是乌菲齐美术馆和梵蒂冈馆藏介绍的厚书册，都一派清新的色调。但我最喜欢的还是平装小说。我把它们一本一本地从书架上取下，仔细地研究封面，每个封面都似乎是一幅小小的油画。这些书籍能让我更深刻地了解意大利的语言。清晨坐在咖啡馆里，桌上放一杯热腾腾的牛奶咖啡和一本字典，捧书看上一两个小时的感觉非常美妙。不用说，我买了但丁的作品。在意大利怎么可能不买但丁的作品？不过，我有一个从未外道的秘密——但丁的巨著我只看过只言片语，从未细读。我翻译了书中的几小节后，语言教材带给我的烦闷之情就立刻烟消云散。那些课本里净是些死板句子。比如潮水退了，她害怕蛇和蜘蛛，军人正在休假，下雨天集市不开，他们会改过自新，她看起来很害羞。从一开始我就是个傻瓜，丝毫不假！

我已经连续在意大利度过了好几个夏天，朋友们都想当然地认为我的意大利语说得很溜。“你学意大利语还不是信手拈来？”他们武断地说，“意大利语不是和西班牙语很像吗？”可我的西班牙语一点也不溜。有一年夏天我专门到墨西哥的圣米格尔 - 德阿连德学西班牙语，我只记得那时成天和老师坐着出租车穿街过巷，寻找他痴迷的奇奇梅克人的陶器。对于我对西班牙文化的兴趣，他乐于回应，但对我翻译一个小老鼠历险故事的需要却不理不睬。我们成天在垃圾堆里寻找黑色碎陶片，结果我带回美国的瓷器碎片比词汇要多得多。

当然，朋友们的说法也不是完全不着边际，因为待在意大利时你总是能随手捡来一些句子的。不过意大利人的温文尔雅和有问必答也容易让人失去学习语言的紧迫感。不管是就餐、旅行，还是购物或装修房屋，我都从中学会了不少意大利语，但却从未“随手学会”虚拟未完成时态或是间接过去时。我听不懂托斯卡纳周边的方言，更别提全意大利的方言了。我从《意大利文化研究》一书中知道，说方言的人占人口总数的百分之六十，而其中百分之十四的人只会说方言。我和埃迪到处拜师，听到意大利语就学，因此我们掌握的其实是方言词和从课本上学到的词汇的杂乱混合体。举个例吧，托斯卡纳方言中的“ah”音经常变成“eh”音，听起来非常刺耳，可我们就是不能像意大利人那样每次都听出两者间的差别。我们还学了不少粗话，因为工人们搬运石头、挖水沟和水井时常把粗话挂在嘴边，其中最难听的两个词是 Madonna cane（蠢猪）和 Modonna diavola（恶棍）。不过有些粗口我们至今仍似懂非懂，比如 Non mi importa una sega 这句话，可直译为“别给我锯子”，考虑到拉锯的动作，这句话应该和手淫有关吧。

我们常被神奇的意大利语弄得头晕眼花。最近我不断告诫自己：千万别再使用复杂的不变代词“ne”，不管遇到什么场合都别去碰这个用法多变的单词。但这话我没敢对老师阿玛莉亚说。

我的美国同胞常常谦虚地表示，“我的西班牙语还不错”或者“真奇怪，我都不懂这个词怎么又回到我脑子里了”。请问是从哪里回来？我曾与他们中的一些人一起旅行过，看见他们用手指着菜单点菜，也瞧见他们怯生生地伸出手让店员从手掌里自行取钱，因为店员嘴里冒出 duemilaquattrocentosettantalire（二千四百七十里拉）时他们完全懵了。我有个朋友认为只要能大声清楚地说英语，就能毫无障碍地走遍天下。另一个朋友在意大利见到我时正气得面红耳赤，就因为当地店主没有学点基础商务英语。这位老兄竟然没发现自己是在人家的地盘上，而且这里还是乡村。

虽然我在高中和大学里“学”了几年法语，但实际上却从始至终都没有学会。读书时我从没和真正的法国人打过交道。我高中的法语老师相信纸上练兵法，只是要求我们做动词的变形练习。即使我完全不懂变形动词的意思，也得把几百个动词的过去式全部写出来。在课程的最后半小时里，老师会播放巴黎街头嘈杂的录音给我们听，自己则紧握双手目视窗外。最后我们在《巴黎桥下》的歌声中列队走出教室，调皮鬼卡尔·特威格斯拍了拍玛丽·凯斯·达菲戴了束臀的屁股，大声喊道：“Monobuttock.”（圆溜溜的屁股。）这是一节课下来用得最生动的一个词。

大学法语课的主要任务就是去语音室听《磨坊》节目的录音磁带。我总是在早晨七点到体育馆的那间教室去听那些不知所云的法语。遥远的法国新闻播报声夹杂着篮球撞击地板的声音，空气中还不时飘来一股松油味。有一次老师点名叫我朗读了一段《悲惨世界》——我们的每篇课文都长得没谱。读完以后教授笑嘻嘻地说：“梅斯小姐的法语带着美国南部口音。”我重重地合上书本坐到位子上，心想：他带中西部口音的法语还不是一样不 magnifique（优美）。

后来我又选修了西班牙语和德语课程，老师的发音好像都不地道，他们晚上下班回家后说的当然是英语。一个和我经历相仿的朋友说，希望死后她的墓碑上刻着“我学过多种语言”。我一直努力坚持学习德语，即便老师自负得厉害也没有放弃。他总是说一句德语然后用英语解释一句，毫不停顿。比如“Pflaumenkuchen 是梅子蛋糕”，然后又继续说，“Es war einmal ein junger Bauer，从前有个年轻的农夫”。但我最终退出德语课却是因为一个形容乳头的单词：Brustwarze——我扫了一眼，以为它指的是“breast wart”（乳房疣）。

在意大利我认识了好几个会讲几种语言的本地人。邻居伊莎贝拉懂得八种语言；而她从事新闻工作的儿子也会八种语言，并且他会的八种与他母亲掌握的那八种并不完全相同。伊莎贝拉已经七十多岁了。“几年前我上过希腊语的课程，”她告诉我，“感觉比以前学语言时困难多了，以前我用三周就能学会一种语言。如果你学会了俄罗斯语，波兰语就好学多了。我从小就会说英语和法语……”与她聊完天后，我闷闷不乐地回到家中。我连“ci”这个简单单词的用法都觉得很难，它就像个变色龙，随心所欲地改变自己的意思。可是伊莎贝拉学法语就像吃刚出炉的羊角面包那样毫不费劲。伊莎贝拉来我们家吃晚餐时，扫了一眼其他客人后便会兴致勃勃地问：“今晚我们说什么语言？”在一次聚会上，她和丹麦、荷兰、匈牙利的朋友一起背诵法语诗歌——他们竟然都能把这些诗背下来！之后她们又背诵起拉丁诗歌！

我做过一个梦，梦中的我坐在窗边，正在一张浅蓝色的纸上写着什么。然后我发现自己原来在写一首意大利语的诗歌。或许写诗的人不是我吧？我能写出来吗？蓝黑墨水流畅地写出单词、句子、段落——梦里面字体都更加工整了。那个是我又非我的女子穿着一件羊毛衫和一条黑裙子，像玛丽亚、安娜、伊莎贝拉以及那些我熟悉的年长的意大利女子一样在脑后盘着一个发髻。她们虽然待在家里，所知的世界较之于我却更加宽阔。即使在梦中我也知道，这是一首可以吟唱的诗歌，我看得到发亮的墨水、被风吹起的纸角和飞快移动的我的手。没错，是我的手。

柏格森曾经说过现在并不存在，因为现在消失于过去吞噬未来的时刻。了解过自己的语言，如今又正在浩瀚的意大利语海洋中航行的我发现柏格森的说法实在是太精辟了。过去吞噬未来。想要说的话总是消失于已经说出的话语中，让我总是想说得更多。Gnaw（吞噬），又是这个单词。“咬断（gnaw）秸秆，推倒玉米”也是用的它。咬断的意大利语是 rosicchiare。语言的确需要滴水穿石的功夫。

由于学习语言一直是我的障碍，当发现结交朋友其实无需懂得多少语言时，我开心极了。我母亲一直认为，一个人的魅力在于他身上的气味，与人交往时所迸射出的火花能够超越千言万语。我一走进莉达的果蔬店，还没来得及打招呼，她就给了我一个热烈的拥抱表示欢迎。第一次见到邻居时，他们就邀请我们共进晚餐。我们想婉言谢绝，担心晚上的三个小时里不是说着结结巴巴的意大利语就是尴尬地静默无言。“谢谢，可我们不大会说意大利语，很抱歉。以后吧，等我们的意大利语说得更好些……”

邻居听完一脸难以置信的表情，他扬了扬眉毛，“难道你们不吃东西？”

安塞莫的番茄

“有圣安娜豆卖吗？”

“没，那是上周的当季菜了。”马里奥指着新鲜的白豆说，“现在卖这种豆，才刚上市。罗马、米兰，全国各地的人都跑来托斯卡纳抢购呢。”我知道白豆。用香油、鼠尾草、盐和胡椒简单调味后就可食用，比其他豆类都要滋补。埃迪有时会用它们当早餐，要知道白豆可是托斯卡纳的经典美食之一。

我万分惊讶地走出果蔬店。马里奥竟然说圣安娜豆上周才算当季！这种细长而皮薄的豆子我才吃了一次，想再吃到却得在一年以后了。菜园在安塞莫的照料下生气盎然，因此我很少外出买菜。这是我第一次体会到菜谱上的“时令菜”是多么转瞬即逝。傍晚，我和埃迪提着篮子到菜地摘晚餐吃的蔬菜。整个夏天，安塞莫种了一茬又一茬生菜，我们从来不愁没有新鲜沙拉吃，偏偏我们还百吃不厌。贝皮会挥着镰刀把老了的生菜割下来，捆好后拿回家喂兔子。甜菜和生菜不一样，砍断了还会再长。我喜欢意大利语中表示再生的那个词：ricrescere。它的发音让我觉得菜梗向上猛一使劲就能钻出土壤。我们把甜菜一袋袋地送给别人。幸亏安塞莫种了许多罗马甜瓜和西瓜，即使经常有动物到瓜地偷食，我们还是收获颇丰。我们本想送些瓜给翠西，可她自己也有菜园子。每当一种作物完成使命，安塞莫就会把残枝败叶踩入泥土，让它们自行腐烂。我喜欢摘又小又嫩的茄子和夏南瓜。安塞莫唯一的败笔是芹菜，小小的菜苗一直不见长大。

春季时我们就知道安塞莫种下的菜太多，事实证明果然如此。预言灵验了。但我们这辈子从来没吃得这么好过，也从没吃得这么简单过。事实证明我与安塞莫对番茄的看法不谋而合。我对番茄情有独钟，一见到它就垂涎欲滴。每天我都会去菜园摘满满一篮漂漂亮亮、完美无瑕的番茄。看着篮子里的番茄就觉得高兴，心里比去年买新车时还要美。安塞莫种的番茄没有一个虫眼，没有一点瑕疵。他一共种了三个品种：一种是普通的本地产的圆番茄，这种本地的宠儿又甜又脆又多汁，让你摘的时候就想往嘴里送。另一种是卵形的圣马尔扎诺番茄，果肉肥厚但果汁较少，适合用来做番茄酱。最后一种则是用来做沙拉的樱桃番茄，小而结实，香气扑鼻。

很久以前意大利并没有番茄。想想可怜的伊特鲁里亚人和罗马人，再想想那些新大陆被发现之前的意大利居民吧。他们的大蒜和罗勒根本无法与番茄相提并论。而现在，许多人一直以为那些终年摆放在超市里的蔫掉的小圆球就是番茄。那玩意应该另起他名才对。或者只用条形码作为名字。我曾经在地里种了些美国甜玉米，想把它们和意大利番茄搭配起来吃，不知到时谁的味道更胜一筹呢？但自从动物们发现这一新落户的作物后，我撒下的两袋玉米种子仅留下了瘦瘦小小的三株。安塞莫对我种的玉米不屑一顾，斥之为“猪食”。

种在田边的向日葵开花了，趁着日头尚早，我到地里采了一大把，免得过会儿温度太高花儿就蔫了。突然，我用向日葵围成的“房间”后面冒出来一个小个子老妇人。我一眼就认出了她，正是埃迪提到过的那个偷采水仙花和野芦笋的老妇。“Buon giorno,signora.”（早安，太太。）我招呼道，并且说明了自己的身份。在这样的大夏天里，她仍穿着一件黑色羊毛衫。

“Venga.”（跟我来。）她邀请道，篮子里装满了黄色的野茴香花。我跟着她爬上一块梯田，来到一丛金雀花后面，十几株还没有人碰过的高大的野茴香矗立在那里。她拿出随身携带的剪刀剪下花枝，教我把花拿到日头下晒干，然后用双手把花朵搓下来。她从口袋里取出一个塑料袋，把茴香花分给我，然后指着长满洋槐树和橡树的山脊说：“秋天你能在那里找到牛肝菌。”

“有松露吗？”

“没有，但有别的蘑菇。哪天下雨后我带你去采。”

“我们马上得走了，真不巧。”

“太糟了，你们回瑞士吗？”

“不，是回美国，我们住在美国加州。”我记起上次埃迪说他不是瑞士教授时，她似乎一脸狐疑。

她遗憾地摇了摇头。“再见，夫人。茴香放到肉里，特别是兔肉里，味道可好了。烤土豆时放一点，也很不错。”说完她就沿着田埂往下走了，中途回过头来对我说：“我喜欢房子现在的样子。”

感觉我与旧情人重燃爱火了，我可以早中晚餐餐都吃炸番茄这道菜。照我现在的身体状况应该禁食奶油才对，可是奶油配炸番茄味道实在太好了，就是冒着胆固醇增高的危险我也要吃它。南方的厨师肯定觉得我不爱吃油炸绿番茄，偏爱油炸红番茄非常奇怪。我喜欢将番茄切片，大约一厘米厚，然后拿出蜡纸倒一些面粉在上面，再把番茄片放入面粉中翻动，让它们粘上一层薄薄的面粉，之后往热煎锅内放三到四勺花生油或葵花籽油，再把番茄片放入油中双面煎。接着我会学母亲和外婆的方法，关小火，倒入大量奶油，直到奶油盖住平底锅底部后搅拌均匀，然后撒上黑胡椒和盐调味，最后加入少许百里香或牛至即可食用。我发现这道美食单吃时味道最好。以前我们家的厨娘薇莉·贝尔有时会用玉米粉来裹番茄片，放入滚烫的油中煎炸后口感比用面粉炸的更脆。不过，看着眼前的炒番茄，我却怀念起厨娘的炸鸡块来，尤其是蘸上她做的奶油肉汁土豆泥和奶油玉米糊后的绝妙滋味。一日三餐摄入这么多奶油，那时我怎么就没变胖呢？厨娘一般先用刀切下玉米粒，然后与洋葱和辣椒一起煮熟，最后加入奶油。想到这几道菜，我忍不住又嘴馋起她做的奶油南瓜煲来。在我眼里，美国南方的夏季美食绝不输于意大利。薇莉·贝尔和母亲常常一整个上午坐在一起剥纤如玉指的美味豇豆，这种豇豆只有佐治亚州出产，我在其他地方从未见过。

烧烤时埃迪爱把厚厚的番茄片放到烤架上微烤以后再吃，他喜欢那股烟熏味。世上最美味的莫过于只夹番茄的三明治了。除了天国，便只有在科尔托纳能吃到它了。选用耐嚼的面包片，然后在上面放些切碎的鼠尾草和海盐就可以令番茄薄片的味道发扬到极致。究竟何时我们才会吃厌新鲜的番茄？还有什么食物能胜过简简单单的酿番茄？可能性只有一种——往酿番茄里再加些剁碎的榛子。安塞莫提醒我们番茄可以摘了。我们碾碎烘烤出大约一杯榛子，加入等量面包屑，再放入剁碎的欧芹搅拌均匀，填入四个大番茄中，最后在番茄上放一小块黄油和一片方形干酪（它们会在烤箱中融化）。晚餐是夏南瓜煎蛋卷和酿番茄，再加点南方风味——一大杯桃汁冰茶。

真是何似在人间。

某个周二的午休之后，令人眩晕的热浪已逐渐消退，我们觉得应该去一趟“陶都”德鲁塔。有一本翁布里亚的英语旅行指南并不推荐德鲁塔。“游客也许不喜欢在德鲁塔逗留，此地是翁布里亚的陶器中心，道路两侧商店林立，销售各种丑陋无比的陶器。”这本指南的作者大概是疯子吧？我还特地在新厨房做了一排架子，专门摆放各种无法抗拒的大浅盘。虽然有些德鲁塔陶器确实丑陋难看，但大多数画的是传统宗教题材的图画，很是讨人喜欢。真不知道这位英国作者用的是什么样的早餐盘。我家的德鲁塔陶器上有手绘的托斯卡纳水果，盘子四周镶着黄边，这样的餐盘肯定能给一个沉闷的英国早晨带来欣喜。

我已经学会了用大浅盘装菜的艺术。我把它们沿着石墙摆成一排：一个盛烤蔬菜，一个装干酪，一个搁面包，还有一个放主食。每个夏夜都少不了用大浅盘装的番茄片。客人们可以像平日吃饭时一样席间传递，也可以离开树下长桌，再一趟趟地过来自取。还有陶制大水壶，我们用它来盛放冰茶、红酒和甘甜的清泉。手绘陶器很适合这种随意却丰盛的托斯卡纳式晚餐。我喜欢手绘陶器的色彩：有些明快鲜艳，有些内敛温和，色泽类似于壁画。只要把餐具往户外那张黄色餐桌或者旧金山家中的圆餐桌上一放，桌子就立刻有了生气，不论真假，都让人觉得盛宴即将登场。

去年圣诞节时我买了几个绘有粉色花朵的杯子，专门用来喝卡布奇诺，现在我想去找与它们配套的早餐盘。销售这种有传统图案的手工陶器店，在德鲁塔至少有上百家。

“可到底是哪一家呢？”埃迪问，“这么多家你怎么记得住？”

他对德鲁塔的兴趣不大。

“这条街尽头，拐角的那家。”德鲁塔与其他小镇截然不同，教堂、喷泉和建筑物的外墙一律用的瓷砖。几个世纪以来，德鲁塔一直是这门古老手艺的中心。

“啊，有的，太太。”店主给朋友打了通电话，让他从作坊里把我想要的瓷盘送过来。等货物送来时，我们又逛了主街上的另外三家店铺，在其中一家店里买了盏台灯，打算回去摆在埃迪的书桌上。德鲁塔肯定也有其他商店，如五金店、食品杂货店和鞋店，只是我们视若无睹。我们停下来看一个女人给一只浅口碟绘上几何图案。有一个酒吧里，还遇见了一位年纪很大的老人，他穿着宽大的背带裤，裤头几乎吊在腋窝处。他问我们来自哪里。听到我们回答说是旧金山时，他高兴坏了——一九五〇年他跑船到过旧金山，到现在还记得旧金山的市场街。因此他一定要请我们喝咖啡。没错！市场街的尽头就是浩瀚的大海。期间，老人的一个朋友也进来喝咖啡，老人立刻向他介绍了我们，好像我们是来看望他的亲戚。旧金山迅速拉近了我们的距离，意大利人喜欢它。

许多陶瓷店都位于城外的道路两旁。我和姐姐以前在这里各买了整套的晚餐餐具，还顺带给我女儿阿雪莉也捎了一套，然后通过船运送回美国，途中仅碎了一只杯子。包装材料不是塑料泡沫而是湿草秆。运费虽然昂贵，但比起在美国买进口意大利瓷器的价格就是小巫见大巫了，况且美国还不一定有我们看中的款式。在这里，可供选择的陶器琳琅满目，令人瞠目结舌。销量最好的是用金黄和蓝色画着拉斐尔油画图案的陶器，每个盘子中央都绘着一条造型独特的龙。我可不喜欢吃饭时看到龙，哪怕温良如拉斐尔笔下的龙。

亚平宁山脉将意大利分成不同地区，每个地区都有他们独特的方言和风俗习惯，因此设计风格也截然不同。在德鲁塔，你既可以找到奥维多的雄鸡图案，也可以找到阿马尔菲的蓝鸟，还有锡耶纳教堂马赛克地板上的黑色图案。还有人尝试现代风格的设计。有的显得俗丽，但也有不少有趣而大胆，端在手上、挂在墙上或摆在玻璃咖啡桌上，全都赏心悦目。客人还可以用自己的姓名首字母和喜爱的花卉设计晚餐餐具。姐姐选了一款蓝黄镶边的餐具，阿雪莉更喜欢边缘有凸起葡萄藤花纹的白餐具。轮到我为自己挑时，我选了盘碟中央绘着石榴、樱桃或蓝莓的那一套。我问店主：“这一款叫什么名字？”

店主耸了耸肩说：“水果。”白问了。三个月后，专为我绘制和生产的餐具抵达了旧金山，搭配我美国家中的厨房真堪称天作之合。

今天，我打算为一个朋友的儿子买份结婚礼物。咖啡杯，茶杯，还是漂亮的沙拉碗？看了三四家陶器店后埃迪开始不耐烦了。“大家都喜欢茶壶，”他怂恿道，“随便买一个就好。”

“你喜欢哪一个？”我喜欢那个布满绿叶和小花的茶壶，白底上绘有春花的也不错。

他拿起白色的那个。“走吧。”

开往高速公路的途中，我眼巴巴地瞅着自己心仪的商店，可是埃迪毫不心软，脚死死地踩在油门上。“也许一两天后我们还会去古比奥和瓜尔多塔迪诺看陶器的。”他真的有这么好？

回家路上途经阿西西镇时，尽管游人如潮，我们还是停了下来。我最喜爱的文具店就在中央广场附近，正对着那座原为弥涅耳瓦神殿的神秘教堂。我需要买一些手工印花信笺、漂亮的便笺本、短柬和空白本子做伴手礼。在旧金山时，我几乎腾不出购物的时间，相比之下，在这里买东西简直是一大享受。埃迪想买几瓶塞格兰迪诺，这是他最爱的一种翁布里亚红葡萄酒，平时在科尔托纳很难买到。

我们经过蔷薇色的圣切瑞拉教堂，还有一些石头房子，它们的外墙是琥珀色和珍珠色的，墙上嵌着褪了色的蓝色百叶窗。文具店跟往常一样，两只小狗蜷睡在大门两侧。买完东西，我们习惯性地走向圣鲁菲诺教堂（正好与据说藏有乔托壁画而使得游人趋之若鹜的圣方济各教堂的方向相反），去参观那面几乎是迄今为止最古老的罗马石墙，墙上布满滴水嘴和其他一些虚构出来的动物形象。圣鲁菲诺教堂正对喷泉广场，上帝保佑，广场上空空荡荡。不过，再多的游客都摧毁不了阿西西镇的魅力，我们随便一逛就到了晚上七点半，索性跑到一家钟爱的餐馆里用餐，那里的烤兔肉味道绝了。

我差点忘了每年八月逼人的暑气。每打扫完一间屋子，我都会把窗户和百叶窗关到四分之三的位置。这样既能保证室内空气流通（如果它还在流动的话），也使得直射的阳光无法入内。我穿了条凉爽的亚麻白裙，宽松的裙子搭在肩头，和睡袍差不多。艾米莉·狄金森长年一袭白裳，我懂她的癖好。可饶是这样也酷暑难耐，我干脆解开所有的扣子。到下午热浪滚滚时，我索性脱去裙子，只穿内衣裤坐在电风扇前看书。

我们做番茄酱的那天准是这个夏季最炎热的一天。往返花园几趟后，洗碗池和洗衣篮内装满了熟透的番茄。埃迪掏瓤我去籽。我们没有去掉番茄的皮，因为皮只是薄薄的一层，和超市里像是裹着一层橡胶皮的那种番茄截然不同。番茄汁滴到衣服上了，我赶紧脱下来扔进洗衣机。埃迪干脆只穿一条短裤。不一会儿番茄汁就流下砧板淌到了地上。准备好番茄后，我们剁了好几头大蒜和一串洋葱，摘下罗勒的叶子，再向锅里撒上一把盐。厨房里弥漫着炒洋葱的香味，大汗淋漓的我们也是一身洋葱味。之后我们把几加仑的碎番茄倒入锅中，埃迪又倒进一整瓶本地红酒。似乎这就是个开端——今后一整年里，我们和加州的朋友都将在这一勺勺的番茄酱中感受七月似火的骄阳。我们把火转至文火，然后开始清理厨房。

“我嘴里有种味道，妙不可言。”

“什么味道？你是闻到番茄酱的味了吗？可能是它的味道。”可我什么味道都没闻到。吃完午饭，我们正在屋外的柠檬荫下歇息，看书，想要捕捉一丝清风。

“这种味道我无法描述，好像脑海中挥之不去的旋律。这两天我老感觉到它。”

“味道像薄荷、蜂蜜，还是金属或盐巴？”

埃迪摇了摇头，仔细观察着一只正在搬运玫瑰花瓣的蚂蚁。对这只辛勤劳作的蚂蚁来说，这片花瓣就像一床巨大的被子。小蚂蚁踉踉跄跄地挣扎前行。“我想应该是幸福的味道。”

我们走过两层梯田，来到那棵结满金冠苹果的苹果树下。这种苹果吃起来不脆，味道并不好，虽然颜色看起来还不错。“明年我们再栽几棵苹果树。”我把手中的苹果扔进树林，“做些可口的苹果酱。”其实在做完番茄酱后，我已没什么心思再做苹果酱了。“在这块地里种上一大排，给那些长不大的可怜金冠做伴。”

“金冠不是长不大，它就是矮种树。”埃迪用衬衫兜了许多苹果。“是可以做一点苹果酱。”埃迪喜欢苹果。有一年秋天，他在爱荷华州找了份摘苹果的活，这事他动不动就要回忆一番。“我看到一篇报道说里米尼镇有个男人栽了棵‘limoncella’，结出的苹果带有柠檬味。还有一种叫‘pum sunaja’，苹果里的种子是松动的，晃动起来有像沙槌一样的声音。这个男人一共种了三百多种苹果树，已经绝迹的品种都被他找回来了。”听他的口气，我知道不久的将来我们肯定会去拜会这位高人。

选择落地此处，部分是因为我相信意大利的魅力无穷无尽、永不枯竭——艺术、风光、美食、语言和历史。我想靠买房、整修房子，以及每年到异国小住几月来改变生活的轨迹，此举即便不算疯狂，也是冒险至极。很长一段时间，我渴望完成这件我自己也毫无头绪的大事。我曾认为——如今更是确信不疑——意大利人的生活更加悠闲，经历了多年的婚姻和可怕的婚变后，意大利绝不仅仅是被我用来填补失去一个男人之后的空缺——我想要脱胎换骨。

我无法度量当初的第一直觉给我带来了何等的幸福。在加州，时间就像一个呼啦圈般在人身上无休无止地转，将我锁住不得脱身。我应当亲吻这片土地，是它帮助我逃离了那个过去吞噬未来的狭小空间，让我可以在自由的漫漫长日里顶着地中海的烈日走出家门摘一篮李子。这个世纪已近尾声，但新鲜事物正接连不断地出现在我的生活中：待了八个夏天之后，我们竟然仍像婴儿般对这里所知甚少，何其幸运！

我装了满满两购物袋的番茄、洋葱、甜菜、甜瓜和土豆，开车到山谷中的唐娜蒂拉家。初夏里一个狂欢的月圆之夜，一群刺猬把她家的菜园毁得面目全非。唐娜蒂拉不在家，我把菜留在那个爬满五叶地锦的凉棚下，凉棚边是一片精心打理的橄榄园。穿过山谷驶离她家的途中，我抬头扫了一眼巴玛苏罗。我停下车子，惊讶地发现我的巴玛苏罗如同映在陡峭山崖上的桃色斑点，伊特鲁里亚的古城墙和美第奇古城墙高耸在它的上方。远远望去，我的房屋连同周围的梯田绿树兀自矗立于白云蓝天之下，看不出一丝我们过去或将来生活其中的痕迹。我发动车子继续前行，一片青山瞬间遮住了我的视线。

寒冷

十月的一个清晨，在旧金山家中，埃迪推开厚厚一叠学生作业，翻看起意大利旅游指南。我忙极了，一点空闲都没有，书桌上摆着十一篇等待阅读的毕业论文、备忘录、推荐信和一堆尚未回复的信件。明天除了好几个棘手的会议外，我还要去三个不同的地方赴约。时间过得飞快，但这种疯人院里的日子仿佛永无休止。埃迪一面打开咖啡机煮咖啡一面看书。我的书房和厨房之间只隔着大厅，难怪工作效率不高。有人到厨房里煮东西或找点心吃，都会影响到我。厨房就像是一个大磁场，把人和动物都吸引过去。以我家的黑猫“小妹”为证，她整天都躺在厨房中央的黑白瓷砖上。

“去威尼斯过圣诞，这个礼物棒吧？”自从买下巴玛苏罗后，这些年里，我们总是不辞劳苦地坐上二十四小时飞机，从加州奔波到意大利过寒假，我们会利用这段时间采收橄榄、宴请朋友，借以逃避平时忙乱不堪的假日生活。

“嗯，不错。”我应道。随即听到埃迪拨了一长串电话号码，预订了十二月二十三日至二十五日大运河边带露台的房间。书桌上那一沓沓的纸蓦地不再那么面目可憎了。

这天，我们一早就从罗马赶回科尔托纳。在这里待上一周，足够参加十二月的各种活动，然后驱车前往威尼斯度圣诞。这次回巴玛苏罗完全无需手忙脚乱。神奇的是，家中的一切都能正常运转，暖气、热水一样不缺，舒服极了。甚至还有一排堆放整齐的柴火——这可是修剪下的橄榄枝变废为宝的方式之一。

我还在整理行李时，埃迪已经迫不及待地到地里摘橄榄去了，他将一个柳条篮绑在腰间，就扎在红色羊毛衣外面。时间是下午四点左右，太阳已经落到了山后，吹来阵阵寒风。他把一麻袋橄榄拖进酒窖，赶紧打开热水浸泡双手，过了好一会儿手才热乎起来。“咱们都得去地里再收上两天才行，橄榄太多了。”埃迪说。我们用自产的橄榄油做了份蘑菇酱汁意大利面当晚餐。埃迪在壁炉中生好了火，我们端着盘子坐在壁炉前吃面。明天计划摘一天橄榄，然后去山上那家最喜欢的小餐馆吃野猪酱汁意大利面。等到把橄榄送去磨坊榨油的那天，我们还要用新鲜橄榄油宴请朋友。我们觉得一定要去趟阿西西镇，亲眼看看大地震给这个和平之城带来的变化，之后就动身去威尼斯，那里恐怕还要冷。我们准备了大衣、靴子和手套，我还特地买了一条漂亮的天鹅绒围巾，墨绿墨绿的，就像威尼斯的潟湖一样。我希望能看到圣马可广场的雪景。埃迪为威尼斯之行准备了一种特别的佳酿，而我则打算带上百合香皂，还有紫丁香味的蜡烛，点在房间里。我们说好只送给对方一件圣诞礼物，因为威尼斯本身已是一份厚礼。我为埃迪准备了一件漂亮的黄色开司米毛衣，还在袖子里藏了本《默温诗选》。我偷看了一眼他放进行李中的礼物盒，小得令人好奇。

晚上十一点时电话铃响了。买下这栋房子后我便对电话铃声深恶痛绝。一听到电话响，就想起装修房子时的痛苦经历：不是这个工人打电话说水管没到，就是那个翻砂工说要延长自己的海边假期。因为时差带来的不适，我半躺在温暖的法兰绒被窝里翻阅着在飞机上没看完的小说，听见埃迪拿起电话兴奋地说："喂，你还好吧？"接着声音马上低了下来，"什么时候？怎么回事？多久了？"

埃迪皱着眉头坐在床边，肩膀耷拉着。他母亲生病住院了，病情很严重。"真搞不懂，两周前她还自己烤面包来着，明明身体很好啊。妹妹说她得了什么血液病。我拿了主治医生的电话号码。"

次日早晨，我们收拾好行李乘火车返回罗马，贝皮和弗兰西斯科会替我们采收橄榄并送去榨油。埃迪打通了医生的电话，医生的口气比他妹妹更决绝："马上回来，她随时可能走。今天、一周或一个月以后，都有可能。"登机起飞，我们依旧恍若梦中。有时，天气确实能反映人的心情。每当看到学生在诗歌习作中把自己的情感投射给天空时，我总忍不住写道：小心感情误置，表达力度不够。可是这会儿，颠簸在大西洋上空的飞机和一亮再亮的安全带警示灯，似乎都与我们忐忑的心情不谋而合了。暴风雨导致飞机只能在费城迫降，去明尼苏达州的航班全部被取消了。我们把行李扔进推车，穿过机场商场到酒店入住。整整一夜都盯着天气预报，报道说暴风雨会愈来愈猛烈。为什么会有人在圣诞节去世？是用这种古怪的方法将所有人招回家中吗？我父亲死于十二月二十三日，当时我十四岁。我打算穿去参加当晚舞会的粉红色裙子无精打采地挂在了衣橱门后，圣诞树也被收了起来。

暴风雨一停我们便坐上了去明尼苏达的航班，迎接我们的是一场百年难遇的严寒。我们与埃迪的妹妹——莎朗一家三口在租车行不期而遇，他们刚从加州南部赶来，也准备直接前往医院。埃迪的哥哥罗伯特和另外两个妹妹——玛丽和安妮已经到了医院。我们走出机场，踩在厚厚的积雪上，刺骨的寒风几乎能够割裂玻璃。我脚上的靴子似乎比袜子还薄。埃迪发动结了冰的汽车，前往距离此地两小时车程的维诺纳市。汽车行驶在铲过雪的车道上，四周白雪皑皑，我眼里的世界似乎空空荡荡，什么都不存在了。我对埃迪的母亲并不熟悉，只去过她家一次，周日偶尔通通电话而已。但我知道埃迪是她一手抚养成人的，因此我对她心怀感激。

看到孩子们一下子回到身边，她高兴坏了。玛丽替她抹了口红，让她坐在椅子里。她安详的模样很难让人相信她已危在旦夕。但她很快就累了并躺回床上，瘦长的身躯憔悴干瘪，呼吸细若游丝。子女们轮流看护，让她身边随时有亲人陪伴。埃迪的妹妹们住在她母亲家，我们则随便找了间旅店落脚。埃迪还会不时想起原定的威尼斯之旅——在我们的计划中，此刻应该坐在威尼斯一间酒店的床上高声吟诵雪莱或托马斯·曼的诗歌，我们的身下则是威尼斯永恒的碧波，可现在却只能看着他深爱的母亲的生命一点点地流逝。

我们度日如年，每日往返于医院和旅店之间，招待轻手轻脚的访客、换输液瓶、向查房的医生询问病况、购买必需品。埃迪的两个妹妹忙着清理屋子，处理一些没用的东西，免得以后事情全落在与母亲一起住的罗伯特和玛丽身上。其实家里并没有什么东西，我打开抽屉和橱柜，发现埃迪的母亲根本不爱储物。埃迪母亲名叫阿尔图特（Altrude），我从没听人这样叫过她。不过这个与“利他主义”（Altruism）形似的名字倒很符合她，她这一生都奉献给五个子女了。每天下午我们都开车出去转悠。埃迪在这里长大，很喜欢冬令营、滑雪和穿着雪地靴踩雪，我则对寒冷地区的活动一窍不通，总忍不住问埃迪："这么冷的地方，怎么会有人愿意住？"

"你只是还没适应这儿的节奏罢了，等着瞧吧——气温一到零度以上，明尼苏达的居民就会换上短袜和T恤，装成一点也不冷的样子。"

车内那台中型保暖器一路吹着暖风，我望向窗外。现在的威尼斯，生煎鱿鱼的浓香正飘出窗口，圣马可广场的狮像上落满一层白雪，弗洛里安咖啡馆里弥漫着又香又醇的热巧克力味，乐手正弹奏着伤感的音乐。而这里却大不一样，空旷无垠，什么也没有。一座铁锈红的谷仓矗立在苍茫的天穹下，挂满冰晶的白桦树林闪着耀眼的白光，一头小鹿跑在冰冻的湖面上，蹄子下雪花四溅。汽车驶过一个个逼仄的小镇和埃迪父母成长的农场。这里是他父母的故乡，也是孕育他的地方。他曾在这里看见鱼儿在透明的冰下游弋。他在此度过了懵懂的孩童时光。这里冬季漫漫，仿佛受制于死亡之神的魔爪，却仍蕴藏着盎然春意与勃勃生机。

"圣诞节你们打算怎么过？"他母亲问，"大家难得凑齐了。"她没有说这可能是她最后一次过圣诞，但我们都心知肚明。当了三十年修女的玛丽每天都为她念诵经文，她们开诚布公地谈论死亡。看着坐在她床边的埃迪，我又发现了他性格中另一些可贵之处。他静静地陪着她，喂她吃东西，帮她洗脸，陪她聊天，说说她做的脆饼、她种的甜菜，或者邻居家丑陋的车库，还有两年前去世的父亲。

埃迪的妹妹在他以前房间的衣柜里翻出一箱书。安妮拿着一本封面脏兮兮的托马斯·曼的《魂断威尼斯》问："这书讲什么？"在我们的潜移默化下她们也对意大利产生了兴趣。看了我写的书后，她们从我记录的生活经历和所见所闻中了解了许多以前不知道的东西。兄弟姐妹五人从小挤在这栋小屋中，感情相当深厚，长大后便各奔东西，在北美大陆的不同地方生活。如今重新接上的亲情纽带让屋子又有了生气，他们各自说起了人生经历。玛丽过着远离世俗世界的生活；莎朗的家庭又大又复杂；安妮搬到了明尼苏达的斯蒂尔沃特，工作和家庭让她疲于应对，要知道她的两个儿子总是穿得邋里邋遢，耳朵上永远戴着耳机；罗伯特拒绝“为人类工作”，特立独行。最后大家窃窃私语起来。她以前是高中毕业舞会皇后，他把浴室的砖都敲了却不知道该换什么颜色，她想买那张沙发他却不愿意，妈妈穿婚纱的样子多好看啊，我们在圣诞节只玩一个游戏，你怎么嫁得那么匆忙，我都不记得婚礼的情景了。

埃迪每天早上六点半去医院，静静地与母亲共处几个小时。老人家又问：“你们圣诞节打算怎么过？”她真的担心了。凡有疑虑，不妨下厨。平安夜那天的清晨，我和埃迪把威诺纳的食品店逛了个遍，买了橄榄油、葡萄酒、大蒜和其他满满一车商品，推着购物车走过布满冰冻车辙的停车场。埃迪的母亲今天状态很好，死神还很遥远。我们去了趟律师行，埃迪他们打算把老屋卖掉。接着又赶去花店，满屋芬芳娇艳的玫瑰与百合让我们大吃一惊。蜡烛和鲜花备妥之后似乎又无事可做了。气温再次降低，到底能降到多低？现在已经刷新历史纪录了。才走了两个街区，回到旅馆时我就觉得手指和脚趾已经保不住了。

这家旅馆十分普通，唯一一件奢侈品就是那个按摩浴缸。我们傍晚又去了趟医院，回到房间后在浴缸里放好水和泡泡浴液，然后点燃一支蜡烛，躺在那旋转着的一缸热水里才终于暖和过来了。

圣诞节当天早上，埃迪母亲感觉不错，我们把她推到大厅里看笼中那几只拇指大的小黄鸟。我不知道她看着自己一手带大的五个孩子都围在床边，如今四五十岁的他们有了自己的生活，个个健健康康时，心里作何感想？

实在太冷了，上哪儿都不方便，整个下午我们都待在老屋里。几个妹妹翻箱倒柜时发现了家传全麦脆饼派的配方，自称不谙厨艺的三姐妹立刻卷起袖子做起派来，商量着蛋奶冻应该做多稠，蛋清搅拌到什么程度才合适。我和埃迪则动手做菠菜干酪拌意大利面、萝卜土豆和红酒炖牛肉。我们还做了西兰花菜羹（难得找到的新鲜蔬菜），为了增加菜肴的意大利风味又做了一道大蒜烤面包片。

晚上，我们把埃迪母亲的晚餐装在托盘里送到医院，她吃了将近一整块全麦脆饼派并对晚餐大加称赞，但我们心里明白蛋奶冻做老了。开车回家的路上又下起了大雪，四周是白茫茫的寂静世界。

晚餐时埃迪播放了普契尼的咏叹调，全家人围在餐桌边。我望了一眼窗外，屋子里的灯光照在雪地上，留下一个个金灿灿的方形。雪后的小镇，这样的景象处处可见。我们倒上酒，纷纷举杯。“干杯！”“敬母亲。”父母双双缺席，而这栋房子注定要被埋藏到记忆深处。晚餐已准备就绪。我们早就饥肠辘辘，马上开动起来。

全麦脆饼派

这是埃迪一家最喜欢吃的派，是一道传统美食。我家做这种派时会加上一点柠檬。

把十二个全麦脆饼碾碎，加入一茶匙面粉、一茶匙肉桂粉和三分之一杯糖。再倒入三分之一杯黄油一起搅拌。然后把混合物倒入馅饼模具压实。

蛋奶冻

将半杯糖倒入两汤匙玉米粉中搅拌。在两杯牛奶中加入三个搅拌好的蛋黄，再倒入玉米糖水，用中火煮至浓稠，其间需不停搅拌。把三个蛋清打至发泡，加入一汤匙香草、一汤匙糖搅拌成奶糊。将蛋奶糊倒入馅饼中，把蛋白淋在蛋奶糊上。放进烤箱，温度调至三百五十度，蛋白烤熟后即可食用。

节奏

这年冬季的旧金山受厄尔尼诺气候影响，滂沱大雨下个不停，我们只得决定冒雨搬家。我在一份周日的报纸上看到了一小幅地中海－西班牙风格房屋的图片。那房子有两个阳台，屋前长了一棵高大的树木，像是棕榈树。“瞧瞧这屋子，你不想念巴玛苏罗吗？”

埃迪仔细看了片刻。“这房子我喜欢。是哪里的？”

“报纸上没说。阳台很棒，对吧？可以在上面摆一排旧金山随处可见的黄色兰花。”埃迪给房产中介打了通电话——可房子已经售出了。

巴玛苏罗的生活经验让我想把意大利元素尽可能多地引入我们在美国的生活。埃迪的母亲今年一月去世了，她的离去让我们觉得时不我待，应该过好每一天。现在住的公寓是我在前次婚姻日趋解体时买的，在一栋维多利亚风格建筑的三楼。我喜爱这里的吊顶和线角，以及从天窗和三十个窗户倾泻而入的阳光。站在餐厅就可望见窗外的绿树和城市风光，甚至远处的海湾一角也能隐约看到。在这里生活了这么多年，每个房间都充满了我们生活的痕迹。厨房是我买巴玛苏罗的那年重新装修的。墙上贴有黑白瓷砖，玻璃橱柜和灶台之间挂了一面镜子，装了一台餐馆专用的六灶电炉，还有一台可以同时烤两只鹅和一只火鸡的大烤箱。我们十分想念户外生活，就是那种户内户外相互连接、浑然一体的感受。突然间，我无比想念长在地上的香草和树下的长桌。再说，搬家也算一件好事，我可以趁机扔掉数年来积累下来的垃圾——瓶子、纸张、柜子深处的鞋子、斑驳的烤盘和旧毛巾。我记得每次搬家的情景，随着每一次变换住所，我的生活也焕然一新。但此时搬家似乎有些不合情理，因为现在这个公寓又大又漂亮，而且地段很好。难道是直觉在告诉我，现在的生活需要变化，需要一个崭新的开始吗？

我们开始浏览报纸上的房产广告，周六下午开着车到处看房子，跑了许多以前闻所未闻的社区，因为现在这个太平洋高地社区绝对满足不了我们的要求。房地产市场好像疯了：卖方的要价成了底价，到处是买方竞拍的局面。房屋成交价往往比公布的价格高出十几万美金，这太匪夷所思了，就连房产中介约翰也这么认为。另外我们也没找到特别中意的房子——我真想再次体验初见巴玛苏罗时那种一见钟情的感觉。

有那么两三周我们都打算不再找房子了，但约翰不时打来电话，不是约我们开车去某处看房子，就是说找到了我们也许会喜欢的平房，说那房子有长着红杉的大院子和玻璃暖房。有一天，我们驱车去半岛看一个花园式小屋。跟随空房待售标示转入一片林荫地带，一栋栋房屋矗立于绿树青草之间，此处的景观设计方和中央公园属同一家公司。待售的这栋都铎式建筑还是毛坯房，也就是说，这里的每一片木板和每一块窗玻璃都需要留神。我们告诉中介说打算过一年再考虑购房，等这波房产热潮退去再说。“我还有一栋房子你们应该会喜欢。下午四点来见我，我带你们去看看。”于是我们又动身去看那栋迷人的小屋，听说它挂牌销售才一个小时就已经有了好几个报价。

找到中介说的那个地方，把车停下，我一眼就认出这栋房子就是我在报纸上看到的那一栋，正是它让我做起了搬家梦。“我们看到过这栋房子的广告，也打电话咨询过，还以为它已经卖掉了。”

“没错，但交易没成功，所以又拿来卖了。”一溜台阶蜿蜒地引向上方铺着瓷砖的门廊，那里有一扇弧形大门敞开着，通向餐厅。楼上一共有三个阳台，还有一间带十一个窗户的日光浴室——正合我意。我仿佛看到“小妹”在这栋明亮的屋子里追逐阳光的淘气样子。

我们买了下来。虽然现在住的公寓尚未挂牌出售，但动作必须迅速才行。我开始整理信件和毛衣。女儿阿雪莉已经订婚了，我们开始接触她的未婚夫斯图尔特，还得着手准备婚礼事宜。看来现在只能利用去五金店买挂钩和门把手间的空当来约见摄影师和鲜花提供商了。阿雪莉还在为考博士的笔试和口试做准备。她紧张得不得了，因为她的几个同学在去年的考试中集体落败。旧公寓挂牌三天后就脱手了。于是我们开始集中精力打点新房子，忙着从屋子里拖出一条又一条厚厚的白色地毯。这些地毯污迹斑斑，好在地毯下面七十五年前铺的人字形硬木地板虽然很脏，尚且完好无损。砖砌的楼梯上到处都是溅落的油漆，肯定得去掉。我们又开始做抛光地板、布电线、安装报警系统和粉刷墙壁等装修工作，屋顶也不得不请人重铺。可我才外出一会儿，一个房间就被误刷成了黄色。我和阿雪莉一起去看了婚纱，她很快就选定了浮云款式的婚纱，还看了一下请帖和伴娘礼服并且和餐饮承办商见了面。埃迪趁着春假赶去意大利修剪果树了，我则在公寓和新房之间奔忙，和不懂英语的工人打交道。原本雇的是会讲英语的工人，但真正开工时派来的却都是刚从柬埔寨、马来西亚、韩国或南美洲过来的工人，他们之间都很少交流。相较而言，修整巴玛苏罗要比这轻松百倍！一个洪都拉斯油漆工按下了一间卧室的反锁钮，出来时顺手关上了房门。当我告诉他房门打不开了时，他用棕色的大眼睛傻乎乎地盯着我看，然后气急败坏地说出他所掌握的总共两个英语单词 fook 和 sheet。我看着他，好一会儿才明白他说的是 fuck 和 shit。

我的确曾没心没肺地说过喜欢搬家，搬家乐趣无穷。可当卡车装着我们的家具和箱子来来往往运了整整一天后，我失去了拆包的勇气。“阿妹”一路上龇牙咧嘴，舍不得离开生活多年的旧家。我们买的书架虽然上完了三遍漆，但还需过段日子才能把书摆上架，所以六十大箱的书只好暂放在新屋的地下室里。原先用的沙发和座椅摆在如今宽敞的大客厅里，看起来像玩具屋中的袖珍家具。工人们开始拆包，我却不知道该把花瓶、盘子和颜料放在哪里，于是他们顺手把它们堆放在崭新的地板上。这栋新房子一砖一瓦我们都中意。主卧里有一个壁炉和一扇通向阳台的落地窗，透过窗能看见婆娑的热带树木和远处的太平洋。屋内四壁是淡淡的桃红色，用的是一种名为“西西里”的颜料。我和埃迪各有一间书房。此外还有一个超大的储藏室和四面环墙的小花园，园中有一株三角梅，定是在房子落成伊始栽种的。这里的一切都让我兴奋莫名，不知不觉间日子就从指缝中溜走了。埃迪在巴玛苏罗干了整整两周活以后回到了美国。但重返家园的生活也不轻松，等待他的是爆裂的水管和积水的地下室。埃迪站在漫过脚踝的水中，一手拿着电话，另一只胳膊夹着一箱书。两个水管工足足花了十一个小时才找到漏水处。修理期间，我去南加州做了三次演讲，还在本地的好几个活动中应了个景。我们为楼梯间换了个新窗户，用透明玻璃取代了原先那块印着两只瞪大眼睛、立于枝头的猫头鹰的玻璃。还找了一个花匠修剪常春藤，这也让我们想起巴玛苏罗。整扇车库大门都需要更换。该死，我还是全职教师呢，有十篇艺术硕士论文等着批阅、好几门课要上，还有些五花八门的会议需要出席。

我和埃迪决定结婚，但不想惊动任何人。我想起自己最初的直觉：搬家预示着变化。我从多米尼克——我最喜爱的糕点商——那里订了两个蛋糕，接着给三十多个好友发了请帖，说是庆祝乔迁之喜。我把结婚的事透露给女儿阿雪莉和两个密友后便急匆匆地和埃迪赶到市中心领取了结婚证。整个过程简单得令人诧异：交十二美金，文件末尾签上名，瞬间搞定。

离婚后的这些年里我一直回避婚姻这个话题。即便我已经清楚自己将与埃迪厮守余生，还是会推托道："干吗那么麻烦？"或是"我可不想再生孩子了，咱们都是过来人了。"有个朋友告诫我："结婚是迈向离婚的第一步。"这话让我感觉很害怕。我反复告诉自己，千万不能再重蹈覆辙，而且我也不想在经济上依赖他人了。我为从前那种我写诗丈夫工作的生活付出了惨痛的代价，因此，如果没有经济自由，我断然不会再度迈入婚姻的殿堂。神奇的是——当然得感谢我这能写作的手——现在我觉得安全了。

一车鲜花、一大块干酪、草莓、蛋糕、冰激凌和香槟——再没有更简单的婚礼了。朋友们带着香皂、盆栽、碗碟和书籍来祝贺我们乔迁之喜。好友约瑟芬是注册牧师，她把大家叫到大厅里，一起为新房子祝福。我们站在约瑟芬身旁的壁炉前面，阿雪莉和斯图尔特站在我们的身旁。约瑟芬祝福道："亲爱的朋友们，我们相聚在一起……"朋友们屏息聆听，鼓掌庆贺。约瑟芬祝我们幸福，我和埃迪分别向对方献诗——整个过程就是这样朴素而温馨。

第二天，我们又重新忙起拆包、换锁和洽谈保险等琐事。尽管忙碌，邮递员上门时我们还是送出了一个灿烂的笑脸。还时不时地在门厅里跳跳舞。

阿雪莉的婚礼在八月份，已经基本准备就绪。她的笔试和口试成绩都不错，还因一篇论文应邀参加一个学术会议。斯图尔特从原来的公司辞职出来创业了，正忙着找办公地点、招聘职员，开车去饭店的路上他都在讲电话。这小两口谁煮饭呢？但我们谁都没有想那么远，反而心平气和。他们为我们买了一台烧烤架，有天晚上我们用它烤了牛排和蔬菜。日子每天都在变。虽然屋子看起来还是空空荡荡，但我们总算安顿了下来。住进来两周了，我还没弄清楚刀叉到底放在哪里，新洗衣机要怎么用。原本需要半年的装修时间被我们压缩成短短的六周，这多亏了装修巴玛苏罗时积累的经验。“小妹”责备地看着我们，守着埃迪的行李箱寸步不离。我们忙着找报税单，因为前一阵子没时间交税而被罚了滞纳金。等我们填好学生的期末成绩单，整理干净学校的办公室，已经是六月了。临时照看房子的人已经到位，我们也该动身去意大利了。

在意大利唤醒我的是阳光，而不是闹铃。这个春季的混乱令我至今头昏脑涨，我满脑空白地望向窗外。天刚蒙蒙亮埃迪就爬起来了，结果又躺回沙发睡着了。今夏，我们将在巴玛苏罗度过，没准我们可以只盯着树看，至少一周之内不用和人说一句话。我希望这会儿门厅里就有位护士，穿着宽松的白大褂，静静地为我们端来切好的甜瓜，用她白皙的手轻抚我的额头。还只是六月的第一周，花园里却已百花齐放，颇出人意料，就连黄百合都已经绽开了笑脸。今春三月时埃迪和贝皮刚修剪过的菩提树又抽出了新叶，密密匝匝的，就像一把把撑开的大伞。有的玫瑰已经怒放过一轮，开始凋谢了。

贝皮来的时候,埃迪赤足裸背地迎了出去。贝皮递给他一个麻袋。“送夫人一只兔子，完全是家养的。”也就是说，这只兔子在来到这个世界的七十天里只以绿叶蔬菜、沙拉和面包为食。我探头朝袋子里瞧了一眼，看到了它的头。“兔头蘸上酱汁，”他告诉我，“那味道真是……”他用食指指着脸颊旋转，意思是味道好极了。贝皮说今春每天下雨，所有植物的生长期都提前了两周。潮湿的空气沉甸甸的，眺望山谷那边时，目光似乎透过某个绿色的棱镜，那里水汽氤氲。他告诉我们菜园已经由他打理过了，因为安塞莫又生病了。稍后我们给安塞莫打了个电话,他听上去十分虚弱,说过几周就没事了。我们端着埃迪煮好的咖啡来到户外，躺在椅子上晒太阳，想让阳光赶走一身的疲惫。我们说起了高压导致神经紊乱的种种症状，怀疑自己也患了这种病。

普里莫·比安基开着他那辆蓝色的老爷车过来了。我们赶紧下楼迎接他，却发现他一瘸一拐，跛得厉害。他穿着熨烫整齐的灰裤子和平底便鞋，不像往常那样一身工作服。一走到石墙边便立刻坐下来脱鞋子，即便隔着袜子也能看出他的脚踝肿了。每次踩在地上或是走路时，他都显得十分痛苦。“痛风，可能是痛风吧。我已经一个月不能干活了。医生开给我的药又伤肝。”

我们打算把去年夏天动工的浴室装修工作做完，去年我们订的西西里瓷砖途中沉入了大海，工程不得不半途而废。我们还打算造一片石头平台，在柠檬树前围上栏杆，为葡萄搭好藤架，这些都是花园大规划的延展部分。普里莫告诉我们，整个阴雨绵绵的春季他都在为一座宫殿重建一个楼梯间，整天跪在潮湿的地砖上铺水泥，搬材料——怪不得双脚抗议了。你们也许应该另外找人装修浴室，他建议道。“不用，不用，等你好了再说。”埃迪赶紧告诉他，“我们喜欢你和你的工人干的活儿。”事实上，在我们眼中他就是个神奇人物，什么事儿都会做。碰到问题时他只要摇头晃脑地想上片刻，就能满脸笑容地告诉我们解决方案。他干活时总爱哼着没有旋律的歌，我们听过一盒磁带，里面都是托斯卡纳和翁布里亚农家的调子，就是那个味儿。这些曲子好像都只有三四个音符，然后一遍一遍地重复。今天，他的蓝眼睛里充满忧伤，与往日无时无刻笑意盈盈的双眼迥然不同。他吃力地站起身来，向我们承诺说，等身体一好就打电话给我们。

我们担心普里莫的脚伤，却也为工程的推迟欣喜若狂。能够享受无所事事的几周真是再美不过了。我们不断地陷入到大工程中似乎纯属偶然。初夏的甜美沁人心脾，过去那几个月快节奏、超快节奏的生活倏地消失了，悠长的托斯卡纳生活像礼物般呈现在我们眼前。其实这个春季的疯狂也是因为想在旧金山复制这里的生活引发的，最后却令我们到现在心有余悸。

我们问彼此，如果这个春季重来一次，能否做得更好？我们又能从这里带点什么回到新居呢？究竟这里有什么东西，让我们的身体和精神产生如此巨大的变化？在加州时我们不是经常失控吗？每当负担超重时我就感觉到自己的注意力开始分散，而且心神不宁。然而只要在这里生活几天，散乱的意识便渐渐得以凝聚和修复。无牵无挂，这从某种层面来说也是一种幸福。显然，夏季无需工作是身心发生变化的重要因素。不过，我们热爱教书，也必须继续教下去，那么除此之外是否还有别的什么原因呢？

在这里，几乎所有媒体的喧嚣都从日常生活中销声匿迹，我意识到这是一个非常巨大的变化。我上班时边开车边听收音机新闻的习惯其实破坏了每日的生活节奏，不可思议的是，打开收音机也几乎成了一个无意识的习惯动作。从公寓到学校停车场的半小时时间里，我的大脑就已接收了一大堆世界创伤的信息：毒枭被枪击、儿童遭受监护人虐待、汽车被炸、洪水冲走房屋。这些骇人听闻、令人不安的信息肆无忌惮地冲击着我前夜安睡后得来不易的安宁。电视的影响恐怕有过之而无不及，虽然我很少看电视新闻，除非是有关地震或其他一些重大灾难事件的报道。到学校以后，我总是带着一种莫名的紧张走下车来。电视和报纸频繁报道的恐怖事件对我们而言已成寻常。不知道有没有人研究过焦虑和新闻曝光量之间的关系？在意大利我一周只看两三次报纸，只是为了了解重大事件而已。我告诉埃迪："我要自己掌握主动权，杜绝负面消息的噪音打扰我新的一天。"

"我倒是很喜欢交通报道，四方信息交汇一处，听起来有点像迪兰·托马斯的诗歌。别听新闻了，听巴赫的大提琴组曲吧。"埃迪平时不像我那么紧张，因为我所在学校要求的教学工作量是他们学校的两倍。"给自己找回大把时间才是关键。"

"以后我们在新家也早点起床去散步吧，像在这里一样。这是我用自己的方式开始新一天的另一种方法，我们可以散步去海边。"

"要是能把午休时间带回美国就好了，想想午间那几小时的自由时光。"

"打电话问候朋友时，对方的回答不是'我很忙'的话，肯定会开心吧？"

"是啊，'我很忙'有好几层意思呢。其中一层是'我很重要'。可是生活本身不是最重要的吗？或许我们不应该如此忙碌，至少不该忙得两耳嗡嗡作响听不到别的声音。”埃迪曾经让他的学生计算过，假如一生平安得享天年，每个人还能剩下多少个周末。令人惊讶的是，即便是如此年轻的学生也仅余两千八百多个周末而已。事实就是如此。Carpe diem，珍惜每一天。

我们决定奉行享乐主义。首先花两天时间储备居家生活必需品，然后在苗圃告罄前加紧抢购，种下能买到的所有一年生植物，之后就开始四处漫游，尽情品味我们业已熟悉的托斯卡纳生活。漫山遍野的野花一定是本世纪中开得最盛大的一次。春雨唤醒了每一颗沉睡的种子，环绕青山的消防车道上长满了齐膝深的萋萋荒草，山坡则被金雀花染成了一片金黄，顺着溪流吹来的微风带着馥郁的花香。我们采了许多有两克拉红宝石那么大的野草莓，坐在长长的野草丛中津津有味地吃了起来。我们开车在翁布里亚兜来兜去，想找一张带古风的桌子。一个店主说：“只要告诉我你想要的是什么，我就能找给你。”听了他的话，我立刻想到孩提时父亲夸口许下的诺言：“只要告诉我你想要什么，这世上的宝贝爸爸都能给你。”那时的我只想要一个游泳池，对此他却说：“这并不是你真心想要的东西，你只是一时兴起。”我们去了古罗马人洗澡的圣卡夏诺澡堂，然后在主街上的一家餐厅里品尝了鸽肉方饺，之后又去了萨尔特诺和切托纳，在令人心醉的乡村小路上蜿蜒而行。

等从美国来时的疲惫终于消失后，我们去了佛罗伦萨并在那里住了一夜。我得买一件衣服用来出席阿雪莉八月份的婚礼。佛罗伦萨的秋装已经登场，属于秋天的棕色、灰色和紫红色满目皆是。埃迪一下子就被秋天的气氛感染了，挑选了两件环纺面料的运动外衣。以前也在佛罗伦萨购过物，但我没买过鞋子和手提包之外的东西。

特别是杰西（阿雪莉的前男友，现在是我们的朋友）来访时，埃迪可以在男装店待上一整天。他和杰西互相吹捧，而我则做个旁观者。此刻埃迪正陪着我一家接一家地逛商店。我已经习惯了意大利人的购物方式：告诉商家你想要什么，然后由他们带你去挑选。只看展示在外面的服装那就错了，因为许多商店只把少数样式展示出来。商店里有导购员，随时准备为客人服务，美国人习惯的自助式购物方式在这里并不时兴。每次我说出想买一件参加女儿婚礼时穿的衣服时，店里的各种相关商品就会一下子全部堆在我面前。他们深知婚姻这种场合含糊不得。我想，多数新娘的母亲其实并不仅仅想要一件穿起来就让人知道是“新娘母亲”的服装，因此那些依此理念设计的淡紫色蕾丝和米黄色绉纱裙裳肯定不好卖。最后我在一家服务殷勤的小店里选了一套橙红色的套装，而我这辈子还从来没穿过橙红色的衣服。面料是丝绸的，搭配上一两种饰品效果会比较好，到时可以把妹妹的珊瑚珠项链借来一用。随后我又找到一双朴素的金色高跟鞋来配这件衣服。阿雪莉的婚礼一定会很完美。唯一的小问题是，时隔多年，我将首次和前夫重逢。

维多里奥打电话来邀请我们参加一场在船上举办的晚宴。特拉西梅诺湖葡萄酒集团在一艘渡轮上组织了一次被我们称为“渐进式晚宴”的活动，即由渡轮带参加者到环湖的四个不同地点享用晚餐的各道菜式。参加者周日中午在达拉格堡集合。我们到达时，盛着普罗塞科白葡萄酒的酒杯和装着番茄、罗勒配蒜味面包片的浅盘已经在传递了。我们拿到一只葡萄酒杯和一个可以挂在脖子上的小袋子，不喝酒时可以把酒杯放入袋中。场面比我们想象的更热闹，维多里奥一家和他们的几个朋友也来了。这艘入口处设有吧台的渡轮大概载了两百多人，船驶离码头时，大家开怀畅饮普罗塞科酒。坐在轻轻起伏的渡轮上，看着来往的船只、青翠的岛屿和变幻的天空，我顿时觉得心旷神怡。在马焦雷岛下船以后，酒店服务员为我们端上鲤鱼卵拌意大利面和一篮篮美味的面包。葡萄酒集团的工作人员也慷慨地斟满白葡萄酒。吃完面食后还可以顶着炎热沿河滩散散步，接着重新回到渡船上，驶向远处的普尔维斯岛。

红葡萄酒也登场了，各种点心在人群中传递。湖面在耀眼的阳光下泛着银光，孩子们开始乏了。这时乐队奏起了音乐，一些人随着音乐翩然起舞。我有些想回家了，可惜船在水中没法脱身。出来已经快四个小时了。无人居住的普尔维斯岛是小鸟和小型野生动物的乐园，周日下午，野草丛生的沙滩上躺满了晒日光浴的人。一个男人平躺在浴巾上，晒得通红的身体简直像是被剥了皮。我们成群结队地穿过小岛，来到一排户外长桌旁。首先上桌的是一道烤鲤鱼，做法类似烤猪肉，在鱼腹中塞入香草和盐巴后烘烤，吃的时候在外面再裹上一片培根，口感香醇、滋味无穷。

再次回到渡轮上时，我开始明白这样的活动累不着训练有素的意大利人。他们的洗礼、婚礼，以及所有其他节日，均耗时漫长。整个下午，吧台上的酒一瓶接一瓶地打开，葡萄酒源源不断地倒入我们的酒杯，人们脸上的汗滴在阳光下闪着光。乐队调高麦克风的音量，一个歌手穿着曲线毕露的服装演唱《Hey Jude》。随后，曲风一转，变成快节奏的意大利摇滚歌曲，大家不约而同地跳起舞来。渡轮开始摇晃，会不会翻船？一个智障男人在和母亲共舞，老太太们摇着屁股，还有一个男人带着三岁大的女儿旋转个不停。鼓手拿着麦克风高声宣布某位足球运动员射门得分了，大家一起欢呼雀跃时，我真的以为船要翻了。接着我们又在帕西纳奥下船吃甜点。孩子们开始撒野了，根本不听大人管教。回到船上，葡萄酒还在不停往外倒，人们开始传递菠菜干酪可丽饼。我们已经连续吃喝了整整八个小时。

终于，渡轮开始驶回德拉格堡了。我们发现船上还有两个美国人：男的面无表情，女的哭丧着脸。夕阳西下，牛奶果冻色的天空倒映在湖水里，美丽极了。我们俯身探过栏杆，看着船行过后的水痕。在场的意大利人随着乐队用英文唱起了《弱水河上的桥》，另外还有些大家耳熟能详的意大利歌曲。我们收拾防晒霜和照相机时听到好几拨人在商量去哪里吃晚餐——他们肯定有一种我们缺少的秘密基因。

贝皮种的 fagiolini（四季豆）已经成熟了，这种绿色的豆子在我的老家叫做“蓝湖豆”，它们又小又嫩，煮的时候其实不用掐头去尾，只是我不嫌麻烦还是这么做了。这种豆子在锅上蒸到恰到好处时真是豆香四溢。如果没熟透，咬起来就会嘎吱作响而且略带苦味。豆子蒸熟后，加点食用油、盐和胡椒粉就很好吃了。加入切碎的烤榛子、少量嫩煎洋葱或是我最喜爱的茴香片和黑橄榄，也不会破坏它的原味。母亲喜欢将蓝湖豆和龙蒿、食用油、醋还有培根丁一起煮。我曾经认为这是世界上最好吃的一道菜，豆子煮得烂烂的，非常可口。为了重温这道美味而复杂的菜肴，我从一株高大的龙蒿上剪下一些小枝，然后在食谱上查找除了蘸醋，龙蒿还有什么其他食用方法。中世纪的朝圣者去巴勒斯坦前常在鞋里放入带叶的龙蒿枝，据说这样能给双脚带来活力和能量。我也想试一试。

去年安塞莫拾掇菜园时没有种这种豆。贝皮管理的菜园一样郁郁葱葱，但他种的蔬菜没有安塞莫的多。我们种了洋葱、番茄、青豆、生菜、大蒜、夏南瓜和土豆。刚来这里的头几天，我们享受了好几顿安塞莫栽种的洋蓟和芦笋。贝皮计划种茴香，并且每隔几周重新播种一批生菜。我们非常想念安塞莫——想念他略带嘲讽的幽默和管理菜园时的一意孤行，也想念他时常为我们的生活带来让人惊喜的小小冒险。我们打电话去问候时才知道他生病住院了。

我们摘了一把薰衣草，把它绑在一罐蜂蜜上面，准备去探望他。真搞不懂他怎么又进医院了。他这人一向精力充沛，充满奇思妙想，又爱笑爱闹。我想象着再见他时的场面，他肯定正在努力支撑着用肿胀的双腿站立，冲他的电话大喊大叫："听着，听着。"埃迪停好车后去收费机处取停车小票，我则走到医院门口停下来等他。

这时我瞥了一眼墙上黑色边框的讣告。去世的人叫安塞莫！我不敢相信自己的眼睛，又细看了一遍，强迫自己收拾心神仔细阅读："昨天，安塞莫·皮特罗·马提尼·皮斯卡尼先生在神的怀抱中……葬礼于明日举行……无需鲜花，需要帮手……"不同于其他简朴的讣告，他的讣告上用彩笔画了一个头戴荆棘王冠、精力旺盛的基督像，基督眼睛朝上看，周围簇拥着玫瑰。这样的讣告肯定会被安塞莫嘲笑，他是个最不爱上教堂的人，所以我想我肯定弄错了。他不会死的。可是，还有谁会和他取同样的名字呢？埃迪走到我身边时我摇着头指向讣告，"不，这怎么可能？"

走进医院以后埃迪到前台询问："我们有一位朋友，是这里的病人，我们怀疑他已经去世了。请你查一查好吗？他叫安塞莫·马提尼。"

对方没找到记录，可能是哪里出了差错。我突然记起了讣告中的"皮斯卡尼"一词——他讨厌这个名字，母亲去世后就不再使用（皮斯卡尼在本地方言中是狗撒尿的意思）。"查查皮斯卡尼。"我说。

"有这个人，真对不起。他还在小教堂，在医院去世的病人需要在那里停放二十四小时。"他领我们下楼去小教堂。埃迪等在门口，我走了进去。安塞莫躺在石板上，穿着棕色西装，双脚分开成八字，鞋上有少许灰尘。周围有四名黑衣女子在为他祈祷。我把蜂蜜和薰衣草放在门口，逃了出来。

家中的田地充满了安塞莫的气息。他重建的那堵石墙，他开辟的两块菜地，他在柠檬树林间种的草，还有盆装柠檬树、三株暗红色玫瑰和榨酒机——他默默为我们奉献了这一切，但我看得出他对此满心欢喜。他在第三层梯田里种了两棵杏树，还在路旁种了两棵梨树，今后我们住在这里的每一天都可享受他辛勤劳动的成果。我家柠檬房内的钉子上如今还挂着他的红色贝雷帽。

我们像是失去了一位好叔叔。埃迪在母亲故去以后至今心绪难平，安塞莫的去世更是雪上加霜，令他忧伤不已。失去亲友的打击很沉重，那些我们爱着的人就这么简单地从这个星球上消失了，我们难以理解，却只能黯然接受。我从来无法看透生死。你从生前的深渊，来到生命和阳光的喧嚣中，然后再走向另一片虚空……希望在我弥留之际能出乎意料地获得来生的讯息，我不能承受生命的逝去。几十年来，每周四的集市上都有安塞莫的身影，他和一群五六十岁的男人站在一起聊天气、谈生意，一边用手指拨弄着口袋里的零钱。我们一到他的办公室，他便会立刻扔下手上的事情与我们闲聊。每当我询问他墙上照片中待售的农舍，而这个农舍看上去又确实很棒时，他就会说："我们去瞧瞧。"说完便抓起帽子准备出发。他曾经是这世上时间最充裕的人，但现在时间终止了。"姑娘，没有人能保证自己长命百岁，也不会有什么喜气洋洋的重生。"祖父告诫过我。

教堂里挤满了人，我们站在门口。门外走廊里站着三十来个男人，葬礼弥撒时他们边抽烟边聊天，就像在集市上一样。我认出其中许多人，看那些被太阳晒得黝黑的脸，就知道他们长期在田间劳作。他们中岁数较大的个子反而比较矮小，身上的西装在七月的酷暑天里显得太厚。年轻一些的人身穿熨好的短袖衬衫，个子明显比较高，应该是二战后营养更好的原因。教堂里的热气和香烛的味道萦绕不散。会有人晕倒吗？安塞莫的家人相互搀扶着走到棺木前与他做最后的告别。很难相信一动不动躺在棺材里的是安塞莫。忧伤的天主教赞美诗仿佛永无停息，棺木被抬上了灵车。我和埃迪不久前才见过这样的场面。我们加入尾随灵车的人群，缓缓走向公墓。希望他不会安息于那种仅保存三十年、只有梳妆台抽屉大小的墙上空槽中——幸好不是，那里有一个土坑，这个属于土地的男人将长眠于泥土里。没有仪式。绳索慢慢放下，灵柩进入墓穴时连砰的一声着地声都没有。当年我父亲下葬时，因为墓穴中满是积水，棺木先在水面上浮了片刻，才忽地沉入水中。“根本不是这样，”姐姐说，“我们离开时棺材都还没放下去呢。”她错了，我亲眼看见殡葬工人将玫瑰花毯从棺材上抽走，随后铜棺木沉入墓穴。“你是在做梦吧。”姐姐却坚持说是我记错了。安塞莫的家人走到墓穴前，每人往灵柩上撒了一把土。毫无疑问安塞莫已永远离去。我们对他的家人说了几句安慰的话，大家都迅速离去。没有晚餐或拜访，今天是周一，还要照常工作。

回到家时，贝皮正想方设法地把葡萄藤缠到铁丝网上。我们把安塞莫去世的事告诉了他，说他走得很突然，贝皮慢慢站起身来，什么也没说。他摘去帽子，眼里满是泪水，然后摇了摇头，又回去缠葡萄藤了。

死亡引发的情感冲击消失时，震惊和不可置信的感觉也会迅速消退，只留下人死不能复生这一事实。葬礼总能平复悲恸的情绪，因为举办葬礼本身就说明木已成舟、无法更改了。终结——传统的宗教仪式是一个明智之举，它能让人迅速接受生命中这一重大事件。现在我们又在聊起他：安塞莫长眠于地下的第一个晚上，市场里的男人们在安塞莫常站着的地方围出一块空地，卖他一手栽种的梨子。他在世间最后的工作就在巴玛苏罗这片土地上。哪里该种什么、什么时候种，他都采用古老传统的方法。我们是否好好感谢过他为我们找到了这个家？

"hearse（灵车）是一个奇怪的单词。"从镇里沿着一条罗马古道步行回家时埃迪说，"在中世纪英语里，它被写作herse——我知道这个，是因为父亲去世时我写的一首诗里用过这个词。herse源自拉丁语hirpex，意思是耙子。你知道耙子的叉齿吗——意大利语就叫做quaranta denti，意为四十个齿。而hirpex这个词要追溯到古欧斯干语中的hircus，意思是狼，与狼的利齿有关。一想到灵车的原始意义，我就感觉好奇怪。"

"再把那首诗拿给我看看。"

蝎子

沉闷、潮湿、一点点聚集的热气在今日炸裂开来，
仿佛汽车出乎意料地在半道抛锚，
又似一个藏在角落的大酒坛，
在我捧着满怀的书走出房间去另一个房间时，
被不小心踢倒：
被吸入肺中的热气，
光着的脚丫，四周尖利的玻璃碎片。

蓦然想起蝎子黑色囊状的呼吸器官[1],
仿佛空白的书页般排列在它们体内。
一只黑色的大蝎子，整整一周，
守着浴室不愿离去，不是为了避暑，
而是因为它刚刚吞食了另一只比它先来的小蝎子，
也许想寻觅解渴的水源。
它吃掉的另一只蝎子只剩下三条腿，散落在光滑的瓷砖地上。
这令我记起餐厅里的一位女子，
她张开雪白的牙齿，嘎吱嘎吱地吃完了一整盘虾。
蝎子和虾一样，也有护身的外壳，
但大蝎子照样把小蝎子的壳和肉一起咬碎吞食，
就因为一场不可能比生命还重要的争吵，
就完整地吞食另一个生命，继续书写两份历史。
记得残暴的克罗诺斯曾吞食自己的孩子，头手足肺一样不剩，
宙斯使计让他将孩子完完整整、安然无恙地吐出。
然而，能吃总比不能吃幸运。
想起父亲八月八日最后一次进食，随后便用他的肺
呼出了最后一口气。如今，棺材成了他的新保护壳，
亮闪闪的钢材——映衬着我们变形的脸庞。
八月末在这里，我听见梨子坠地的声响，
黄蜂和利齿的甲虫划破梨子的皮，
我将满地的落果耙在一起，卷起一阵馥郁的果香。
耙子，如同远古的灵车（八月十二日那天我曾跟在它的身后），

① 蝎子的呼吸器官被称作“书肺”，作者由前文的书与肺作此联想。

古欧斯干人靠它驱赶恶狼。

因为耙子的利齿能够敲碎坚硬的石头。

整个夏天没下一滴雨，去年鲜花烂漫的花园如今在有史以来最酷热的夏天里奄奄一息。“我只吃得下西瓜和冰激凌。”食杂店老板娘穆雷西妮告诉我。不管我们浇多少次水，花草照样蔫蔫地打不起精神。六月初还千姿百态的玫瑰，如今已经开始落叶，新发出的小蓓蕾拒绝绽放。

我们买下这栋房子那年也是这副光景。黑压压的乌云聚集在屋子上空，轰隆隆的雷声足以将牙缝里的碎屑给震出来，可就是不下雨。我们的水井干涸了，每当午夜梦回之时，我满脑子都在想：我肯定疯了才买下这房子，连自己在干什么都不知道。焦枯的橡树和槐树早就变得光秃秃的，漫山遍野都是死气沉沉的树木。第二年夏天的气候就温和多了，绽放的野花铺满每块山地，七月里我们睡觉时还盖着薄毛毯。现在我们爱上了生活在能聆听季节脉搏跳动的地方，即便夏季干燥灼热得让狐狸和野猪都跑进院子里。夜里我能听到野猪穿过田地，走到水龙头下面，舔石槽里的水。突然又传来野猪与其他动物打架的声音——是松鼠还是豪猪？接着，野猪又嗷嗷吼叫着撤退了，原来它们撕不开贝皮围在蔬菜地旁的篱笆，还好掉落的那些李子没让它们白走一遭。

八月上旬，我们回到了雾气重重、又阴又冷的旧金山去参加阿雪莉的婚礼。我老家的亲戚全部到场——多得挤满了我的家。我大学的室友也偕同她们的丈夫前来捧场，另外还有阿雪莉在纽约艺术界的朋友，以及斯图尔特的家人和朋友。阿雪莉和伴娘拿着婚纱来到我家，把它挂在一扇还没装窗帘的窗户前，随风轻摆的婚纱顿时为家中添了不少喜气。阿雪莉突然对即将到来的重要时刻手足无措起来。在我整理行李时她冲进我房间，往床上一扑。“有什么建议吗？”

记得我结婚时问过母亲同样的问题。母亲想了会儿说：“千万别穿旧内衣。”我告诉阿雪莉，我会用心想一个比那好一点的建议，但我不确定能否想到。阿雪莉已经很成熟了，斯图尔特也是，他们走入婚姻殿堂似乎不仅仅因为爱情和冲动，更多的是经历各种感情波折后终于找到另一半的欣喜与宽慰。在我认识的人中，阿雪莉行事最为果断，一旦她作出决定，九头牛都拉不回来。

我们请所有的外地宾客在家里喝酒，而我的家人则会留下来一起用晚餐，结果就在这个聚会上发生了我有生以来最匪夷所思的一件事。当时，穿着一袭红色短裙的阿雪莉美不待言，两个服务员在分发香槟，埃迪在准备祝酒词，我的姐姐、姐夫和外甥们正在享受团聚的一刻。阿雪莉站到门厅处迎接客人，我在客厅和朋友们聊天时看见一个侄儿随着人群走进了门厅，便朝他走去，同时向正与阿雪莉说话的男人自我介绍道：“你好，我是弗朗西丝，阿雪莉的妈妈。”我与他握手时发现他一脸惊诧。然后他笑着回答我：“我是弗兰克。”我的前夫！阿雪莉的爸爸！我居然没有认出他来，他肯定以为我在开玩笑。当然，要应付众多客人，我的确有点三心二意——但不管怎么说，我直盯着他看，却没认出他来！过去他曾说过：即使在一堆手里我也能认出你的手。那是我这辈子听过最奇怪的亲昵话语。我走到外面深深吸了口气，想要平息内心的震惊——我意识中那条与过去紧密相连的脐带似乎被猛地一刀剪断了。他看起来变化并不大。这些年来我好几次梦到过他，脑海里有时也会闪过他的形象。我曾以为这次与他见面时记忆的洪水会奔流而下，我与过去会以另一种方式重新相连。以前我看着他，常常觉得是在照镜子——在看和我相似又相等的另一半。而今天以后的很长时间里，我都将难以忘记这一刻的感觉，我的手伸出去，握到的只是一个陌生人的手。

婚礼仪式在一个葡萄酒庄的小饭店里举行，这是一场如梦如幻的婚礼，到处都布置着粉红色和杏黄色的玫瑰花，当一道金黄色的光束打到葡萄园的小山坡上时，新娘漫步而下，如同云中仙子步入凡尘。当她朝新郎走去时，新郎似乎要喜极而泣了。男高音唱起“Con te partirò”（我与你不离不弃）。新娘的面纱被玫瑰枝上的刺钩住，她父亲帮她解开那沾着喜悦泪水的面纱放入自己的口袋，新人继续前行。这一刻，就在这样的时刻，神话脱胎成型。

晚餐时，花园里烛光点点，准备的是托斯卡纳式的盛宴。我们坐下以后，一只雪白的白鹭掠空而来，停在树梢的柔枝上。“好兆头。”有人说道。另一个人却说那不是白鹭，是只鹳。我在祝酒词中引用了里尔克的一句诗：“爱即两个孤独的灵魂彼此保护、彼此感知还有彼此感恩。”而她父亲则发表了一篇感谢各位宾客的祝词，说他们的光临是对阿雪莉和斯图尔特伉俪莫大的支持。接着，阿雪莉在满月的清辉下翩翩起舞，众宾客也随之拥入舞池。埃迪抽着一根大雪茄。我希望今夜人人尽欢。

第二天新婚夫妻就乘飞机去一座热带岛屿度蜜月了。接下来的几日，姐姐们和她们的家人也陆续离开。为了适应喜庆与热闹的逐渐远去，我们走访了一些朋友，然后又开始打包，带着一大包书、秋装还有一生难忘的回忆，坐上飞机回到了万里之外的巴玛苏罗。

八月已近尾声，这里依旧没有下雨。要是在早年，久旱无雨时农民就会向圣人祈雨。如果求而不得，圣人像可能会遭鞭打，扔入河中再拖上岸来，然后在其口中塞入咸沙丁鱼，让圣人也尝尝口渴的滋味。如今纵然有祈雨仪式，也不再公示于众了。

我已经在托斯卡纳的这片山坡上生活了九个夏天，但春假和寒假都只待上短短几天便匆匆离去，只有去年是个例外，我们在这里待了一整个春季。今年，我准备在这里过第一个秋季。八月份的节日——牛排节和牛肝菌节——已经结束。游人散去以后，街道变得空空荡荡。太阳已经温驯了许多，夕阳散发着柔和的玫瑰色光芒。早秋已至，松露、香菇和腊肠即将上市。我已经品尝过西西里绿柑橘了，绿柑橘的颜色和鹦鹉的毛色一模一样。我也买了苹果，味道与最初记忆中一样甘甜。普里莫已经运来了一堆水泥和砂石，再过一周未完的工程就要重新开工。贝皮今天种了 cavolo nero，一种冬季甘蓝，正着手准备种下一年的茴香。他摘完最后一批青豆，又采了一篮番茄。整个夏天我们都在户外悠长的暮色中享用晚餐，如今白昼一晃即逝，晚餐时需点上提灯照明了。

维多里奥的味蕾似乎总能捕捉到当季的美食，他打来电话邀请我们参加一个鹅肉晚餐，这是夏季的最后一道大餐。他的声音就像是海妖的诱惑，让人无法抵挡。我所在的“慢餐组织”刚刚用维罗纳地区的美食和美酒举办过一个八道菜式的晚宴。“我还以为鹅肉是圣诞节才会吃的呢。”埃迪说。

“不对，白鹅肉过完夏天又老又肥，就没人吃了。现在的鹅肉味道是最好的。”于是，我们沿着蜿蜒的山路进入山里，找到那家酒馆，然后与朋友聚在壁炉前的两张长桌边。维多利奥正在倒他买来的亚维纳希葡萄酒，这是一种我们都很喜爱的红葡萄酒。我们看见坐在另一张桌子旁的保罗，那个显赫酒庄的酿酒师，便向他举杯致意。

宴会开始了，首先是开胃菜，一种常见的蒜香面包和特制填馅鹅颈被一起端上桌来，接着是鹅肉酱拌意大利面，紧接着烤鹅肉隆重登场了——毫无疑问，这里的鹅肉是我平生吃过最美味的。酒馆里人声鼎沸，声浪渐高，淹没了彼此的声音。不过没关系，我们此行的目的只有大快朵颐。桌尽头那手推车中的婴儿，从饭局开始到收场都酣睡不醒。

玛格丽特，那个常到我家山上采野菜的格兹妮太太的女儿，在开车路过巴玛苏罗时特意过来认门，却恰好看到了那棵枯死的棕榈树轰然倒地的情景。这棵棕榈树的叶子早已干枯，开始片片脱落，整整一个夏天我们都在等待它生命最后一刻的来临。我们不愿砍倒它，尤其是当房子另一侧它那九米高的同伴仍旧生机勃勃时。它那光秃秃的树干活像一只巨大的象腿，模样十分古怪。玛格丽特从下往上看，而我则在窗口观望。当埃迪和贝皮看到比他们想象中更加沉重和坚硬的棕榈树慢慢倒下并砸向一盆天竺时，不约而同地失声惊叫。

玛格丽特小时候在巴玛苏罗住过，那时候这株棕榈树还小。她说如今还会梦到四岁时熟悉的房间和土地，我对此深有感触。打从第一眼见到巴玛苏罗起，我就一直觉得它是我的梦之屋。如今我知道，它属于伊特鲁里亚古城墙，属于太阳，属于科尔托纳和托斯卡纳。在我拥有它之前它已然属于我，虽然这听起来有些自相矛盾。虽然我在这里居住的时间很短暂，但我对它却有一种原始而强烈的占有欲。“不管怎样，房子不能放弃。”我突然记起一个朋友对另一个正在办理离婚朋友的忠告。“你这是在发掘女人在家居生活中某种无理性的力量，”我的朋友约瑟芬对我说，“占有欲本身有其更深的根源。”

以上这些想法我没有对玛格丽特说起。我们才刚认识，我不想被她当成山里的女巫。埃迪和贝皮运走枯树时玛格丽特告诉我，有时她妈妈会在外面待上六到八个小时，除了摘生菜、芦笋、香菇和抓蜗牛，她还会割些喂兔子的草。“她喜欢野外生活。”她解释道，“我们不知道她去了哪儿——有时她就只是在山上瞎转悠。她这一辈子都是这样。”

我理解她的行为。走在通往镇里蒙塔尼纳城门的山路上时，我边走边诵读济慈的《秋颂》，觉得他的诗歌句句抓住了秋天的精髓。在所有描写秋天的诗歌中，唯有他的诗写出了夏末初秋时我体验到的那种不可言说的感觉。当身体感知到季节的更迭，生物钟也会随之变化。早些时候山路两侧绽放着白色的野蔷薇，今日花枝上已垂满明黄色的果子。当青山变成焦黄色、小麦色或琥珀色时，当绿草干枯成——什么颜色呢——狮毛色、烤面包皮色还有婚戒的金黄色时，空气中仿佛弥漫着一种安静平和的气息。似乎就是刚才，小草还绿莹莹的。“薄雾缭绕，果实累累的季节。”济慈写道，然后我就看见了山谷里的轻雾和果实累累的梨树，可惜许多梨子被小鸟、蜜蜂和虫子糟蹋了。我喜欢他说的秋季与太阳共谋，为果实和藤蔓“积累福气”的说法。我细细琢磨济慈的诗行：“清风柔柔地吹起发丝”，犁沟“在罂粟花的芳香中沉睡”，“所有的果实都熟到果仁里”。正如《秋颂》开篇所说的那样，我们认为“暖和的天气永不停歇”，但紧接着，这种天真的想法便慢慢消退，就连诗的韵律都体现出明快的季节变化和阵阵料峭的秋寒。这就是济慈无与伦比的技巧，一边让你的心灵被知识浸染，一边又让你沉醉于这个金色阳光洒满山路的季节。穿过伊特鲁里亚古城门，走进科尔托纳上城区一尘不染的街道，我看见一个女子在自家门前摆上了一盆仙客来。粉的、白的、洋红的，她把五颜六色的花朵种在一起，借以在即将到来的寒冷天气里温暖自己。真漂亮，我告诉她。她指了指另一个花盆中墨绿色的花茎和正在卖力破土而出的黄色嫩芽，“这种番红花秋天也会开花，但开不了几天，花也不多。”我和她，我们在驾驭着土地。坐在圣方济各教堂前的台阶上，听着周日的晨钟，我有手中的诗稿、衬衫口袋里买咖啡和点心的五千里拉，加上一双在石板路上行走自如的新运动鞋，心满意足。

晚上我也喜欢到处闲逛。我和埃迪步行进镇吃冰激凌，他正滔滔不绝地和伊多聊着安装草坪灌溉系统的优劣。这个旱季，我家那片长满野草的草坪也没能幸免于难，虽然秋雨仍会为群山重新注入绿色的生机。没法加入男人间谈话的我决定先回去，打着手电筒经过罗马古道，然后拐入柏树路朝家中走。这条路没有铺平以前覆着的是白色鹅卵石，在月光的照耀下路面隐隐发光。如今地面上洒了一层黑色沥青，加上月亮并不明亮，脚下一片漆黑，好像闪烁的星光全被路边的柏树吸进了它们巨大的身躯。我雄心勃勃地想看遍托斯卡纳的每一株柏树。与加州海湾乡村地区的橡树一样，柏树似乎是这片土地的代言人。光秃秃的加州橡树会与光线嬉戏，把它们遒劲的树影映在山峦边，还把漆黑的剪影投在天幕上。

但柏树并非在与光线嬉戏。如果它们生长在天空中，就会成为黑洞，就像现在如果我是在美国，夜晚一个人走在空无一人的路上肯定会心惊胆战。这里的每一株柏树都是为了纪念一个在一战中牺牲的本地子弟而种。因此柏树看起来如此威严肃穆，不仅因为它们有高大挺直的树干，还因为每个男孩业已逝去的生命都停驻在它们坚定的身躯中。它们的树梢如同直指天空的貂毛画笔，在星星之间来回涂抹。

翻过山头以后我浑身发热，于是解开蓝色亚麻外裙的扣子，让衣服松松地挂在身上。噢，过一个充满激情的人生。我们的朋友济慈这样说过。柏树是最好的伙伴。如果路上还有其他人，我一定能听到脚步声，因为山间的声音会被放大，如同在古罗马竞技场的末排也能听到角斗士的最后一声叹息。转过这道弯便能看到我的家，它从路面上升起，无言的门、窗和石墙仿佛我的身躯，而埃迪（按照我的想法）则化身成橄榄树和葡萄藤，藤上挂满一串串灰扑扑的紫葡萄。

夜晚的清风吹散了满天云朵，我站在路上方的院子里，看着柏树在夜空下摇曳。几颗流星划向山谷，连伊特鲁里亚人都还未在这山坡上抬头仰望天空时，它们便已如此划破天空，倏然坠落。我听到下方路上埃迪的脚步声。“你到家了吗？”他喊道。五六颗流星从天空中划过。我伸出手去，多想接住一颗啊。

图书在版编目(CIP)数据

美丽的托斯卡纳/〔美〕梅斯著；邱艺鸿译.—海口：南海出版公司，2011.8

ISBN 978-7-5442-5511-0

Ⅰ.①美… Ⅱ.①梅…②邱… Ⅲ.①长篇小说—美国—现代 Ⅳ.①I712.45

中国版本图书馆CIP数据核字(2011)第134830号

著作权合同登记号 图字：30—2010—080

美丽的托斯卡纳

〔美〕弗朗西丝·梅斯 著

邱艺鸿 译

出　　版　南海出版公司　(0898)66568511
　　　　　海口市海秀中路51号星华大厦五楼　邮编 570206
发　　行　新经典发行有限公司
　　　　　电话(010)68423599　邮箱 editor@readinglife.com
经　　销　新华书店

责任编辑　马秀琴
特邀编辑　毛文婧　阴牧云
装帧设计　王晶华
内文制作　马海燕　王春雪

印　　刷　北京中科印刷有限公司
开　　本　850毫米×1168毫米　1/32
印　　张　9
字　　数　188千
版　　次　2011年8月第1版
印　　次　2020年7月第3次印刷
书　　号　ISBN 978-7-5442-5511-0
定　　价　45.00元